# कार्य करने की कला

## जज़्बा और जुनून

# कार्य करने की कला

## जज़्बा और जुनून

कार्य करने के 101 प्रभावशाली तरीक़े

मदन मोहन उपाध्याय

MANJUL

मंजुल पब्लिशिंग हाउस

MANJUL

**मंजुल पब्लिशिंग हाउस**

*कॉरपोरेट एवं संपादकीय कार्यालय*

ब्रीत कॉम्प्लेक्स, 42 मालवीय नगर, भोपाल-462003

*विक्रय एवं विपणन कार्यालय*

सारी रोड, दरियागंज, नई दिल्ली-110002

साइट : www.manjulindia.com

*वितरण केन्द्र*

ाद, बेंगलुरू, भोपाल, कोलकाता, चेन्नई,
हैदराबाद, मुम्बई, नई दिल्ली, पुणे

तक के लेखक होने की नैतिक ज़िम्मेदारी
मदन मोहन उपाध्याय की है



दी संस्करण 2013 में पहली बार प्रकाशित
चतुर्थ आवृत्ति 2019

**SBN 978-81-8322-347-8**

जिल्दसाज़ी : रेप्रो बुक्स लिमिटेड, मुम्बई

*माँ और पिताजी को*
*समर्पित*

# विषय सूची

# आभार

पिछले साल मेरे द्वारा लिखी गई अँग्रेजी पुस्तक "लीडर शिप इन गवर्नमेन्ट-दी आर्ट आफ़ वर्क" में कार्य को बेहतर ढंग से करने के 100 तरीक़े बताए गए थे। इस पुस्तक के प्रकाशन पश्चात् अनेक मित्रों ने इस पुस्तक को हिन्दी में प्रकाशित करने का सुझाव दिया। इसका मुख्य कारण यह था कि सरकार और सरकार से बाहर कार्य करने वालों में सबसे बड़ा वर्ग हिंदी भाषी है। मेरे मित्रों के सत्त प्रोत्साहन का ही यह परिणाम है।

श्री अचलेश शर्मा का मैं आभारी हूँ जिन्होंने अल्पावधि में अँग्रेजी से हिन्दी में सुन्दर अनुवाद किया। डॉ० गरिमा उपाध्याय मेरी पत्नि का जिन्होंने इसके प्रूफ को पढ़ने में मेरी निरन्तर मदद की और महत्वपूर्ण सुझाव भी दिए। अंशुमा और आदित्य, मेरी बेटी और बेटा जिन्होंने अपने अंदाज़ में मेरा उत्साह बनाए रखा और लम्बे लेखन कार्य में अपनी मौजूदगी मेरे आस-पास रखी।

मेरे मित्र और मंजुल पब्लिकेशन के प्रबंध संचालक श्री विकास रखेजा जिन्होंने अनुवाद व उसके पश्चात् के सभी कार्यों को बारीकी से देखा, परखा व अपने सुझाव दिए।

यह पुस्तक मेरे हज़ारों सहयोगियों, सहकर्मियों व मित्रों से तीन दशकों में सीखे अनुभवों का निचोड़ है। उन सभी साथियों व गुरुजन का आभार।

आभार उस ईश का जिसने मुझे अपने कार्य के माध्यम से जन-जन तक ख़ुशियों को विस्तारित करने का अवसर दिया है।

# भूमिका

यह पुस्तक हम सब के लिए है जो काम को एक मकसद देना चाहते हैं। ताकि जो भी काम हमने चुना है उसे बेहतर ढंग से करते हुए हमारे संस्थान के माध्यम से जो छोटे-छोटे परिर्वतन हो रहे हैं उन्हें और गति मिले। गति इसलिए नहीं कि उससे संस्था का मुनाफ़ा होगा या कोई नाम होगा वरन् इसलिए कि इन कामों से लाखों लोगों, परिवारों के जीवन में ख़ुशी आएगी ज़्यादा लोग भरे पेट रात की नींद सोएंगे या अपने कार्यक्षेत्र में ज्यादा आनंदित होकर कार्य कर सकेंगे।

पिछले एक दशक में हमारे देश में जो आर्थिक और सामाजिक बदलाव की तेजी आई है उसने हमारे सरकारी तंत्र को भी उसके काम करने के तरीक़ों को पारदर्शी, दायित्वपूर्ण, ज़िम्मेदार व परिणाम मूलक बनाने में भूमिका निभाई है। इस दौर में विभिन्न संस्थाओं में कार्य करने वाले हम सभी के लिए यह आवश्यक हो जाता है कि हमारे द्वारा जो कार्य किए जा रहे हैं उनके बारे में ज़्यादा आत्म विवेचन करें और जो भी हम कर सकते हैं उसे इस रूप में करें कि यह आपको या आपके परिवार, आपके समाज और देश को ज्यादा बेहतर बना सके।

कार्य करने के तरीक़ों और नेतृत्व पर बहुत कुछ लिखा गया है लेकिन अभी भी हमारे कार्य के सैकड़ों ऐसे पहलू हैं जो हमारे आस-पास की छोटी-छोटी बारीकियों में छिपे रहते हैं। वे अपना-अपना महत्व रखते हैं, कहीं एक का महत्व है तो कहीं दूसरे का लेकिन सभी हमें और व्यवस्थित व उत्पादक, आनंदित व्यक्ति बनाते हैं। यह पुस्तक ऐसे ही अनेक अनुभवों का निचोड़ है जो मैंने अपने तीन दशक से अधिक के कार्य के दौरान न केवल सीखा है वरन् उनको व्यापक रूप में उपयोग भी किया। इसके परिणाम भी चमत्कारी रहे हैं। कार्य करने की कला ऐसी चीज़ है जो हम प्रतिदिन सीख सकते हैं।

देश की प्रगति के साथ-साथ ब्यूरोक्रेसी या अन्य काम करने की प्रणाली में व्यापक परिर्वतन आए हैं। इस परिर्वतन को सुगमता से देश के विभिन्न क्षेत्रों में फैलाना आज प्रशासन के लिए चुनौती है। ये चुनौतियाँ हमारे अवसरों में

परिवर्तित होकर हमें नए मार्ग बता सकती हैं। जुनून और जज़्बा को मैंने प्रमुख माना है, क्योंकि यह जुनून ही है जो हमारे सामने अनेक बाधाएं और चुनौतियाँ होने के बाद भी हमें अपनी मंज़िल के प्रति संकल्पित बनाए रखता है। जज़्बा जुनून का ही एक और सहयोगी गुण है जो हमारे कर्म को भावनात्मक रूप में भी देखता है।

इस पुस्तक में विभिन्न संस्थाओं में अपने कार्य को बेहतर बनाने के कुछ उपयोगी मंत्र दिए गए हैं। आपके कार्य में ये सफलता की सीढ़ी के रूप में कार्य करेंगे।

1

# नेतृत्व करें

*सामग्री का प्रबंधन किया जा सकता है,*
*किंतु लोगों का तो नेतृत्व ही करना होता है।*

**एच. रॉस पेरोट**

'लीडरशिप' शब्द दो शब्दों से मिलकर बना है : लीडर और शिप। वास्तव में यह किसी पानी के जहाज को चलाने जैसा काम है। नेतृत्व करने का अर्थ है कि आपको अग्रणी बनना होगा, आगे रहना होगा, पहल करनी होगी, और जहाज के कप्तान की भांति ज़िम्मेदारी भी लेनी होगी :

1. हर उस चीज़ की, जिसका जहाज (संगठन) प्रतिनिधित्व करता है,
2. उसकी दिशा - मंज़िल की
3. उसकी गति
4. यात्रा के दौरान रूट का प्रबंधन

यह बात इस शेर में बड़ी खूबसूरती से बयां की गई है :

*"हमारे घर तो हैं पानी पे तैरने वाले*
*हवा के रुख़ को समझना बहुत ज़रूरी है"*

जिन लोगों ने बहती हुई नदी में चप्पू से नाव चलाई है वे जानते होंगे कि नाव चलाने में केवल चप्पू ही अकेला काम नहीं करता, नाव की गति व दिशा भी निरंतर देखनी होती है। इसी प्रकार, लीडरशिप अनेक शक्तियों को एक साथ और परस्पर तालमेल बनाते हुए कार्य करता है। यह ही तय करता है कि आप कितने कुशल या अकुशल नाविक या संचालक हैं। दिशा और गति को निर्धारित करके लीडर सामने दिख रही परिस्थितियों पर अपनी पकड़ बनाता है। वही उसके आत्मविश्वास और क्षमता की कसौटी की भी प्रतीक रहती है। लीड उसे

स्वयं ही करना होता है; यह एक ऐसा कार्य है जिसे किसी और को नहीं सौंपा जा सकता। इसके साथ-साथ लीडर को यह भी पहचानना होता है कि उसके वह कौन सहयोगी हैं जो लीडर के महत्वपूर्ण दायित्वों को कर सकते हैं।

जब आप जहाज को स्वयं लीड करते हैं तो इसका अर्थ है कि :

क. महत्त्वपूर्ण कार्य आप अपने नियंत्रण में रखते हैं।

ख. समुद्र की दशा को देखते हुए बीच-बीच में आवश्यक सुधारात्मक परिवर्तन करते रहते हैं।

ग. आप 100 प्रतिशत ज़िम्मेदारी लेते हैं - अच्छी घटनाओं के लिए आप ज़िम्मेदार रहते हैं और किसी चूक से पैदा हुए किसी संकट के लिए भी।

लीडरशिप चप्पू चलाने जैसा ही लगातार किया जाने वाला प्रयास है। यदि आप किसी बहती नदी को नाव से पार कर रहे हैं तो आपको चप्पू लगातार चलाते रहना होगा अन्यथा आप नदी के बहाव के रहमो-करम पर हो जाएंगे और उसी के बहाव में बहते चले जाएंगे। **संस्थान भी तेज लहरों वाले समुद्र में चल रहे किसी जहाज की तरह होते हैं। यदि वह जहाज अपना इंजन चालू नहीं रखता और सही दिशा में संचालन नहीं करता तो वह अपनी मंज़िल तक कभी नहीं पहुँच पाएगा।** अग्रणी रहते हुए और लीड करते हुए, लीडर दिशा देता है और आगे बढ़ने के लिए उचित गति भी निर्धारित करता है। चुने हुए पथ पर चलते रहने का सोच समझकर जोख़िम उठाना भी लीडर का कार्य है।

सरकारी संस्थानों में, सिद्धांततः ऐसा विश्वास उस व्यक्ति के द्वारा आधारित पद या स्तर से आता है। उद्योग निदेशक के रूप में कोई व्यक्ति बहुत अच्छा काम कर सकता है किंतु संभव है कि कृषि निदेशक के पद पर आकर वह औसत दर्जे का ही रह जाए। लेकिन, जो सही मायनों में लीडर है व जिसका अंतरतम लीडरशिप के गुण से संपन्न है, वह दोनों ही जगहों पर या अन्य किसी काम में भी, यदि उत्तम रूप में नहीं कर पाया तो भी, अपने कार्य को अपनी पूरी-पूरी क्षमता से अवश्य ही करेगा। सभी सरकारी कर्मचारियों/अधिकारियों को उनका पद आवश्यक निर्णय लेने का अधिकार प्रदान करता है। ये निर्णय उस संस्थान में एक विश्वास पैदा करने में सहायक बनते हैं। लीड करने का अर्थ है पहल करते रहना और साथ ही लाभ-हानी का हिसाब लगाकर जोख़िम भी लेना। यह एक ऐसा काम है जो आप किसी और को नहीं सौंप सकते। यह आप को ही करना होगा। स्थितियों को पहले से ही नियंत्रण में रखना, अपने नियंत्रण में रखते हुए उन्हें रूप-आकार देते रहना, न कि परिस्थितियों की सुनामी में बह

जाना। लीडर के रूप में आपको प्रमाणिक/विश्वसनीय होना होगा, जो एक कठिन काम है किंतु लीडरशिप भी तो कठिन है। जैसा आप स्वयं को दिखाना चाहते हैं वैसा आपको होना भी चाहिए।

**राह बनाना** – सरकारी संस्थानों को यह सुनिश्चित करना चाहिए कि उनके लीडरों में अपने कार्य को कुशलतापूर्वक करने का कौशल है। संस्थान के प्रमुख अधिकारी और लीडरों में केवल कार्य करने का ही कौशल न हो बल्कि विभिन्न ज़िलों या क्षेत्रों में कार्यरत टीमों का नेतृत्व करने और प्रबंधन करने की योग्यता भी हो। इसके लिए बड़े मनोबल वाले, प्रभावशाली और लचीले लीडरों की आवश्यकता है। भावी लीडरों को विकसित करना वरिष्ठ अधिकारियों का एक अहम दायित्व है। यह वह क्षेत्र है जहाँ सरकारी संस्थान कमज़ोर हैं और यह उनके कार्य-निष्पादन से साफ़ झलकती भी है। अन्य लीडर को विकसित करना किसी भी सफल संस्थान का एक मानक होता है। ऐसे संस्थानों में हम पाएँगे कि :

1. वहाँ वरिष्ठ लीडरशिप की सक्रिय भागीदारी रहती है।
2. योग्यता और प्रतिभा पर वहाँ ज़ोर रहता है।
3. सही कार्यक्रम को चुनकर प्रभावी ढंग से उस पर अमल किया जाता है।

सार्वजनिक क्षेत्र जो कुछ दे रहे हैं उसमें गुणवत्ता और दक्षता होनी ही चाहिए। इसलिए यह आवश्यक है कि कार्य यथासंभव सर्वोत्तम प्रकार से किए जाएं। इसके लिए हर स्तर पर निरंतर नवाचार करते रहना आवश्यक होता है।

*जीवन नौकायन के समान है। किसी भी दिशा से आती हुई हवा को आप अपने वास्ते किसी भी दिशा में जाने के लिए इस्तेमाल कर सकते हैं।*

**– रॉबर्ट ब्रॉल्ट**

*लीडरशिप की कला 'हाँ' नहीं बल्कि 'ना' कहने में है। हाँ कहना तो बड़ा आसान है।*

**– टोनी ब्लेयर**

*लीडरशिप है किसी परेड को खोजना और उसका नेतृत्व करने लगना।*

**– जॉन नेसबिट**

*एक लीडर या आगे बढ़ कर किसी काम का बीड़ा उठाने वाला व्यक्ति, संकट के समय उस काम को अनजाने में ही कर गुजरता है और बाद में इसे करने के कारण के बारे में सोचता है।*

**– जवाहर लाल नेहरु**

*इस दुनिया में बड़ी बात यह नहीं है कि हम कहाँ खड़े हैं, वरन् इस में है कि हम किस दिशा में जा रहे हैं।*

**– ऑलीवर वेनडेल होम्स**

*व्यक्ति अपना संतुलन, नियंत्रण और सुरक्षा के भाव को केवल तभी बनाए रख पाता है जब वह आगे बढ़ रहा होता है।*

**– मैक्सवेल माल्ट्ज़**

**संस्थान भी तेज लहरों वाले समुद्र में चल रहे किसी जहाज की तरह होते हैं। यदि वह जहाज अपना इंजन चालू नहीं रखता और सही दिशा में संचालन नहीं करता तो वह अपने गंतव्य तक कभी नहीं पहुँच पाएगा।**

# 2

# देखने से विश्वास बढ़ता है

लीडर दिखते रहना चाहिए - देखने से विश्वास बढ़ता है।

*महात्मा गाँधी जी की, ऐतिहासिक संकट की हर महत्वपूर्ण घड़ी में, उनकी अत्यंत प्रभावशाली उपस्थिति का होना सर्वविदित है। डांडी मार्च हो या स्वराज आंदोलन, वह देश का नेतृत्व करने के लिए सबसे आगे चलते नज़र आते थे और वहीं से उनके कार्य और उनके शब्द लाखों बच्चों, बूढ़ों और जवानों में जोश भर सके।*

लीडर की सही समय पर मौजूदगी टीम में यह विश्वास भरती है कि जब भी उन्हें उसकी आवश्यकता होगी वह उनके साथ खड़ा होगा। इसमें यह आवश्यक नहीं होता कि वह व्यक्तिशः ही उपस्थित हो अन्य रूप में भी वह दिख सकता है। प्रतिदिन लिए जाने वाले निर्णयों में भी संस्थान उसे पाता है और उसकी उपस्थिति को महसूस करता है। लीडर सुगंध की तरह रहता है, संस्थान में सर्वत्र बसा हुआ - दिखने के शाब्दिक अर्थ में भले ही वह न दिख रहा हो। दिखना संवाद का एक माध्यम है जो लीडर अपनी मौजूदगी व अन्य हाव भाव से कहता है। मौखिक आदेश और भाव-भंगिमाएं लीडर की अधिकारिता को भी दर्शाती हैं। निर्णायक पलों में स्वयं उपस्थित रहना और स्वयं नेतृत्व करना लीडर के महत्वपूर्ण लक्षण होते हैं।

*मुझे 1990 की रतलाम की एक तनावपूर्ण स्थिति स्मरण है जब एक सड़क दुर्घटना में एक व्यक्ति की मौत हो जाने के कारण दो समुदाय हिसाब बराबर करने को पूरी तरह आमादा हो गए थे। ऐसे में वहाँ के ज़िलाधिकारी ने सही समय पर पहुँच कर अपने कहे व अनकहे भावों से स्थिति को संभाला, आश्वासन दिया व अपने स्वर और व्यवहार से यह भी प्रकट किया कि वह जो कह रहा है वह मात्र दिखावा नहीं है, और इससे वहाँ के हालात का उबाल कुछ ही पलों में ठंडा हो गया था।*

भावनात्मक रूप से तनावपूर्ण परिस्थितियों वाले मामलों में लीडर की साक्षात् उपस्थिति का होना तथा उसका कहा/अनकहा संवाद उस स्थिति को शांत करने व सुलझाने में बहुत मदद करता है। यह एक जंग जीत लेने जैसा होता है - और वह भी बिना कोई गोली चलाए।

# 3

# गति बनाए रखिए

किसी भी संस्थान में, लीडरशिप को परिभाषित करने के लिए हम कह सकते हैं कि यह, किसी सामूहिक लक्ष्य को प्राप्त करने के लिए दूसरे सभी लोगों को प्रेरित करने की प्रक्रिया है, जिसे परामर्श तथा परिकल्पना द्वारा टीम को उसके लक्ष्य तक पहुँचाना है।

*मध्य प्रदेश के राष्ट्रीय ग्रामीण स्वास्थ्य मिशन के प्रसंग से यह बात पूरी तरह स्पष्ट हो जाती है। गत कुछ दशकों से जच्चा-बच्चा स्वास्थ्य कार्यक्रम में राज्य की उपलब्धि अच्छी नहीं थी, किंतु वर्ष 2005-2009 के दौरान राज्य ने इसमें न केवल गति पकड़ी और विकास किया वरन् बाद के वर्षों में तो इस गति को बनाए रखते हुए उसने भारत के सर्वोच्च परिणाम देने वाले राज्यों में अपना स्थान बना लिया।*

इसरो के चंद्रमा पर चंद्रयान भेजने के अभियान जैसा काम अथवा मलेरिया, कैंसर या इंफ़्लुएंजा की वैक्सीन तैयार करने जैसा काम भी हो सकता है, या फिर दिल्ली में होने वाले कॉमनवेल्थ खेलों के लिए पूरा खेल तंत्र खड़ा करने जैसा है। **लीडर के लिए यह आवश्यक है कि वह प्रबंधकों की विभिन्न सतत गतिविधियों को इस प्रकार जमाए कि उसके फलस्वरूप वांछित परिणाम या लक्ष्य प्राप्त हो जाएं।** लीडरशिप और लीडरशिप की तरह ही प्रबंधन भी, एक अनवरत चलने वाली प्रक्रिया है। ये काम ऐसे नहीं हैं कि कभी कभार एकाध निर्णय ले लिया और फिर बैठ गए। इसीलिए लीडर को अपनी टीम को लगातार नियत राह पर रखने और साथ-साथ उसकी गति को बनाए रखना आवश्यक हो जाता है।

सरकारी कार्यालयों जैसे परिदृश्य में जहाँ कि दफ़्तर सैकड़ों-हज़ारों किलोमीटर तक फैले होते हैं वहाँ किसी निजि क्षेत्र की औद्योगिक इकाई की तरह हर समय व लगातार संपर्क में बने रहना संभव नहीं है। ऐसे में वहाँ किसी कार्यक्रम की

गति को बनाए रखना और भी महत्वपूर्ण हो जाता है।

किसी भी परियोजना की गति को बनाए रखना लीडर का काम है। उसे इस बात पर नज़र रखना आवश्यक है कि अपने निर्धारित लक्ष्य तक पहुँचने से पहले चयनित अभियान भटक न जाए। गति निर्धारित करना और उसे धीरे-धीरे बढ़ाते रहना कार्यक्रम के परिणामों और प्राप्त संकेतों पर नज़र रखकर किया जा सकता है। ये समीक्षाएं उन कारणों को उजागर करती हैं जिनके चलते कार्यक्रम में सुस्ती आ रही होती है। **समीक्षा और निगरानी ही वह तरीका है**

**जिसके द्वारा किसी भी कार्यालय में गति बनाने या गति बढ़ाने का काम बखूबी किया जा सकता है। यह एक सोची समझी गतिविधि है जो कि समय–समय पर की जानी चाहिए।** यह कार्यालय के कर्मचारियों को नवीनतम स्थिति से अवगत तो कराती ही है उनमें नई ऊर्जा और जोश भी भरती है।

जब हम किसी कार्यक्रम को विस्तारित करते हुए उसे तीव्र गति में ले आते हैं तब मुखिया को यह सुनिश्चित करना होता है कि मार्ग में आने वाली स्थिति के अनुसार वह उसमें सुधार भी करता चले और जहाँ-जहाँ आवश्यक व अनुकूल परिवर्तन करने पड़ें, उन्हें करता चले। इससे यह पक्का हो जाएगा कि कार्यक्रम अपने सही स्वरूप में आगे बढ़ रहा है।

**लीडर के लिए यह आवश्यक है कि वह प्रबंधकों की विभिन्न सतत गतिविधियों को इस प्रकार जमाए कि उसके फलस्वरूप वांछित परिणाम या लक्ष्य प्राप्त हो जाए।**

# 4

# प्रबंधन और लीडरशिप

लीडरशिप और प्रबंधन दो अलग-अलग विधा हैं, लीडरशिप का स्थान प्रबंधन की अपेक्षा हमेशा ऊँचा रहता है। प्रबंधन किसी लक्ष्य को पाने हेतु उपलब्ध संसाधनों का प्रभावी और सक्षम उपयोग करते हुए अपने संस्थान के साथ काम करने की एक प्रक्रिया है। यह अनेक प्रक्रियाओं का तालमेल है जबकि, लीडरशिप किसी समान लक्ष्य को प्राप्त करने के लिए औरों को प्रभावित व प्रेरित करने की एक प्रक्रिया है। लीडरशिप दूरदृष्टी आधारित है क्योंकि लीडर को लक्ष्यों को प्राप्त करने के लिए लगातार नूतन रणनीति तलाश करनी पड़ती है। उसे नए-नए विचारों का एक पिटारा अपने पास रखना पड़ता है ताकि परिणाम अपेक्षानुसार मिलते रहें। यह 4-6 गेंदों को लगातार उछालते हुए खेले जाने वाले उस खेल की तरह है जिसमें 2-3 गेंदें तो हमेशा हवा में उछली हुई स्थिति में ही बनी रहती हैं।

प्रबंधक दिन-प्रतिदिन के छोटे-मोटे कामों में लगा रहता है। उदाहरण के लिए, राज्य सरकार सभी भूमिहीन लोगों को 12 महीनों में भूमि दिलाने का कार्यक्रम बनाती है। यह सरकार की एक राजनैतिक परिकल्पना है जिसे ज़िलों में तैनात ज़िलाधीशों, पुलिस और राजस्व अधिकारियों की टीम को पूरा करना है। ये भूमि आवंटन कार्यक्रम के प्रबंधक की भूमिका निभाते हैं और राज्य का मुखिया, जिसने यह लक्ष्य आधारित कार्यक्रम लिया है, लीडर बन जाता है। ज़िला स्तर तथा नीचे तक योजना बनाने, संगठित करने और गतिविधियों की निगरानी करने हेतु प्रबंधकों की टीम बहुत काम आती है।

लीडर को अपनी टीम के लिए ध्येय निर्धारण पूरा करने के लिए अपनी टीम का मार्ग-दर्शन करने की भी आवश्यकता होती है। प्रबंधक और लीडर की भूमिकाएं यूँ तो भिन्न-भिन्न होती हैं, किंतु फिर भी वे आंशिक रूप से एक दूसरे की पूरक भी होती हैं। इसी कारण प्रबंधन से जुड़े सभी व्यक्ति प्रयास करें तो वे लीडर बन सकते हैं।

लीडर को संस्थान की सफलता व असफलता दोनों की ज़िम्मेदारी लेनी पड़ती है। लीडर बनने का मतलब है निर्णायक बनना। वह किसी और पर ग़लतियों का ठीकरा नहीं फोड़ सकता।

इस प्रकार के अनेकों प्रसंग आज हमारे सामने हैं, जैसे :

1. एक रेल दुर्घटना होने पर तत्कालीन रेल मंत्री श्री लाल बहादुर शास्त्री द्वारा अपने पद से त्याग-पत्र नैतिक ज़िम्मेदारी लेते हुए दे दिया गया था।
2. पाकिस्तान के साथ कारगिल युद्ध के दौरान टाइगर हिल पर, अपनी जान को जोख़िम में डाल कर शत्रु के ठिकानों पर आक्रमण करने का निर्णय लेना।
3. क़ानून व्यवस्था को तहस-नहस करने पर तुली हुई उत्तेजक भीड़ को गिरफ़्तार करने का निर्णय लेना।

यह आवश्यक नहीं है कि ऐसे निर्णय हमेशा सकारात्मक परिणाम ही दें किंतु नेतृत्व के लिए यह ऐसी घड़ी अवश्य सिद्ध होती है जिसमें आगे बढ़कर निर्णय लेना और फिर उस निर्णय की ज़िम्मेदारी लेकर उसके भले-बुरे परिणामों का सामना करना।

> *लीडरशिप है सही काम करना; और प्रबंधन है कार्य को सही ढंग से करना।*
>
> **– पीटर ड्रकर**

> *दूसरों को प्रेरित करने से पहले स्वयं को प्रेरित करो। प्रेरणा ऐसा मेहमान है जो आलसी लोगों के घर नहीं जाता।*
>
> **– चिकॉफ़्स्की**

> *किसी भी व्यक्ति के जीवन की गुणवत्ता, सीधे तौर पर, उत्कृष्टता के प्रति उसकी संकल्पता के अनुपात में ही रहती है, उसने अपना कर्मक्षेत्र कोई सा भी चुना हो।*
>
> **– विंस लोम्बार्डी**

> *कार्य करने के सभी सिद्धांतों में सबसे महत्वपूर्ण सिद्धांत है कि वह कार्य आप कभी न करें जिसे कोई और आपके लिए कर सकता हो।*
>
> **– कैल्विन कूलिज**

*किसी भी लीडर में लीडरशिप के गुण को दर्शाने वाली एक ही बात होती है कि वह किसी सोच को रचे और उसे साकार करे।*

– डब्लू. बेनिस

*सोच-विचार के लिए समय लीजिए, किंतु जब करने का समय आ जाए तब सोचना बंद कर कार्य करने में जुट जाइए।*

– नेपोलियन बोनापार्ट

*एक योग्य व्यक्ति के पीछे हमेशा कई और योग्य व्यक्ति रहते हैं।*

– चीनी कहावत

# 5

# मेरी भूमिका क्या है?

लीडर और उसकी टीम को, हर चरण पर अपनी भूमिका को ग़ौर करते रहना चाहिए। सरकारी संस्थानों सहित सभी संस्थानों में हम कर्मचारियों को चार श्रेणियों में बाँट सकते हैं - लीडर, कार्यकर्ता, उदासीन, अकर्मण्य। लीडर या कार्यालय प्रमुख को यह सुनिश्चित करते रहना चाहिए कि उदासीन और अकर्मण्य लोगों की संख्या कम से कम रहे। ये वे लोग हैं जो कि पूरे तंत्र की गति के गति-अवरोधक बनते हैं।

किसी संस्थान का शीर्षस्थ होने के नाते लीडर को अपनी भूमिका को पहचानना आवश्यक है कि :

- ★ क्या वह नेतृत्व कर रहा है?
- ★ क्या वह प्रबंधन कर रहा है?
- ★ क्या वह बस फ़ाइलों को धक्का दे रहा है?
- ★ क्या वह मात्र हवा के साथ बह रहा है?

विभाग प्रमुखों के लिए यह आत्मविश्लेषण बहुत ही महत्वपूर्ण है क्योंकि इससे समूचे संस्थान पर प्रभाव पड़ता है। यह आत्मविश्लेषण उन अधिकारियों और लीडरों के लिए बहुत मायने रखता है जो महत्वपूर्ण पदों पर आसीन हैं। उनका कुछ करना या न करना राज्य के कार्यक्रमों के परिणामों की दिशा और दशा तय करने वाला सिद्ध होता है। वह बना भी सकता है और बिगाड़ भी सकता है।

प्रगति के पथ पर अग्रसर लीडर को अपने वृहत लक्ष्यों की तुलना में अपनी स्थिति की हमेशा समीक्षा करते रहना चाहिए और उस अनुरूप उन विभिन्न व्यक्तियों जो महत्वपूर्ण पदों पर आसीन हैं की भूमिका का पुनर्निर्धारण भी करते

रहना चाहिए ताकि वे सरकार द्वारा निर्धारित किए गए लक्ष्यों को फोकस में रखकर कार्य करें। भूमिकाओं को इस प्रकार का पुनर्निर्धारण कोई लागत बढ़ा देने वाली गतिविधि नहीं होती किंतु यह अतंतः प्राप्त किए जाने वाले परिणाम में भारी सुधार लाने वाली ही सिद्ध होती है। टीम के लिए पुनर्व्यवस्था और पुनर्निर्धारण का कार्य इस प्रकार किया जाना चाहिए कि टीम के लिए इसका परिणाम कुल मिलाकर सामंजस्य बढ़ाने वाला बने।

> *विख्यात महिलाओं सहित महान लोगों के जीवन का मैंने अध्ययन किया है और पाया है कि शीर्ष पर पहुँचने वाले लोग वे थे जिन्होंने चुने हुए कार्य को अपनी पूरी ऊर्जा, लगन और पूरे श्रम के साथ किया।*
>
> – हैरी एस. ट्रूमैन

*लोगों में सुधार और बेहतरी तब तक नहीं होती जब तक कि वे ऐसे स्तर या आदर्श पर नज़र नहीं रखते जो कि उनसे उच्च और बेहतर हो।*

– टायरन एडवर्ड्स

*आपकी महत्वाकांक्षा को कोई और चीज़ इतना जागृत नहीं करती जितना कि किसी और व्यक्ति की कीर्ति के बजने वाले ढिंढोरे की आवाज़।*

– बाल्तासार ग्राफ़ियान

**प्रगति के पथ पर अग्रसर लीडर को अपने वृहत लक्ष्यों की तुलना में अपनी स्थिति की हमेशा समीक्षा करते रहना चाहिए और उस अनुरूप उन विभिन्न व्यक्तियों जो महत्वपूर्ण पदों पर आसीन हैं की भूमिका का पुनर्निर्धारण भी करते रहना चाहिए ताकि वे सरकार द्वारा निर्धारित किए गए लक्ष्यों को फ़ोकस में रखकर कार्य करें।**

# 6

# बस– कर दो

*आए दिन ऐसी परियोजनाएं हमारे सामने आती हैं जिनकी कल्पना तो वर्षों पहले की गई, योजना भी तैयार कर ली गई, हरी झंडी भी दे दी गई, किंतु उस परियोजना का काम लेश मात्र भी आगे नहीं बढ़ा। समूचे देश में देखें तो ऐसी परियोजनाओं की लागत अरबों में बैठेगी क्योंकि काम टालने की बीमारी सरकारी तंत्र में बुरी तरह फैली हुई है। हम सोचते रहते हैं, बातें करते हैं, योजनाएं बनाते हैं किंतु उसे वास्तविक रूप में शुरूआत नहीं करते।*

एक प्रसिद्ध उक्ति है :

काल करे सो आज कर,
आज करे सो अब।
पल में परलय होयेगी,
बहुरि करेगा कब।।

अर्थात्, कल पर मत छोड़ो, आज ही कर डालो क्योंकि कल न जाने क्या विपदा सामने आ खड़ी हो और फिर तुम्हें उस काम को करने का समय ही न मिले।

एक चीनी कहावत भी है :

*"हज़ारों मील की यात्रा की शुरुआत पहला क़दम उठाने से ही होती है।"*

यह बात हमें समझ लेनी चाहिए कि हम में से किसी के भी पास इतना समय नहीं है कि अपने जीवन में जो भी हम चाहते हैं उसे कर ही पाएं। समय का तो हमें हमेशा ही अभाव रहेगा। हर लीडर को यह पता होना चाहिए कि

कब बातें करने तथा योजनाएं बनाने पर विराम लगा देना चाहिए और कार्य करने के कुरुक्षेत्र में उतर आना चाहिए। **हमने अक्सर देखा है कि हम आस–पास की समस्याओं की दलदल में ही फँसे रहते हैं। मैंने सीखा है कि जो काम हमारे हाथ में है वह कितना भी छोटा या बड़ा क्यों न हो, उसकी योजना बना लेने और उसको प्रबंध की जा सकने वाली गतिविधियों में बाँट दिए जाने के बाद उसका क्रियान्वयन उपलब्ध साधनों के साथ शीघ्र शुरू कर देना चाहिए** – शुरुआत करने में तौर-तरीक़ों की आड़ लेकर बहुत अधिक अनिर्णय नहीं करना चाहिए।

आमतौर पर देखने में आता है कि वर्ष के अंत में अरबों रुपया विभागों के पास शेष रह जाता है। अनिर्णय की यह समस्या आज व्यापक रूप से फैल गई है। इस समस्या का एकमात्र समाधान है – 'काल करे सो आज कर, आज करे सो अब'। काम शुरू कीजिए और काम के आगे बढ़ते रहने के दौरान ही यदि आवश्यक हो तो परिवर्तन करें। मैंने देखा है कि पूरे सर्मपण से किए जा रहे कार्य को धन की कमी नहीं पड़ती। जो काम करना चाहते हैं उनके लिए सरकार के पास पर्याप्त निधि हमेशा उपलब्ध रहती है। हो सकता है कि हमें कुछ बातों की आशंका या डर हों जो कि हमें आगे बढ़ने से रोक रहे हों किंतु बैठे-बैठे सोचते रहने से तो यह आशंका और डर जाने वाले नहीं हैं। केवल सकारात्मक क़दम उठा कर ही हम इनसे निपट सकते हैं और आप देख सकते हैं कि तब वह डर कुछ पलों में ही छू–मंतर हो जाएगा।

वरिष्ठ लीडर, उच्च अधिकारी और लोकसेवक अक्सर इस प्रकार की अवस्था में तब उलझ जाते हैं जब किसी परियोजना या किसी कार्यक्रम को देशव्यापी स्तर पर शुरू किया जाना होता है। अनावश्यक विवरणों के मकड़–जाल और व्यर्थ के विचार विर्मश में ही प्रोजेक्ट टलते रहते हैं और संभावनाओं से भरी परियोजना अकाल मृत्यु का शिकार हो जाती है। रवींद्रनाथ टैगोर ने कहा है :

*"समुद्र को देखते रहने मात्र से हम उसे पार नहीं कर सकते।"*

हमें उसमें छलांग लगानी होगी और पानी को चीरते हुए आगे बढ़ना होगा। केवल क्रियाशीलता ही किसी संस्थान की प्रतिष्ठा बनाती है। 'काल करे सो आज कर, आज करे सो अब' का सिद्धांत काम करने के पहलू पर बल देता है। ऐसे में कुछ बातें जो ध्यान में रखनी चाहिए, वे हैं –

क. **योजनानुसार श्रीगणेश कर दें :** एक बार जब ठोस अमल योग्य योजना तैयार हो जाए तो फिर योजना पक्ष पर और अधिक समय

तथा शक्ति बरबाद न करते हुए उस पर तुरंत अमल शुरु कर देना चाहिए।

ख. **शत प्रतिशत अनुपालन हो जाने के लिए परेशान न हों :** किसी योजना का निर्धारित रूपरेखा के अनुसार सभी तरह से पूरा हो जाना तो एक आदर्श स्थिति होगी किंतु ऐसे अवसर विरले ही होते हैं। हम देखते हैं कि किसी न किसी स्तर पर कोई न कोई अनपेक्षित घटना घटित होकर सारी योजना को गड़बड़ा देती है। ऐसी स्थितियों में, जो भी संसाधन हमें उपलब्ध हों उन्हीं के साथ और उनका सर्वोत्तम उपयोग करते हुए आगे बढ़ते जाना ही सफलता का सूत्र है।

ग. **काम को पूरे चाव और जोश के साथ करें :** इसका अर्थ है अपनी योजना में जी-जान से जुट जाना और उस कार्य को शौक और पूरे जोश के साथ करना। ऐसा वातावरण टीम पर हमेशा ही सकारात्मक प्रभाव डालता है।

घ. **बागडोर संभालें :** एक लीडर के रूप में जब आप किसी परियोजना को शुरु कर देते हैं तब उस कार्य का नेतृत्व किसी ऐसे व्यक्ति को नहीं दिया जा सकता जो केवल आदेश देना जानता हो, बल्कि यह ऐसा व्यक्ति हो जो नेतृत्व भी दे सके।

ङ. **करते हुए सीखें :** आप पुस्तकें चाहे जितनी पढ़ लें किंतु वे आपको तैरना नहीं सिखा सकतीं। तैरना तो सचमुच पानी में उतरने से ही आता है। इसी प्रकार आप चाहे जितनी कोचिंग लें या पढ़ें, वास्तविक जीवन की सत्यता से दूर रहेंगे। कुछ चीज़ें ऐसी होती हैं जिन्हें आपको स्वयं करके ही सीखना होता है।

च. किसी परियोजना की तैयारी में आवश्यकता से अधिक समय दिए जाने से अक्सर वह परियोजना ही दम तोड़ देती है। अतः नीति यह रहनी चाहिए कि उसे यथाशीघ्र शुरु किया जाए और क्रियान्वयन के दौरान ही आवश्यक सुधार करें। इस प्रकार का दृष्टिकोण विकास के विशेष कार्यक्रमों, सरकारी कामकाज तथा ऐसे ही और कार्यों पर भी लागू होता है। हाँ यह अवश्य है कि बाँध निर्माण या वैज्ञानिक मिशन जैसे विशिष्ट कार्यों में अनेक तकनीकि बातों को पहले से ही जान लेने की आवश्यकता होती है।

*यह संसार जिस तरह का है वैसा यदि आपको पसंद नहीं है तो इसे बदलिए। इसे बदलना आपका दायित्व है। बस एक समय पर एक क़दम लेते हुए इसे बदलते चलिए।*

**– मैरियन राइट एडलमन**

*लेखन और राजनीति में, अच्छा यही है कि ज़्यादा सोचा न जाए, जो करना है वह कर दिया जाए।*

**– गोर विडाल**

*प्रेरणा पाने की पूरी अवधारणा ही छलावा है। प्रेरणा को भूल जाइए। जो करना है वह कर डालिए। व्यायाम कीजिए, वज़न घटाइए, अपने ब्लड-शुगर की जाँच कराइए लेकिन बिना किसी प्रेरणा के और फिर क्या होगा, ज़रा अंदाज़ लगाइए? जो करना है उसे जब आप करना शुरू कर चुके होते हैं तब प्रेरणा भी आ जाती है और फिर वह उस कार्य को करते रहना आपके लिए सरल बना देती है।*

**– जॉन.सी. मैक्सवेल**

*जो कार्य करना आपको अच्छा लगता है उसे करना आपके जीवन में विपुलता की आधारशिला बन जाता है।*

**– वेन डायर**

*'सही समय' जैसा कुछ नहीं होता, उसके इंतज़ार में मत बैठे रहिए। आप जहाँ हैं और जो भी साधन आपको उपलब्ध हैं, वहीं से और उन्हीं से शुरु तो कीजिए, जैसे-जैसे आप आगे बढ़ेंगे बेहतर साधन आपको उपलब्ध होते चले जाएंगे।*

**– नेपोलियन हिल**

*प्रगति करने का सूत्र है शुरुआत करना। शुरुआत करने का सूत्र है अपने कामों को संभाले जाने योग्य छोटे-छोटे टुकड़ों में बाँट देना और फिर पहले वाले टुकड़े से शुरुआत कर देना।*

**– मार्क ट्वेन**

*सोच-विचार अवश्य करें, किंतु जब करने का समय आ जाए तो सोचना बंद कर काम करने के लिए आगे बढ़ें।*

– नेपोलियन बोनापार्ट

*कर्म के महत्त्व से मैं प्रभावित हूँ। ज्ञान या जानकारी ही काफ़ी नहीं होती है, हमें उसे कार्य रूप में भी लाना चाहिए। केवल मनोरथ ही काफ़ी नहीं है, हमें उसे करना भी चाहिए।*

– ल्योनार्दो दा विंची

*जो हम करते हैं और जो हम करने की क्षमता रखते हैं, इसमें यदि कोई अंतर न रहे तो विश्व की अधिकांश समस्याओं का समाधान हो जाएगा।*

– महात्मा गाँधी

*किसी काम को शुरु करने का एक ही तरीक़ा है, बातें बनाना बंद और काम करना शुरु!*

– वाल्ट डिज़्नी

*यदि आप कोई ग़लती नहीं कर रहे हैं तो समझ लीजिए कि आप कोई काम भी नहीं कर रहे हैं। मैं पक्के तौर पर कह सकता हूँ कि ग़लती काम करने वाले से ही होगी।*

– जॉन वूडन

*जो आप कर रहे हैं उसमें यदि आप विश्वास रखते हैं तो आप अपने काम में पीछे नहीं रह सकते। विश्व के अनेक महानतम कार्य असंभव में भी संभावनाएँ तलाश लेने के बाद ही संभव हुए हैं। असल बात है काम का किया जाना।*

– डेल कारनेगी

*मैंने कोई भी कार्य अनायास ही नहीं कर दिया और न ही मेरी खोजें कोई तुक्का थीं, उन सभी के लिए मुझे काम करना पड़ा था।*

– प्लेटो

*यह कर्त्तव्य-बोध ही है जो आपको तब भी आगे बढ़ाता रहता है जब कि परिस्थितियाँ बहुत ही अधिक कठिन हो जाती हैं। किसी न किसी को तो वह करना ही होगा। यदि आप नहीं करेंगे तो कौन करेगा ?*

**– नॉरमैन श्वार्ज़कॉफ़**

**हमने अक्सर देखा है कि हम आस–पास की समस्याओं की दलदल में ही फँसे रहते हैं। मैंने सीखा है कि जो काम हमारे हाथ में है वह कितना भी छोटा या बड़ा क्यों न हो, उसकी योजना बना लेने और उसको प्रबंध की जा सकने वाली गतिविधियों में बाँट दिए जाने के बाद उसका क्रियान्वयन उपलब्ध साधनों के साथ शीघ्र शुरू कर देना चाहिए।**

7

# समीक्षा – समीक्षा – समीक्षा

*अक्टूबर 2000 में, मैं बिलासपुर में कमिश्नर के पद पर कार्यरत था तब की एक घटना मैं बताना चाहूँगा। तत्कालीन कृषि उत्पादन आयुक्त श्री शंकर नारायण द्वारा ली गई एक समीक्षा में यह तथ्य सामने आया कि बिलासपुर डिवीज़न की स्थिति पूरे प्रदेश में सबसे निम्नतम है। उन्होंने कृषि उपकरणों के वितरण के मुद्दे पर ध्यान देने को मुझे प्रेरित किया। मैंने बात को पल्लू बाँधा और सभी संबधित विभागों की मॉनीटरिंग करना आरंभ कर दिया। परिणाम आश्चर्यजनक रहे। मॉनीटरिंग ने हमें राज्य में निम्नतम स्थान से उठा कर उच्चतम स्थान पर पहुँचा दिया था। यही नहीं बल्कि राज्य में बढ़त की दर में भी हम सर्वोत्तम रहे।*

किसी संस्थान में, उसके विभागों में क्या-क्या हो रहा है, यह जानने की पद्धति विकसित करना भी लीडरशिप का ही एक अंश है। हम अक्सर परियोजनाओं की प्रगति की मॉनीटरिंग के बारे में बात करते हैं। दरअसल यह अधिकारी-कर्मचारी संबंधों का ही एक अनिवार्य अंग होता है। यह हमें हमारे स्टाफ़ द्वारा किए जा रहे कामकाज और उसकी गुणवत्ता परख करने का एक साधन भी है। एक लीडर के रूप में सरकार को आपसे अपेक्षा है कि आप सरकारी नीतियों के कार्यान्वयन की मॉनीटरिंग करें। यह मॉनीटरिंग किसी प्रक्रिया, किसी नीति या किसी कार्यक्रम की हो सकती है। मॉनीटरिंग एक महत्वपूर्ण कार्य है क्योंकि सतत मॉनीटरिंग हज़ारों लोगों के जीवन को बेहतर बनाने में सहायक सिद्ध हो सकती है।

यह निम्नलिखित रूप में सहायक रहती है –

1. यह आकलन करने में सहायता करती है कि किसी योजना या कार्यक्रम के विभिन्न घटक उपलब्ध निधि का सदुपयोग करने में तथा वास्तविक

प्रगति करने में किस तरह आगे बढ़ रहे हैं।

2. यह विभिन्न व्यवधानों को पहचानने में सहायता करती है।
3. विभिन्न सेक्टरों के बीच सतत तालमेल विकसित करते रहने में सहायता करती है। (यह बात उन विशालकाय आधारभूत संरचना वाली परियोजनाओं या कुछ अन्य परियोजनाओं में और भी महत्वपूर्ण हो जाती है जिसे कि समूचे राज्य में आरंभ किया गया हो।)
4. यह पहचानने में सहायता करती है कि क्षेत्र स्तर पर काम कर रही विभिन्न शाखाएं क्या-क्या नवाचार अपना रही हैं।

जब समस्या को पहचान लिया गया हो तो उसके मूल कारण को और उसके प्रभावों को भी पहचान लिया जाना चाहिए ताकि उसका ठोस समाधान निकाला जा सके। सरकारी विभाग के आकार-प्रकार को देखते हुए मॉनीटरिंग के स्वरूप अनेक हो सकते हैं। जो बातें हमेशा ही दिमाग़ में रखी जानी चाहिए, वे हैं -

क. यह एक महत्वपूर्ण गतिविधि है और वरिष्ठ प्रबंधन द्वारा इसे निरंतर किया जाना चाहिए।

ख. अधोसंरचना वाली परियोजनाओं में वास्तविक तथा वित्तीय स्थिति की मॉनीटरिंग सतत की जाती रहनी चाहिए ताकि वित्तीय वर्ष के अंतिम दिनों में भाग-दौड़ न करनी पड़े।

ग. किसी भी समस्या का पता चलते ही उसका निवारण तत्काल अथवा यथाशीघ्र कर दिया जाना चाहिए अन्यथा लागत और समय का बढ़ना बाद में गंभीर समस्याएं खड़ी करता है।

घ. संस्थान में इसे विभिन्न स्तरों पर निरंतरता से किया जाते रहना चाहिए ताकि यह संदेश हर स्तर तक पहुँचे।

**अधोसंरचना क्षेत्र तथा सेवा देने वाले विभागों में मॉनीटरिंग का विशेष महत्व होता है, क्योंकि ये वे विभाग हैं जिनको बड़ी सामाजिक चुनौतियों का सामना करना होता है जैसे पानी की किल्लत, महामारी का प्रकोप, स्कूलों में बच्चों की संख्या में गिरावट, बच्चों में कुपोषण इत्यादि। कार्यों की समीक्षा आकलन करने के उन उपायों को विकसित करती है जिससे पता चले कि निर्दिष्ट एजेंसियाँ जनता की आवश्यकताओं की पूर्ति सुसंगत और निरंतर रूप से कर रही हैं या नहीं।** संस्थान के नियत कार्य को देखते हुए मॉनीटरिंग दैनिक,

साप्ताहिक, पाक्षिक या मासिक आधार पर की जा सकती है।

वित्तीय मॉनीटरिंग का बहुत महत्व है क्योंकि सभी सरकारी विभाग धन की कमी की निरंतर बात करते हैं। मॉनीटरिंग के लिए बजट एक महत्वपूर्ण माध्यम है। यह परियोजना को पूरा करने के लिए उसे गति प्रदान करने में सहायक रहता है। मॉनीटरिंग की टिप्पणियों को पर्यवेक्षकों तक ही सीमित नहीं

रखा जाना चाहिए बल्कि उन्हें उस कड़ी के अन्य अधिकारियों की जानकारी में भी लाया जाना चाहिए। इससे उन्हें सीखने को मिलेगा और संस्थान में जो हो रहा है उसकी जानकारी भी मिलेगी। मॉनीटरिंग हर लीडर के लिए एक बहुत

ही महत्वपूर्ण साधन है। यह इतना महत्वपूर्ण काम है कि इसे किसी और को नहीं सौंपना चाहिए। साप्ताहिक/पाक्षिक/मासिक या त्रैमासिक मॉनीटरिंग हमें निम्नलिखित मुद्दों पर महत्वपूर्ण जानकारियाँ दे सकती हैं –

1. विभिन्न टीमों का सामर्थ्य।
2. वे चुनौतियाँ और समस्याए जिनका सामना हमारी टीम कर रही है।
3. किन सुधारों को तुरंत किया जाना आवश्यक है?
4. वे कौन-कौन से लोग हैं जिन्हें प्रशिक्षित किया जाए और कौन-कौन भावी लीडर के रूप में विकसित हो सकते हैं।
5. वह कौन सा स्थानीय नवाचार है जिसे व्यापक स्तर पर लागू किया जा सकता है?

**अधोसंरचना क्षेत्र तथा सेवा देने वाले विभागों में मॉनीटरिंग का विशेष महत्व होता है, क्योंकि ये वे विभाग हैं जिनको बड़ी सामाजिक चुनौतियों का सामना करना होता है जैसे पानी की किल्लत, महामारी का प्रकोप, स्कूलों में बच्चों की संख्या में गिरावट, बच्चों में कुपोषण इत्यादि। कार्यों की समीक्षा आकलन करने के उन उपायों को विकसित करती है जिससे पता चले कि निर्दिष्ट एजेंसियाँ जनता की आवश्यकताओं की पूर्ति सुसंगत और निरंतर रूप से कर रही हैं या नहीं।**

# 8

# राह पर सतत नियंत्रण

टीम एक लंबी दूरी की मार करने वाली मिसाइल के समान होती है। एक बार दागे जाने के पश्चात् अज्ञात इलाके से होते हुए वह इस तरह गुज़रती है कि उसके रडार और सेंसर मार्ग में पड़ने वाले क्षेत्र का विवरण अपने नियंत्रक को भेजते रहें और उसका पथ सतत रूप से परिवर्तित किया जाता रहे ताकि लक्ष्य आँखों से ओझल न होने पाए। **प्रक्षेपण पथ पर निरंतर नियंत्रण रखे जाने का अर्थ है संस्थान में जो कुछ हो रहा है उस सब पर चौकस निगाह रखना। एक निश्चित अंतराल की अवधि से मॉनीटरिंग करते रहने से उच्च प्रबंधन को इस बात पर निगाह रखने का अवसर प्राप्त हो जाता है कि विभिन्न स्तरों पर क्या कुछ हो रहा है।** ख़र्च, निधि-वितरण या विभिन्न स्थानों पर स्टॉक की स्थिति के बारे में प्राप्त होने वाली फ़ीडबैक हमें आवश्यक सुधारात्मक क़दम उठाने का अवसर प्रदान करती है।

पथ नियंत्रण हमारे दिमाग़ में लक्ष्य को बनाए रखता है। जिन संगठनों व विभागों को कोई सार्वजनिक उद्देश्य पूरा करना होता है, उन सभी को अपना लक्ष्य स्पष्ट रखना चाहिए और उस संस्थान की गतिविधियाँ उन लक्ष्यों को नज़र में रखते हुए ही करनी चाहिए। फ़ीडबैक हमें ज़मीनी हक़ीक़त से भी परिचित कराता रहता है। बीच-बीच में आवश्यक सुधार करते रहने का कार्य भी अत्यंत आवश्यक है और सभी संस्थानों को यह करते रहना चाहिए। लगातार बदलते रहने वाले आर्थिक और तकनीकी परिदृश्य में बाहरी कारणों का ध्यान रखना बहुत आवश्यक है। आखिरकार सरकारें उन प्रणालियों में ही तो काम करती हैं जो अनेक कारकों पर निर्भर हैं। अतः बीच-बीच में किया जाने वाला सुधार जितना बेहतर होगा अंत में प्राप्त होने वाला परिणाम भी उतना ही बेहतर होगा।

प्रक्षेपण पथ पर निरंतर नियंत्रण रखे जाने का अर्थ है संस्थान में जो कुछ हो रहा है उस सब पर चौकस निगाह रखना। एक निश्चित अंतराल की अवधि से मॉनीटरिंग करते रहने से उच्च प्रबंधन को इस बात पर निगाह रखने का अवसर प्राप्त हो जाता है कि विभिन्न स्तरों पर क्या कुछ हो रहा है।

# 9

# उपलब्धियों को सहेजते रहें

हम सब सरकार द्वारा दिए लक्ष्यों को निर्धारित समय सीमा में पूरा करने के लिए कार्य करते हैं। सभी विभागाध्यक्षों के लिए यह आवश्यक है कि वे अपने संस्थान में जो हो रहा है उस पर अपनी पकड़ बनाए रखें। समय-समय पर समीक्षा इसके लिए एक प्रभावी साधन है। यह जानकारी समीक्षाधीन अवधि के दौरान कार्य-प्रगति को समेकित करने के लिए भी प्रयुक्त की जा सकती है। किसी कार्यालय के परिप्रेक्ष्य में कंसॉलिडेशन की इस प्रक्रिया में निम्नलिखित बातें होंगी :-

1. **प्रेरणा व प्रोत्साहन का स्तर ऊँचा रखना** – जैसे-जैसे व्यवस्थाएं सुदृढ़ होती जाएं, जो उपलब्धियाँ प्राप्त हो चुकी हैं वे कर्मचारियों के लिए एक उत्प्रेरक का काम करे। यह काम टीम के बीच सफलता की गाथाओं की जानकारी देकर और कर्मचारियों को आगे बढ़ने का जोश दिलाता है।
2. **अनावश्यक को हटाना** – सभी कार्यक्रम और परियोजनाएं हमेशा पूर्वनिर्धारित रीति-नीति के अनुसार नहीं चल पाते। क्रियान्वयन के दौरान संस्थान के भीतरी तथा बाहरी वातावरण में आए बदलावों के अनुसार कुछ संशोधनों को लागू करना पड़ता है। ये बदलाव किसी व्यक्ति के हटने या स्थानांतरण के कारण या लागत बढ़ जाने या सरकारी नीति में आए परिवर्तन के कारण हो सकते हैं। इन परिवर्तनों के कारण समुचित समायोजनों की आवश्यकता पड़ जाती है। इसका अर्थ होगा कुछ अंशों या घटकों को छोड़ देना या फिर योजना में इस प्रकार संशोधन करना कि वह किसी भी आपात स्थिति को संभाल सके। सरकारी परियोजनाओं और कार्यक्रमों के सामने ऐसी समस्याएं अक्सर आती हैं। उनमें से कुछ हैं -

   क. **नए हितबद्ध पक्षकारों का सामने आना** – ऐसा विशेष रूप से तब होता है जब कार्यक्रम व्यक्तिमूलक हितों पर आधारित हो।

ख. **न्यायालय में वाद** – आमतौर पर इसका सहारा वे लोग लेते हैं जिन्हें कोई परियोजना का कार्य मिल नहीं पाता या वे लोग जिनके हित कार्यक्रम के क्रियान्वयन से प्रतिकूल रूप में प्रभावित हो रहे हैं। भूमि आवंटन योजना, सीलिंग के विधान को लागू करना, सार्वजनिक परियोजनाओं के लिए भूमि अधिग्रहण करना, पर्यावरण समूहों द्वारा मुकदमेबाज़ी ऐसे ही कुछ उदाहरण हैं।

यह कन्सॉलिडेशन ऐसे मुद्दों का मूल्यांकन करने और समाधान करने में सहायक रहता है।

3. **समेकन हर स्तर पर** – सभी विभिन्न स्तरों पर विभिन्न अधिकारियों द्वारा समेकन की आवश्यकता है। हर एक को अपनी प्रगति की समीक्षा और अपने संसाधनों को पुनः चिन्हांकित करने की आवश्यकता है। **संस्थान में हर कर्मचारी को हितबद्ध होने के नाते, उन्हें प्रत्यक्ष व अप्रत्यक्ष लक्ष्यों पर निगाह रखनी चाहिए। ये प्रत्यक्ष लक्ष्य भौतिक या आर्थिक उपलब्धियाँ हो सकती हैं, जब कि सौहार्द, भाईचारा वृद्धि, अप्रत्यक्ष लक्ष्य हो सकते हैं।**

वित्तीय स्तर पर भी समेकन की आवश्यकता होती है। इससे यह सुनिश्चित हो जाता है कि वित्तीय नियामक तथा मॉनीटरिंग तंत्र को सुदृढ़ता मिल रही है और जवाबदेही बढ़ रही है। इस प्रकार कार्य-प्रगति के समेकन का अभ्यास करते रहना हमें एक चुस्त-दुरुस्त और सक्षम कार्य प्रणाली की ओर ले जाने वाला सिद्ध होता है।

संस्थान में हर कर्मचारी को हितबद्ध होने के नाते, उन्हें प्रत्यक्ष व अप्रत्यक्ष लक्ष्यों पर निगाह रखनी चाहिए। ये प्रत्यक्ष लक्ष्य भौतिक या आर्थिक उपलब्धियाँ हो सकती हैं, जब कि सौहार्द, भाईचारा वृद्धि, अप्रत्यक्ष लक्ष्य हो सकते हैं।

10

# स्थानीय प्रयोग और क्षेत्रीय विस्तार

लीडरशिप एक दिमाग़ी खेल है और इसमें यह सतत तलाश की जानी चाहिए कि अगला दिन किस प्रकार से बेहतर, संतोषप्रद तथा अधिक फलदायक हो। स्थानीय स्तर पर किए जा रहे प्रयोगों की सफलताओं को विस्तारित करने की भी आवश्यकता होती है। दरअसल, पायलेट चरण के निर्णायक परिणाम प्राप्त होते ही उन्हें नए क्षेत्रों में भी विस्तारित किया जाना चाहिए, चाहे वह कृषि संबंधी अभियान, नई सड़क योजना, जल संरक्षण ढाँचों को डिज़ाइन करना या नई स्वास्थ्य रणनीति हो। यह बात सभी परिस्थितियों में लागू होती है।

सभी सरकारों का कार्य संचालन की दृष्टि से विशाल दायरे में रहता है। भारतीय अर्थव्यवस्था में यहाँ सरकार से जुड़े विषय केंद्र तथा राज्य सरकार के बीच बँटे रहते हैं। रोज देश में किसी न किसी नए कार्यक्रम या परियोजना के शुरु किए जाने की बात सुनने में आती रहती है। राज्यों में कार्यक्रम जब एक विशाल स्तर पर शुरु किए जाते हैं तब यह आवश्यक हो जाता है कि उस कार्यक्रम के क्रियान्वयन के लिए उससे संबंधित विभिन्न पहलुओं को संबंधित कर्मचारियों द्वारा स्पष्ट तौर पर समझ लिया जाए। यद्यपि यह महत्वपूर्ण है कि कार्यक्रम के लाभार्थियों को भी उस कार्यक्रम से भली-भांति अवगत करा दिया जाए, किंतु अधिक महत्वपूर्ण यह है कि विभिन्न स्तरों पर कार्य कर रहे कर्मचारियों को यह स्पष्ट समझ हो कि अमल के स्तर पर उनसे क्या-क्या अपेक्षा है।

अच्छा यही है कि राष्ट्रीय या राज्य स्तर के बड़े कार्यक्रमों को पूरी तरह से क्रियान्वयन हेतु विस्तारित करने से पहले उन्हें प्रायोगिक चरण से गुज़ारा जाए। किसी पायलेट प्रोजेक्ट को बनाते समय निम्नलिखित बातों पर ध्यान देना चाहिए -

1. इस परियोजना के द्वारा अंततः जो परिवेश हम बनाएंगे, उसकी अनुभूति इसमें मिले।
2. अपेक्षा अनुसार यह परियोजना के अमल होने की परख कर सकता हो।
3. वृहद रूप में शुरू किए जाने पर आने वाली संभावित समस्याओं का आकलन।
4. भावी परियोजना या कार्यक्रम के ढाँचे के बारे में फ़ीडबैक प्राप्त करना।
5. विभिन्न पूर्वानुमानों की उपयोगिता की जाँच-परख हेतु।

**प्रायोगिक कार्यक्रम को किसी छोटे क्षेत्र में या संभाले जाने योग्य सीमित संख्या वाले कार्यालयों में चलाया जाता है ताकि प्रयोगात्मक अवस्था के दौरान उसे निकट से मॉनीटर किया जा सके। दरअसल इसे सिस्टम के अंदर ही एक नए विचार को लागू करने और सामने आने वाली संभावित समस्याओं को कूट परीक्षण कर संभावित कठिनाइयों को समाधान करने का प्रयोग माना जाना चाहिए। ऐसे प्रायोगिक कार्यक्रम के परिणामों को निर्णयकर्ताओं से साझा करना चाहिए।** यह संस्थान के अंदर काम करने वाले ऐसे लोगों को संदेश देने का भी एक तरीक़ा है जो नवाचारों को संदेह से देखते हैं। जहाँ कार्य क्षेत्र अनजान हो उन क्षेत्रों में कार्य प्रारंभ करने के लिए ये प्रयोग संभावित ख़तरों को कम करने का काम करते हैं।

किसी पायलेट परियोजना को तैयार करते समय निम्नलिखित बातों का ध्यान रखना चाहिए -

1. इलाके का क्षेत्रफल
2. उपलब्ध निधि
3. उच्च अधिकारियों का समर्थन
4. स्टाफ़ के अनुभव तथा प्रशिक्षण का स्तर
5. पूरा करने की समय सीमा
6. कार्य का सामान्य परिवेश

पायलेट स्तरीय कार्यक्रम अब सभी बड़े सामाजिक-आर्थिक विकास कार्यक्रमों का एक प्रमाणित तौर-तरीक़ा बन गए हैं। कृषि, स्वास्थ्य, पेय जल, शहरी विकास, शिक्षा, समाज कल्याण, भूमि अभिलेख विभाग इत्यादि कुछ ऐसे विभाग

हैं जो कोई न कोई प्रायोगिक कार्यक्रम चलाते ही रहते हैं। किसी भी प्रायोगिक कार्यक्रम को तैयार करते समय योजनाकर्ताओं को वह वृहद स्वरूप ध्यान में रखना चाहिए जब वह परियोजना पूरे पैमाने पर प्रभावशील हो जाएगी।

सरकारी क्षेत्र में किए जा रहे बड़े प्रोजेक्टस का प्रभाव अनेक विभागों पर पड़ता है जैसे वन, राजस्व, ऊर्जा, सार्वजनिक निर्माण विभाग, पुलिस इत्यादि। इस प्रकार, प्रायोगिक चरण में विभिन्न एजेंसियों को समुचित रूप से जोड़ लेने से किए गए कार्य का आकलन उस परियोजना को अंतिम स्वरूप देने में उपयोगी रहता है।

**क्षेत्रीय विस्तारः** प्रायोगिक कार्यक्रम आने वाली बड़ी चुनौती से निपटने की क्षमता पैदा करने का पूर्व अभ्यास होता है। इसकी सीख बाद में संसाधनों का सही उपयोग और समय सीमा को पुनर्निर्धारित करने में मददगार होते हैं यह विभिन्न स्तरों पर स्टाफ़ तथा जनता के साथ व्यापक रूप से सूचना के आदान-प्रदान करने में सहायक सिद्ध होते हैं। अच्छा यही है कि प्रायोगिक कार्यक्रम से प्राप्त सूचनाओं व आँकड़ों को सुव्यवस्थित दस्तावेज़ का स्वरूप दिया जाए ताकि बाद में मूल्यांकन करते समय इसकी सहायता ली जा सके। जन संपर्क एवं प्रचार-प्रसार में भी यह महत्वपूर्ण है।

**प्रायोगिक कार्यक्रम को किसी छोटे क्षेत्र में या संभाले जाने योग्य सीमित संख्या वाले कार्यालयों में चलाया जाता है ताकि प्रयोगात्मक अवस्था के दौरान उसे निकट से मॉनीटर किया जा सके। दरअसल इसे सिस्टम के अंदर ही एक नए विचार को लागू करने और सामने आने वाली संभावित समस्याओं का कूट परीक्षण कर संभावित कठिनाइयों का समाधान करने का प्रयोग माना जाना चाहिए। ऐसे प्रायोगिक कार्यक्रम के परिणामों को निर्णयकर्ताओं से साझा करना चाहिए।**

# 11

# संवाद करें – बात निकलेगी तो दूर तलक जाएगी

यह शताब्दी विचारों की सदी है। विचार ही हैं जो विश्व पर राज करते हैं। कोई नया विचार कितनी जल्दी लोगों द्वारा मान्य कर लिया जाता है, यही उस विचार की सफलता का मापदंड है और लोग सचमुच उसके अनुयायी हो जाते हैं। सभी प्रत्यक्ष या अप्रत्यक्ष कार्य भी अपनी टीम तथा संस्थान के साथ संवाद करने के तरीक़े ही होते हैं। लीडर को यह बात समझ लेनी चाहिए और उसे टीम तथा कर्मचारियों के बीच संवाद को प्रोत्साहित करना चाहिए। इसका अर्थ यह भी है कि अधिक से अधिक लोगों को संस्थान के नज़रिए से अवगत कराना। यदि हम सफल लोगों के इतिहास को देखें तो पायेंगे कि उन लोगों में कमाल की संवाद कला थी। लोग उस लीडर के अनुयायी बनते हैं जिसका नज़रिया और लक्ष्य या गंतव्य बिल्कुल स्पष्ट हो ताकि उन्हें पता रहे कि यह परिवर्तन उन्हें कहाँ ले जाने वाला है।

किसी सरकारी विभाग में (उदाहरण के लिए जैसे स्कूल शिक्षा, जहाँ विभिन्न स्तर तथा वेतनमान में विभिन्न स्थानों पर 4,15,000 कर्मचारियों को उसके अंतिम छोर अध्यापक तक), विभाग का लक्ष्य सीधे तौर पर पहुँचाने का न तो कोई औपचारिक तरीक़ा उपलब्ध है और न ही अनौपचारिक। विभिन्न कार्यक्रमों के बारे में जो समझ उन्हें प्राप्त होती है वह उन तक घूम-फिर कर ही पहुँचती है। सरकारी तंत्र के विशाल आकार वाले विभागों की एक और समस्या यह भी है कि बिल्कुल ऊपर-नीचे वाले दो या तीन स्तरों के बीच औपचारिक विचार विमर्श या वार्तालाप नियमित रूप से नहीं होता। ऐसी अवस्था में उस संस्थान का लक्ष्य केवल एक सामान्य प्रकार के अभिलाषा के रूप में ही रह जाता है जो उनकी मूल अवधारणा को कर्मचारियों तक ठीक-ठीक तरह नहीं पहुँचा पाता।

**संप्रेषण में सभी तरह की गतिविधियाँ शामिल रहती हैं :** हर व्यक्ति सारे दिन किसी न किसी तरह से अपनी बात व्यक्त करता है, किसी संस्थान में किए जाने वाले संप्रेषण में हमारा फ़ोकस दूसरे को विश्वसनीय और समुचित संदेश पहुँचाने पर रहना चाहिए। संस्थान को निरंतर गतिशील बनाए रखना अनिवार्य है। इसमें आएंगे :-

» सूचनाओं को प्राप्त करना

» सूचनाएं प्रदान करना

» दूसरों को प्रभावित करना कि वे आपका आशय समझें

सरकारी तंत्र में महसूस की जाने वाली मुख्य परेशानियाँ निम्न हैं :-

1. संप्रेषण का अभाव या अपर्याप्तता जिसका परिणाम होता है ग़लत जानकारी या ग़लतफ़हमी का हो जाना।
2. फ़ोकस का न रहना
3. कार्य को औपचारिक लिखित ज्ञापनों या पत्रों द्वारा ही करना।
4. उत्साहित न होना
5. सुस्पष्ट और असंदिग्ध संदेश देने के लिए आधुनिक संचार के साधनों, जैसे इंटरनेट, मोबाइल, वायरलैस या ऑडियो-वीडियो सिस्टम, का प्रयोग न किया जाना।

किसी संस्थान द्वारा संप्रेषण में समुचित ध्यान ना देने से वह संख्या उदासीन मनःस्थिति में आ जाती है जो कि किसी भी शहर की किसी सड़क पर स्थित ऊँघते और निष्क्रिय सरकारी कार्यालय में देखी जा सकती है। इससे भी बुरा यह है कि यह मनःस्थिति उस संस्थान को स्थानीय परिस्थितियों के भरोसे छोड़ देती है जो कि उसे बहा कर उसके उद्देश्यों व लक्ष्यों से दूर ले जाती हैं।

संस्थानगत संप्रेषण आधारिक रूप से उच्च अधिकारियों द्वारा समय-समय पर किया जाने वाला लिखित तथा मौखिक संवाद तक ही सीमित रहता है। कुशलतापूर्वक तथा सफलतापूर्वक संप्रेषण करने का रहस्य यह जान लेना है कि जो आप कह रहे हैं उसकी अपेक्षा यह अधिक महत्वपूर्ण है कि आप उसे कैसे कह रहे हैं। बेहतर प्रभाव डालने के लिए आवश्यक है कि हम अभिव्यक्ति की अधिकतम विधाओं को प्रयोग करें, जैसे आपकी भाव-भंगिमाएं, आपके हाव-भाव, आपके स्वर का उतार-चढ़ाव और आपके शब्द। अध्ययन तथा अनुसंधान बताते

हैं कि दूसरों पर पड़ने वाले हमारे किसी भी प्रभाव के ९० प्रतिशत भाग के लिए हमारे स्वर का उतार-चढ़ाव और हमारी भाव-भंगिमाएं ही ज़िम्मेदार रहते हैं। इस प्रतिशत को निम्नानुसार बाँटा गया है :

- **हाव–भाव** – 55 प्रतिशत - हमारे चेहरे की भाव-भंगिमाएं, हमारे हाव-भाव, हमारा नेत्र-संपर्क और सामान्य शारीरिक भाषा हमारे तात्कालिक प्रभाव को पैदा करने वाले रहते हैं क्योंकि हमारे शरीर की भाव-भंगिमाएं और चेहरे के हाव-भाव हमारे द्वारा प्रयुक्त किए जाने वाले शब्दों की अपेक्षा आठ गुना अधिक प्रबल रहते हैं। हमें इनकी प्रबलता से अवगत रहना चाहिए और उनका बहुत ध्यान रखना चाहिए।
- **स्वर** – 38 प्रतिशत - आपके द्वारा प्रयुक्त किए जाने वाले स्वर, स्वर-शैली, आपकी आवाज़ के पूरे लहज़े से लोग उस बात का अर्थ निकाल लेते हैं जो आप कह रहे होते हैं। चूंकि आपके द्वारा पड़ने वाले प्रभाव का एक-तिहाई आपके स्वर का परिणाम होता है अतः आप जो भी संप्रेषण करें उसमें अपने स्वर का सही-सही उपयोग करें।
- **शब्द** – 7 प्रतिशत - आपके शब्द भले ही आपके प्रभाव का अधिक अंश न होते हों किंतु यह याद रखिए कि हाव-भाव और स्वर जब धुंधले हो जाते हैं तब आपके शाब्दिक संदेश ही तो शेष रह जाते हैं।

अतः अपनी टीम को अपना संदेश देते समय अपनी शारीरिक भाषा और स्वर-शैली का समुचित प्रयोग करना चाहिए।

**पठन व लेखन** – सरकारी कामकाज हमेशा ही एक औपचारिक लिखित संप्रेषण द्वारा किया जाता है। यहाँ तक कि जब किसी सेमीनार में किसी नीति को मौखिक रूप से या किसी अन्य प्रकार से घोषित किया जाता है तब उसके साथ-साथ उसका पूरा विवरण लिखित रूप में भी उपलब्ध कराया जाता है। सरकार की दिन-प्रतिदिन की कार्य प्रणाली भी इसी प्रकार की है कि जो कुछ कहा जाए उसे स्थाई अभिलेख के लिए लिखित रूप में अवश्य रखा जाए। यह बात महत्वपूर्ण है कि हम निर्देश लिखित रूप में प्राप्त होने पर ही काम करना शुरू करते हैं। एक बार लिखित ड्राफ्ट बन जाए तो उसमें संशोधन तो बाद में कितनी बार कभी भी किए जा सकते हैं।

लिखित संवाद अधिक समय लेता है और चुनौतीपूर्ण भी है। किसी भी नीति प्रारूप को या किसी अन्य लिखित टीप को आदेश के रूप में आने से पहले 3-4 विभिन्न स्तरों के अधिकारियों द्वारा देखे जाने और अंतिम रूप दिए जाने की आवश्यकता होती है। यह हमें जटिल और विस्तृत निर्देशों को एक समुचित व सुव्यवस्थित तरीक़े से प्रेषित करने का अवसर प्रदान करता है। इसके अलावा, किसी आदेश में क्या लिखा गया था इसको पुर्न अवलोकन करने में भी सरलता रहती है।

लेखनी में वह निपुणता लाने के लिए कि लोग उसे पढ़ना चाहें, आवश्यक है कि प्रथमतः तो वह लिखा जाए और दूसरा यह कि वह सही लिखा जाए। आज के समय में जब कंप्यूटर की सुविधा है, तो उसे ऐसा भी बनाया जा सकता है कि वह देखने-पढ़ने में अच्छा लगे। ऊपर- नीचे के ख़ाली स्थान, शीर्षक और पैराग्राफ़ को नियमित रूप से उपयोग किया जाना चाहिए। पढ़ने व देखने में भी इसका अच्छा प्रभाव पड़ता हैं। ये प्रस्तुति में प्रभाव और उत्साह जगाते हैं और लोग उसे अच्छे से ग्रहण करते हैं। संवाद, और विशेष रूप से लिखित संवाद, कार्यालयीन कामकाज को गति देने के साधन की तरह उपयोग किया जाना चाहिए और इस पर सावधानीपूर्वक नज़र रखी जानी चाहिए ताकि हमारा क़ीमती समय टेलीफ़ोन करने, इंटरनेट और मोबाइल आदि का प्रयोग करते रहने में ही ख़राब न होता रहे।

**आज कार्यालयीन कामकाज तेज़ी से बढ़ रहा है। इंटरनेट, ई–मेल और मोबाइल तकनीक के आ जाने से यह संभव हो गया है कि कहीं भी आज आपका कार्यालय आपके साथ रह सकता है। इनके माध्यम से आप अपनी टीम, अपने स्टाफ़ और अन्य सहकर्मियों से निरंतर संपर्क में बने रह सकते हैं। टेलीफ़ोन संप्रेषण का एक कारगर साधन है और इसका भरपूर प्रयोग किया जाना चाहिए।** इसके कुछ लाभ ये हैं -

1. त्वरित संपर्क
2. अपने स्वर और अपनी आवाज़ को ऊँचा-नीचा करके आप काम की महत्ता और उसकी त्वरित आवश्यकता को जता सकते हैं।
3. चौबीसों घंटे यह आपकी जेब में उपलब्ध रहता है।
4. टेलीफ़ोन पर ही किसी लीडर के अधीन कार्यरत 8-10 प्रमुख अधिकारियों के साथ प्रतिदिन संपर्क रखते हुए, किसी भी कार्यक्रम की गति को मार्ग-दर्शन व निर्देशन देते हुए आगे बढ़ाया जा सकता है।

## मोबाइल और इंटरनेट –

**ध्वनि की गति से संप्रेषण :** हमारे देश में इंटरनेट और मोबाइल टेलीफ़ोन के नेटवर्क ने आज इसे विश्व का दूसरा सबसे बड़ा मोबाइल नेटवर्क बना दिया है। बड़ी संख्या में लोगों को छोटे, सटीक और स्फूर्तिदायक संदेश भेजने के लिए यह एक बहुत ही कारगर साधन है। मोबाइल फ़ोन की मैसेज सेवा द्वारा बड़ी संख्या में दूर-दराज़ इलाकों में स्थित विभिन्न विभागाध्यक्षों को दिन-प्रतिदिन लिए जाने वाले निर्णयों से अवगत कराने के लिए प्रयुक्त किया जा सकता है। मोबाइल एसएमएस के कुछ उदाहरण हैं –

1. मीटिंग निर्धारण की सूचना – "ज़िला प्रमुखों की अगली बैठक 23 जनवरी को 12.30 बजे मुख्यालय कार्यालय में होगी, एजेंडा 8 दिसंबर की बैठक वाला ही रहेगा, कृपया पूरे विवरण के साथ बैठक में आएं।"
2. संचालक महिला तथा बाल कल्याण विभाग ने 26 फरवरी को नई दिल्ली में बैठक बुलाई है। बैठक में आप शामिल हों।
3. मैं 31 मार्च 2012 तक शहर में उपलब्ध नहीं हूँ।
4. कोल इंडिया से भोपाल यार्ड में 21 जनवरी को कोयला आ रहा है, कृपया इसे परिवहन कराने हेतु दस ट्रक भेजें।

मैंने इसका बहुत प्रयोग किया है और इसे बहुत कारगर भी पाया है। ये लेखी होने के कारण इसे किसी भावी संदर्भ के लिए मोबाइल मेमोरी में सुरक्षित भी रखा जा सकता है या पर्सनल कंप्यूटर में डाउनलोड भी किया जा सकता है।

*जो बोलता है वह बोता है, जो सुनता है वह काटता है।*

**– अर्जेंटाइन कहावत**

*यदि हम सशक्त हैं तो हमारी शक्ति स्वयं बोलेगी, किंतु यदि हम अशक्त हैं तो शब्दों से कुछ होने वाला नहीं है।*

**– जॉन एफ़ कैनेडी**

*संचार के लिए किए गए अब तक हुए समस्त आविष्कारों में, तस्वीरें अभी भी सर्वमान्य रूप से सबसे अधिक समझी जाने वाली भाषा का काम करती हैं।*

**– वाल्ट डिज़नी**

*बुद्धिमान व्यक्ति की तरह सोचिए, किंतु आम आदमी की भाषा में बोलिए।*

**– विलयम बी यीट्स**

*हमारे दो कान हैं किंतु मुँह एक है ताकि हम बोलने से दो गुना सुन सकें।*

**– एपिक्टिटस**

*संचार करना लीडरशिप का असल काम है।*

**– नितिन नोहरिया**

**आज कार्यालयीन कामकाज तेज़ी से बढ़ रहा है। इंटरनेट, ई–मेल और मोबाइल तकनीक के आ जाने से यह संभव हो गया है कि कहीं भी आज आपका कार्यालय आपके साथ रह सकता है। इनके माध्यम से आप अपनी टीम, अपने स्टाफ़ और अन्य सहकर्मियों से निरंतर संपर्क में बने रह सकते हैं। टेलीफ़ोन संप्रेषण का एक कारगर साधन है और इसका भरपूर प्रयोग किया जाना चाहिए।**

12

# अपना गुणगान ख़ुद करें

सरकार का मुख्य कार्य आज लोक सेवा है। इसे हम अपने चारों तरफ़ सड़कें, ऊर्जा, संचार, सफ़ाई व्यवस्था, शिक्षा, जल आपूर्ति, सार्वजनिक स्वास्थ्य, प्रदूषण नियंत्रण, वन, डाक, बैंकिंग इत्यादि के रूप से देख सकते हैं। सरकार और स्थानीय निकायों का स्वरूप जन-उन्मुखी होने के कारण उनकी हमेशा यह आकांक्षा रहती है कि उनके द्वारा किए जा रहे सकारात्मक प्रयासों और विकास की चर्चा दूर-दूर तक हो ताकि उनको प्रशंसा व पहचान मिल सके। वास्तव में मीडिया सरकार के अच्छे-बुरे कामों को उजागर करने का माध्यम है। सामान्यतः सरकारी अधिकारियों में प्रचार या मीडिया से बचने की प्रकृति रहती हैं। अपने विभाग की अच्छी-अच्छी बातों को छपाना तो चाहते हैं किंतु संचार तंत्र को जानकारियाँ नहीं देना चाहते। प्रेस के साथ अपने विभाग की किसी जानकारी को देने में उन्हें सदा संकोच रहता है।

अपने कार्यों का प्रचार-प्रसार करना तो सभी सरकारों का अनिवार्य अंग है, तभी तो सभी सरकारी विभागों और सार्वजनिक क्षेत्र की इकाईयों में जन संपर्क विभाग बनाए गए हैं। यदि आप स्वयं अपने किए को नहीं बखानेगे और किसी कोने में खड़े होकर किसी और के द्वारा ऐसा किए जाने की प्रतीक्षा में रहेंगे तो यह आपको बहुत दूर तक नहीं ले जाएगा। **आमतौर पर सरकारी अधिकारी बहुत संकोची और कतराने वाले होते हैं। उन्हें लगता है कि यदि वे लोगों की नज़रों में आएंगे तो कहीं ऐसा न हो कि देखने वाले उन पर हँसें या उनका उपहास करें। इससे उनके अंदर एक मिथ्या विनम्रता पैदा हो जाती है। वे चाहते तो हैं कि उनके द्वारा किया काम सार्वजनिक रूप से सबके सामने आए किंतु उसके बारे में अपने मुँह से कुछ कहने में वे संकोच करते हैं। अपनी उपलब्धि को जग-ज़ाहिर न करके वे दरअसल सही लोक सेवा नहीं कर रहे।** यदि किसी ने कुछ ऐसा उल्लेखनीय काम किया है जिससे कि लोगों का सचमुच हित हो सकता है किंतु उसने उसे जग-ज़ाहिर नहीं किया है तो निश्चय ही लोग ऐसे लाभों से वंचित ही रह जाएंगे।

सरकार के लिए केवल जनता ही श्रोता नहीं है बल्कि आपके अपने संस्थान में भी नागरिकों के प्रति किए जाने वाले योगदान के लिए गर्व का अनुभव हो सकता है। अतः संकोच के खोल से बाहर निकलिए - अपनी भी और उस विभाग की भी जिसका आप प्रतिनिधित्व करते हैं, प्रशंसा कीजिए। अपने किए का बखान करना एक सकारात्मक जन संपर्क गतिविधि है। जो आप कर रहे हैं यह उसे जताना-बताना और जनता से जोड़ना भर ही तो है। जो आपने किया है लोग उसे जानें, इसके कुछ तरीक़े ये हैं -

क. समाचारपत्रों में लेख देना

ख. रेडियो में समाचार देना

ग. टीवी पर समाचार देना

घ. समाचारों का सार-संक्षेप भेजते रहना

देखा गया है कि अधिकांश लोग अपने किए का बखान करना अच्छा नहीं मानते हैं। किंतु यदि आप अपने किए का समर्थन व प्रोत्साहन नहीं करेंगे तो आपका उत्कृष्ठ किया कार्य भी अनकिया जैसा रह जाएगा।

सकारात्मक जन संपर्क का अर्थ हमेशा ही यह नहीं होता है कि आप यश और प्रसिध्दि चाह रहे हैं, किंतु इसके बिना आपने जो दूसरों के लिए किया है वह तो उन्हें अज्ञात ही रह जाएगा। अपने किए को बताने का सहज स्वाभाविक परिणाम यह तो होगा ही कि लोगों का ध्यान आपकी ओर जाएगा। लोगों को यह बताने व जताने का तरीक़ा है कि आप क्या हैं और क्या कर रहे हैं। दरअसल, अपने लक्ष्य जनता के साथ संबंध स्थापित करने का यह एक तरीक़ा है।

*जीवन कुछ-कुछ शहनाई की तरह है। यदि आप इसमें कुछ डालेंगे नहीं तो इसमें से कुछ निकलेगा भी नहीं।*

– विलियम क्रिस्टोफ़र हैंडी

*लीडरशिप का सार यही है कि आपकी नज़र में कोई सोच तो होनी ही चाहिए। आप यूँ ही किसी भी अपरिचित शहनाई को ढंग से नहीं बजा सकते।*

– जॉर्ज गैलोवे

*लीडरशिप तो सेवा करने का एक अवसर है, दूसरों को अपना महत्व बताने का ढिंढोरा पीटना नहीं है।*

– जे.डोनाल्ड वाल्टर्स

आमतौर पर सरकारी अधिकारी बहुत संकोची और कतराने वाले होते हैं। उन्हें लगता है कि यदि वे लोगों की नज़रों में आएंगे तो कहीं ऐसा न हो कि देखने वाले उन पर हँसें या उनका उपहास करें। इससे उनके अंदर एक मिथ्या विनम्रता पैदा हो जाती है। वे चाहते तो हैं कि उनके द्वारा किया काम सार्वजनिक रूप से सबके सामने आए किंतु उसके बारे में अपने मुँह से कुछ कहने में वे संकोच ही करते हैं। अपनी उपलब्धि को जग–ज़ाहिर न करके वे दरअसल सही लोक सेवा नहीं कर रहे।

13

# ज़िंदगी न मिलेगी दोबारा– जीवन को मकसद दें

हमारा काम हमारे जीवन को एक मकसद देता है। हमारा कार्यस्थल वैसी ही एक पवित्र संस्था है जैसा एक परिवार। जो व्यक्ति सरकारी कार्यालयों में या सार्वजनिक संस्थानों में कार्यरत हैं उन्हें ईश्वर को धन्यवाद देना चाहिए कि उसने उन्हें समाज की भरपूर भलाई करने का सुअवसर प्रदान किया है। गाँव के पटवारी, स्वास्थ्य कार्यकर्ता या स्कूल अध्यापक से लेकर सरकार में सर्वोच्च स्तर तक, सभी लोकसेवा से नाम व यश कमा सकते हैं। उन्हें तो ईश्वर के प्रति आभार करना चाहिए कि उन्हें लोक-सेवा का एक अनुपम मौका मिला है।

## हमारा काम हमें प्रदान करता है :

क. जीवन निर्वाह के लिए वेतन।

ख. बड़े पैमाने पर जनता की सेवा करने का सुअवसर।

ग. विकास प्रक्रिया में एक बड़ी भूमिका निभाने का सुअवसर।

घ. अपने इस जीवन काल में अपने सपनों को साकार करने तथा आत्म विकास करने का मार्ग।

इस सेवा देने के माध्यम से हमारे संस्थान हमें वह अवसर देते हैं जिससे कि हम नई ऊँचाईयों तक पहुँच सकते हैं, चाहे वह सोपान -

1. एक वैज्ञानिक से भारत के राष्ट्रपति पद तक पहुँचना हो,
2. एक विश्वविद्यालय के प्रोफ़ेसर से प्रधानमंत्री पद तक पहुँचना हो,
3. एक आर्मी-ट्रक-ड्राइवर से सुविख्यात समाजसेवी अन्ना हज़ारे बनना हो,

4. नीति निर्माता के रूप में भविष्य निर्माता बनना हो,
5. एक लोकसेवक से सांसद या विधायक बनना हो।

## लोकसेवाएं – सेवा करने का अवसर

सरकारी पद पर होने का अलग महत्व है, विशेष रूप से उन लोगों के लिए जो कि लीडरशिप की स्थिति में हैं? वह क्या है जो हज़ारों लोकसेवकों और लाखों अन्य अधिकारियों/कर्मचारियों को एक साथ रखता है? देश में लगभग तीस लाख केंद्र-सरकार के कर्मचारी हैं जो कि विभिन्न सार्वजनिक क्षेत्र तथा केंद्र-सरकार के तंत्र के अंतर्गत कार्यरत हैं, इसमें रेलवे शामिल है जो कि विश्व के सर्वाधिक कर्मचारी वाले संस्थान के रूप में एक विशिष्ट पहचान रखता है। यह उल्लेखनीय है कि लोकसेवकों की इस संख्या में गत 10 वर्षों में 10 लाख की घटत हुई है इसका यह भी अर्थ हुआ कि सरकारी क्षेत्र में उत्पादकता में कुल मिलाकर बढ़ोतरी हुई है।

सरकारी सेवाएं जन साधारण की सेवा करने का अनोखा अवसर प्रदान करती है क्योंकि ऐसे सभी काम जो कि आम आदमी के जीवन की अनिवार्य आवश्यकताओं के साथ जुड़े हैं, वे सरकारी क्षेत्र में ही हैं, कुछ के नाम गिनाए ही जा सकते हैं - जैसे रक्षा, विदेशी मामले, शहरी विकास और कल्याण के मामले, कृषि, क़ानून तथा व्यवस्था, ऊर्जा, रेलवे, वन, सड़कें इत्यादि। सरकारी सेवा से हम निम्न पाते हैं -

1. आत्म सम्मान
2. आत्म संतुष्टि
3. नौकरी में चुनौती
4. एक श्रेष्ठ प्रयोजन के लिए कार्य करने की भावना
5. देश सेवा करने की भावना
6. सुरक्षित नौकरी

यह सेवा हमें संतुष्टि का एक और अवसर भी प्रदान करती है और वह है इस तंत्र में रहते हुए अपने व्यापक नैतिक या सामाजिक दायित्व को पूरा करना।

**लोकसेवाएं हमें एक कार्यकुशल व्यक्ति के रूप में विकसित होने तथा व्यापक अर्थ में एक लीडर के रूप में विकसित होने का अनोखा अवसर देती हैं।**

**ऐसे अनेक उदाहरण हैं जहाँ कि जीवन के हर क्षेत्र से आने वाले लोग केवल अपनी कार्यकुशलता की उत्कृष्टता के कारण ही देश के प्रधानमंत्री और राष्ट्रपति जैसे पदों पर आसीन हुए हैं।** पूर्व राष्ट्रपति प्रो. ए.पी.जे. कलाम, वर्तमान प्रधानमंत्री डॉ. मनमोहन सिंह इसके दो प्रत्यक्ष उदाहरण हैं। ऐसे अन्य अनेक उदाहारण हैं जिनमें सेना के जनरल, सरकार में रहे सचिव, आई.ए.एस., आई. एफ़.एस., आई.पी.एस. तथा अन्य अधिकारी अपने कार्यक्षेत्र में सफल रहने के साथ ही राज्यपाल, मंत्री तथा राज्यों के मुख्यमंत्री पद पर भी सेवा करने का अवसर पा सके। ये वही लोग थे - जिनमें कि महिलाएं भी थीं और पुरुष भी - जो कि लोकसेवक के रूप में उत्कृष्ट सिद्ध हुए थे। एक अच्छी बात यह है कि इससे हमारी संसदीय प्रजातंत्र की संस्था में विशेषज्ञों तथा प्रबुद्ध लोगों की उपलब्धता भी हो जाती है क्योंकि अक्सर यह शिकायत रहती है कि राजनैतिक करियर में हमारे यहाँ न्यूनतम शैक्षणिक योग्यता नहीं है।

प्राइवेट सेक्टर के उच्च पदों के वेतन पैकेज की तुलना में सरकारी क्षेत्र की सेवाओं के पैकेज उतने आकर्षक नहीं होते, किंतु कनिष्ठ पदों पर सरकारी क्षेत्र में प्रतिपूर्ति पैकेज प्राइवेट सेक्टर की अपेक्षा काफ़ी बेहतर होते हैं। ऐसा शायद ही कभी सुनने में आया हो कि सरकारी क्षेत्र के मध्यम या कनिष्ठ स्तर के किसी लोकसेवक ने प्राइवेट सेक्टर के संस्थान के लिए सरकारी नौकरी छोड़ दी हो। केवल वेतन ही सरकारी कार्यालयों में काम करने का अकेला कारण नहीं है, यह नए-नए क्षेत्रों को जानने-सीखने का अवसर देने वाला क्षेत्र भी है।

*जीवन का उद्देश्य है एक उद्देश्यपूर्ण जीवन जीना।*

– रॉबर्ट बर्न

*जीवन स्वयं में इतना विस्मयकारी है कि कुछ और करने का इसमें समय ही कहाँ बचता है।*

– एमिली डिकिंसन

*जीवन का उद्देश्य है अपने हृदय के स्पंदन को ब्रह्मांड के स्पंदन से मिलाना, अपनी प्रवृति को प्रकृति के सम रखना।*

– जोसेफ़ कैंपबेल

*जीवन हमें कोई अर्थ दे, इसकी प्रतीक्षा करने के बजाय हमें जीवन को अर्थ दे देना चाहिए।*

– स्टेसी

*जीने का मेरा सूत्र बिल्कुल सीधा-सादा है। मैं सुबह जागता हूँ और रात को सो जाता हूँ और इसके बीच में मैं अपने आप को यथासंभव सर्वोत्तम प्रकार से व्यस्त रखता हूँ।*

**– कैरी ग्रैंट**

*जीवन से प्रसन्न रहिए क्योंकि यह आपको अवसर देता है प्रेम करने का, काम का, खेलने का और तारों को निहारने का।*

**– हेनरी वान डाईक**

*जीवन एक सिक्के की तरह है। इसे आप चाहे जैसे ख़र्च कर सकते हैं लेकिन बस एक बार।*

**– लिलियन डिक्सन**

*यदि स सफलता है, तो सूत्र है : स = क + ख + ज; क से काम, ख से खेल और ज से जबान पर लगाम।*

**– एल्बर्ट आईंस्टाइन**

*यदि आप संघर्ष करना बंद कर देते हैं तो आप जीना बंद कर देते हैं।*

**– हिवी न्यूटन**

*जीवन दस गतियों वाली बाइसिकिल की तरह है। हम में से अधिकांश लोग उन गीयर्स का उपयोग ही नहीं करते हैं जो कि हमें प्राप्त हैं।*

**– चार्ल्स शुल्ज़**

**लोकसेवाएं हमें एक कार्यकुशल व्यक्ति के रूप में विकसित होने तथा व्यापक अर्थ में एक लीडर के रूप में विकसित होने का अनोखा अवसर देती हैं। ऐसे अनेक उदाहरण हैं कि जीवन के हर क्षेत्र से आने वाले लोग केवल अपनी कार्यकुशलता की उत्कृष्टता के कारण ही देश के प्रधान मंत्री और राष्ट्रपति जैसे पदों पर आसीन हुए हैं।**

14

# नज़र के सामने रखें – फ़ोकस में रहेगा

प्रत्येक लीडर को अपने मिशन, लक्ष्य और उद्देश्य को हमेशा अपने फ़ोकस मे रखना चाहिए। इसका एक सरल तरीक़ा है कि उसे किसी वस्तु या चित्र

के रूप में हमेशा अपने सामने रखा जाए, जैसे अपने काम करने की मेज़ पर, मीटिंग वाली मेज़ पर या खाने की मेज़ पर। उदाहरण के लिए - अधिक गेहूँ उपजाओ परियोजना के लिए गेहूँ के पौधों की बालियों को सामने रखना, या कोयले की किसी नई परियोजना के लिए एक कोयले को अच्छी तरह तराश कर अपने काम की मेज़ पर रखना। किसी विचार को मूर्त रूप देने के बहुत से तरीक़े हो सकते हैं। यह बहुत कारगर रहता है। हमेशा आपकी आँखों के सामने रहने के कारण अनचाहे ही यह आपको उस परियोजना या उस मिशन के बारे में सोचने की ओर ले जाता रहता है और नए-नए विचार खोज कर लाता रहता है।

यह कुछ ऐसी ही बात है कि 'नज़र से दूर, दिल से दूर' है।

15

# जनोन्मुखी सूचकांक

आई. क्यू और ई. क्यू के बारे में तो हम जानते ही हैं, किंतु सरकार जैसे संस्थान में जो कि मूल रूप से सेवा-उन्मुखी संस्थान हैं - (जैसे कि शिक्षा, स्वास्थ्य, रेलवे और कृषि) इनमें लीडर में पी. क्यू (People Quotient) होना बहुत महत्व रखता है।

हर लोकसेवक को ऐसे बहुत सारे लोगों से व्यवहार करना पड़ता है जिनकी अलग-अलग पृष्ठभूमि हो। किसी छात्र आंदोलन, किसान आंदोलन या सांप्रदायिक तनाव जैसी स्थितियों में सफलता इस बात पर नहीं आँकी जाती है कि आंदोलन की रोकथाम के लिए कितना तर्क-वितर्क हुआ, कितनी झड़प हुई या कितनी गोलियाँ चलीं, बल्कि यह देखा जाता है कि उसका कितनी शांतिपूर्वक ढंग से समाधान खोज लिया गया। भारत में ऐसे उदाहरण मिल जाते हैं कि जब लोगों से घिरे अधिकारियों ने उस उग्र भीड़ को अपनी बातों से ही सहमत करवा के मामला शांत करा दिया हो।

किसी ने यह सही कहा है कि "हवाएं हमेशा होशियार नाविक के पक्ष में बहा करती हैं"।

यह पी-क्यू निम्नलिखित चीज़ों पर आधारित है -

क. समस्या की गहरी समझ

ख. संवेदनशील सोच

ग. लोगों के साथ खुल कर बात करने और अपने शब्दों तथा पूर्व में की गई कार्रवाइयों के आधार पर या समस्या के निपटाने के अपने तौर-तरीक़ों द्वारा लोगों का विश्वास जीत लेने की योग्यता।

घ. समस्या का समाधान ढूँढने का रवैया।

हित रखने वाले व्यक्तियों तथा समाज में लोगों के साथ लगातार काम करते हुए सरकारी अधिकारी अपना पी-क्यू विकसित कर सकता है।

16

# निष्ठा व ईमानदारी इनमें कोई समझौता नहीं

अपने काम के प्रति निष्ठावान और ईमानदार रहना लीडरशिप की पहली आवश्यकता है। इसमें अपने मिशन, टीम व अपने संसाधनों के प्रति ईमानदारी आती है। सरकारी कार्यालयों के सभी स्तर पर फैली हुई भ्रष्टाचार की बुराई आज सबसे बड़ी चुनौतियों में से एक है। विश्व में भी हमारे कार्य संपादन के स्तर की रैंक ४० और ९० के बीच झूलती रहती है। यह एक ख़तरनाक स्थिति है और केवल नागरिकों तथा गैर सरकारी संस्थानों द्वारा ही नहीं बल्कि सभी स्तरों पर सभी लोगों द्वारा इस पर कुछ करने की आवश्यकता है। जनता और गैर सरकारी संस्थान तो सार्वजनिक कार्यालयों से तरह-तरह की सूचनाएं पाने के लिए सूचना के अधिकार का रास्ता अपनाते ही रहते हैं। हम सब अपने देश को एक बेहतर स्थान बनाने का प्रयास कर सकते हैं, जैसे -

क. **त्वरित कार्रवाई :** अपने पास आने वाले हर काम पर तुरंत ध्यान देना और जो कुछ किया जाना है उसे शीघ्र कर देना।

ख. **अवरोधों को दूर करना :** लोकसेवक का स्तर कोई भी हो, जनता और सेवा प्राप्त करने वाले के बीच कोई अवरोध नहीं रहना चाहिए। कार्य करने के स्तरों की अधिकता न केवल देरी का कारण बनती है बल्कि इसमें ग़लत परिपाटियाँ भी पनपने लगती हैं।

ग. **कंप्यूटीकरण :** जहाँ कहीं भी संभव हो, रूटीन प्रकार के कामों के लिए कंप्यूटर लगा दिए जाने चाहिए, जैसे ई-टिकट, टेली चेक इन, एटीएम, ई-पेमेंट इत्यादि। इन सेवाओं ने तथा इन जैसी अनेक अन्य सेवाओं ने आम आदमी के जीवन को काफ़ी अरामदेह बना दिया है।

घ. **त्वरित निर्णय** : यह एक ऐसा मुद्दा है जिस पर उच्च अधिकारियों द्वारा ध्यान दिए जाने की आवश्यकता है। देखा गया है कि निर्धारित नियमों के अनुसार लिए गए तुरंत निर्णय भ्रष्टाचार पर अंकुश लगाने में बहुत कारगर सिद्ध हुए हैं। त्वरित निर्णय अन्य बाहरी दबावों से भी हमें बचाते हैं।

च. **बोलता हुआ आदेश पारित कीजिए** : हमेशा बोलता हुआ आदेश पारित कीजिए, विशेष रूप से उन मामलों में जहाँ विवेकाधिकार का प्रयोग किया जाना है।

छ. **सजगता** : सजगता का ऐसा वातावरण बनाइए जहाँ साफ़-सुथरे काम की प्रशंसा हो और सभी के लिए त्वरित सेवा उपलब्ध हो।

**भ्रष्टाचार को यदि अनदेखा कर दिया जाता है तो यह फैलता जाता है और यह लोगों में हताशा तथा अयोग्यता के अलावा एक विवशता का भाव पैदा कर देता है। यह एक ऐसा मुद्दा है जिसके साथ हर लोकसेवक को हर स्तर पर सख़्ती से निपटना चाहिए।**

लोकसेवा एक कठिन काम है, विशेष रूप से उन के लिए जो हमेशा जनता की नज़र में रहते हैं। एक आम आदमी की नज़र में सरकार का चेहरा तो वही है जो वह सरकारी कार्यालयों में अपने काम के दौरान प्रतिदिन देखता है। काम में देरी और हर तरह का भ्रष्ट आचरण हर नागरिक को कचोटता है। हर लोकसेवक से हर स्तर पर उसके काम में हर प्रकार से निष्ठावान व ईमानदार रहने की अपेक्षा की जाती है। ब्यूरोक्रेसी में शीर्ष पर बैठे लोग एक विशाल संस्थान का प्रतिनिधित्व करते हैं और एक शीर्षस्थ व्यक्ति द्वारा अपनाए जाने वाले नैतिकता के मानक ही ऊपर से नीचे की ओर चलते आते हैं। इसका अर्थ है खरा और ईमानदार होना क्योंकि जो अपना खरापन और ईमानदारी खो देता है वह अपनी अंतरात्मा, अपना ज़मीर भी खो देता है। लोकसेवकों की आचार संहिता में प्रत्येक लाकसेवक द्वारा अपने काम में अपनाए जाने वाले व्यवहार और नियमों को सविस्तार दिया गया है। इन्हें उसे अपने कामकाज के आचरण की आधारशिला बना लेना चाहिए। गत कुछ दशकों में अनेक स्तरों पर मानकों में गिरावट आई है किंतु इसे किसी औचित्य का आधार नहीं बनाया जा सकता। समाज सभी से पूरी निष्ठा और ईमानदारी के मानकों की माँग करता है और उनसे तो कुछ अधिक ही करता है जो कि शीर्ष स्थानों पर हैं।

निष्ठा व ईमानदारी एक ऐसी चीज़ है जिसकी हिफ़ाज़त करना और उसे बनाए रखने का निरंतर ख़्याल रखा जाना चाहिए ताकि यह हमारे दिन प्रतिदिन के व्यवहार में पूरी तरह रच-बस जाए। ये व्यक्ति में एक ऐसी मानसिक व शारीरिक दृढ़ता को भी विकसित करता है जो उसकी संकटकालीन स्थिति में उसका संबल बनता है। एक ईमानदार व्यक्ति दबावों के दौरान भी प्रायः विश्वसनीय ही बना रहता है।

*आपमें यदि ईमानदारी है तो फिर बाक़ी कोई बात महत्व नहीं रखती और यदि आपमें ईमानदारी नहीं है तो फिर बाक़ी कोई बात महत्व नहीं रखती।*

**– एलन के. सिम्पसन**

*वास्तविक ईमानदारी है सही काम करना, यह जानते हुए भी कि शायद ही कोई जानेगा कि वह आपने ही किया है।*

**– ओप्राह विनफ्रे**

*ईमानदार आदमी की कथनी व करनी में अंतर नहीं होता और इस तरह वह अपने सिद्धांतों से टकराव में नहीं रहता।*

**– आर्थर गॉरडन**

*जिन चीज़ों में हम विश्वास करते हैं और जो कुछ हम करते हैं उसमें यदि अंतर रहता है तो हम कभी सुखी व प्रसन्न नहीं रह सकते।*

**– फ्रेया स्टार्क**

*निष्ठा व ईमानदारी किसी को परोसी नहीं जा सकती। ये तो उन पर निरंतर आचरण करने से ही आती हैं।*

**– अज्ञात**

*सच्ची सेवा देने में कुछ ऐसा दीजिए जो ख़रीदा न जा सकता हो या जिसका पैसे से नाप-तोल न किया जा सकता हो और वह है निष्ठा और ईमानदारी।*

**– डगलस एडम्स**

*ना कहने का साहस कीजिए। सच का सामना करने का साहस कीजिए। सही को इसलिए कीजिए क्योंकि वह सही है। ईमानदारी से जीने की ये चमत्कारी कुंजियाँ हैं।*

– डब्ल्यू. क्लेमेंट स्टोन

**भ्रष्टाचार को यदि अनदेखा कर दिया जाता है तो यह फैलता जाता है और यह लोगों में हताशा तथा अयोग्यता के अलावा एक विवशता का भाव पैदा कर देता है। यह एक ऐसा मुद्दा है जिसके साथ हर लोकसेवक को हर स्तर पर सख़्ती से निपटना चाहिए।**

# 17

# सही या ग़लत – निर्णय अवश्य लें

सरकारी तंत्र अपना कार्य शून्य में नहीं करते और यही बात दफ़्तरों के काम काज पर भी लागू होती है। सरकार का सबसे अहम पहलू है उसकी निर्णय लेने की दृढ़ता। उच्च तथा मध्यम स्तर के सभी अधिकारियों को निर्णायकता की इस कला को अवश्य ही सीखना होगा। सावधानीपूर्वक सोच-समझ कर एक अच्छा निर्णय लेना या कोई भी निर्णय न लेना - क्योंकि निर्णय न लेना भी तो एक निर्णय ही है। हमारे सामने अक्सर ऐसी स्थितियाँ आती रहती हैं और अत्यंत महत्वपूर्ण मामले कोई निर्णय न लिए जाने के कारण लंबित पड़े रहते हैं। सरकारी काम तो जैसे काग़ज़ों और क़ायदे-क़ानूनों का जंगल ही है जहाँ किसी काम को तत्काल कर देने के यदि सैकड़ों तरीक़े हैं तो उसे न करने के भी उतने ही तरीक़े हैं।

**सरकारी तंत्र में लीडरशिप की बात करें तो वहाँ महत्वपूर्ण पदों पर आसीन सभी लोगों को यह आदत बना लेनी चाहिए कि उनके समक्ष प्रस्तुत मुद्दों पर वे अपना निर्णय अवश्य दें। वह सर्वोत्तम निर्णय हो या न हो किंतु उपलब्ध तथ्यों व जानकारी के आधार पर ही समुचित सावधानी से यथासमय ले लिया गया निर्णय दो–चार–छः महीने बाद लिए गए निर्णय की अपेक्षा कहीं अच्छा माना जाता है।**

निर्णय लेने का अर्थ है कि स्पष्ट शब्दों में यह कह देना कि 'बात यहां खत्म हुई' या 'फ़ैसला हो गया है'। कभी-कभी कोई निर्णय सीमित सूचना के आधार पर लिया गया माना जा सकता है और उसमें कुछ जोखिम भी हो सकता है किंतु उपलब्ध सूचनाओं के आधार पर नफ़े–नुक़सान का हिसाब लगाकर लिया गया सुविचारित निर्णय ही आखिर व्यक्ति को लीडर बनाता है। निर्णय सही है

या नहीं ऐसा सुनिश्चित करने के लिए आदेशों में आवश्यक शर्तें लगाकर एहतियात बरती जा सकती है। यह आवश्यक नहीं है कि हर निर्णय अच्छा निर्णय हो। दरअसल यह निशाना लगाने जैसा है जिनमें से कुछ चूक भी सकते हैं किंतु यह चूकना ही आपको निशाना लगाने में महारत दिलाएगा और त्वरित निर्णय लेने में आपका विश्वास भी विकसित होगा।

राशन कार्ड में अपना नाम जुड़वाने जैसा बहुत छोटा सा निर्णय भी एक आम आदमी के लिए एक बड़ा मुद्दा हो सकता है। एक व्यवसायी के लिए अपने थर्मल पावर प्लांट के लिए कोयले की खान का एक खंड अपने नाम स्वीकृत करा लेना एक बड़ा मुद्दा हो सकता है। यह सब उदाहरण हैं किंतु महत्वपूर्ण हैं। निर्णय लेने की प्रक्रिया के कुछ तत्व निम्न हैं :-

1. विषय का अध्ययन करें।
2. बीच में छूटी हुई सूचना को फ़ोन, फ़ैक्स, या ईमेल द्वारा प्राप्त करें। इसे मौखिक रूप से भी प्राप्त किया जा सकता है और बाद में एक नोटिंग द्वारा फ़ाइल को पूरा किया जा सकता है।
3. विधान और नियमों की जानकारी लें क्योंकि वे कई दशकों में विकसित होते हैं और काम के सहज रूप से चलने में सहायक रहते हैं।
4. मौखिक आदेश देने में बताएं कि कोई काम उस तरह क्यों किया जाना है।
5. अस्पष्ट और उलझे हुए नोट न लिखें, औचित्य के साथ दिया जाने वाला बोलता हुआ आदेश हमेशा सराहा जाता है।
6. निर्णय से संबद्ध सभी व्यक्तियों को उस आदेश की प्रति दें।
7. पारदर्शिता हमेशा मददगार होती है।

*जीवन एक कला है- अपर्याप्त जानकारियों के आधार पर निर्णायिक स्थिति तक पहुँचने की।*

**सेम्युअल बटलर**

*जब कोई सिद्धांतों को अपने जीवन का आधार बना लेता है तो 99 प्रतिशत निर्णय तो वह ले ही चुका होता है।*

**– अज्ञात**

*आपके सभी निर्णय सही नहीं होंगे। हम में से कोई भी आदर्श नहीं है। किंतु जब आप निर्णय लेने की आदत डाल लेते हैं तब अनुभव आपके निर्णय को उस स्तर तक पहुँचा देगा जहाँ आपके निर्णय अधिक से अधिक सही होने लगेंगे।*

– एच.डब्ल्यू. एंड्रूज़

*यदि समस्या स्पष्ट रूप से बता दी गई है, तो उसका आधा समाधान हो ही गया।*

– डोरोथिया ब्रैंड

*जब यह निर्णीत हो जाए कि "क्या" करना है तब यह बात तो आएगी ही कि "कैसे" करना है। "क्या" का सामना करने और उसे स्वीकार करने में हमें "कैसे" को एक बहाना नहीं बनाना चाहिए।*

– पर्ल एस. बक

*निर्णय नियति को निर्धारित करते हैं।*

– फ्रैड्रिक स्पीकमैन

***निर्णय लेने को इच्छुक व तत्पर रहिए। एक अच्छे लीडर का यह सबसे महत्वपूर्ण गुण होता है। केवल निशाना लगाने की तैयारी तक ही स्वयं को सीमित मत रखिए, फ़ायर करने को भी तत्पर रहिए।***

*दुविधा की अवस्था में जो सही है उसके पक्ष में निर्णय लीजिए।*

– कार्ल क्रास

**सरकारी तंत्र में लीडरशिप की बात करें तो वहाँ महत्वपूर्ण पदों पर आसीन सभी लोगों को यह आदत बना लेनी चाहिए कि उनके समक्ष प्रस्तुत मुद्दों पर वे अपना निर्णय अवश्य दें। वह सर्वोत्तम निर्णय हो या न हो किंतु उपलब्ध तथ्यों व जानकारी के आधार पर ही समुचित सावधानी से यथासमय ले लिया गया निर्णय दो–चार–छः महीने बाद लिए गए निर्णय की अपेक्षा कहीं अच्छा माना जाता है।**

# 18

# शिखर पर बहुत जगह है

लीडर को यह बात हमेशा अपने दिमाग़ में रखनी चाहिए कि शिखर पर बहुत जगह है। जैसे-जैसे कोई अपने संस्थान में तरक्की करता है, वैसे-वैसे वह अपने आंतरिक गुणों में भी वृद्धि करता है। यह ही उसे तहसील से शहर, शहर से राज्य और राज्य से राष्ट्र के स्तर तक ले जाती रहती है। राष्ट्रीय स्तर तक पहुँचे लीडर के सामने तो वैश्विक स्तर पर जाने का विकल्प भी उपस्थित हो जाता है। हिमालय में बहुत सारे सुंदर शिखर हैं और हर शिखर पर ऐसी अनेकों सपाट जगहे हैं जहाँ एक और व्यक्ति भी सरलता से समा सकता है। उसे केवल अपनी श्रेष्ठता सिद्ध कर वहाँ पहुँचना होता है। यदि उस संस्थान में नहीं तो किसी दूसरे संस्थान में वह उच्चतर पद/वेतन पर जा सकता है। हर लीडर को यह बात मन में अच्छी तरह बैठा लेनी होगी कि यदि उसमें श्रेष्ठता है तो फिर उसका रास्ता कोई नहीं रोक सकता।

कॉरपोरेट और निजी क्षेत्र में तो नहीं किंतु सरकारी क्षेत्र में यही होता है कि कुछ निश्चित सेवा करने के बाद और उत्तम कार्य का रिकार्ड बनाए रखने के बाद पदोन्नति मिल ही जाती है। यहाँ शीर्ष स्थिति उस व्यक्ति द्वारा निर्धारित की जाती है जो उस विभाग का प्रमुख अधिकारी होता है। फिर भी, कर्मचारी अपनी कर्मठता से लीडरशिप में अपना एक बेहतर स्थान बना सकता है।

# 19

# पद आधारित लीडरशिप

सरकार में हम अक्सर देखते हैं कि लोकसेवक या एक टैक्नोक्रेट ऐसे पद पर काम करता है जो उसे एक विशेष प्रतिष्ठा प्रदान करता है, जैसे अध्यक्ष और प्रबंध-निदेशक/सचिव/पुलिस-आयुक्त/पुलिस-महानिदेशक/ज़िलाधीश, पुलिस अधीक्षक, मुख्य वन संरक्षक, या स्कूल शिक्षा निदेशक। ये ऐसे पद हैं जो उसे उस कार्यालय या संस्थान का प्रमुख अधिकारी बना देते हैं। वहाँ वह क्या कहलाएगा लीडर या प्रबंधक? हमारे सरकारी तंत्र में दोनों ही संभव हैं। **कोई व्यक्ति लीडर है या प्रबंधक, यह इस बात पर निर्भर करता है कि वह करता क्या है, न कि इस बात पर कि वह किस कुर्सी पर बैठा है। लीडरशिप किसी पद से उत्पन्न नहीं होती वरन् इस पर निर्भर है कि वह करता क्या है। वह यदि ऐसे काम करता है जो लीडर किया करते हैं तो वह लीडर है, अन्यथा वह उस कार्यालय का बॉस मात्र है।** यदि वह बॉस कर्मचारियों के सामने एक लक्ष्य दिखा देता है और आवश्यक संसाधनों के साथ सुव्यवस्थित रूप से उनका नेतृत्व करता है तो वह लीडर बन जाता है। ज़िलाधीश/सचिव/निदेशक/पुलिस अधीक्षक, वन अधिकारी ज़िला कोषाधिकारी व ज़िला शिक्षा अधिकारी जैसे पद व्यक्ति को एक ऐसा अवसर प्रदान करते हैं जहाँ से वह लीडर बनने की अपनी यात्रा आरंभ कर सकता है।

किसी कार्यालय के प्रमुख अधिकारी के पद पर रहते हुए लोकसेवक एक ऐसी स्थिति में होता है जहाँ वह अपनी भूमिका को बड़ी सरलता से लीडर की भूमिका में बदल सकता है। देश में सरकारी क्षेत्र में उदाहरण हैं -

1. भारत की सेना के लिए मिसाइल तकनीक को सफलतापूर्वक विकसित करने वाले डॉ. ए.पी.जे. कलाम जिन्हें भारत रत्न से अलंकृत किया गया और जो भारत के राष्ट्रपति भी बने।
2. दिल्ली मैट्रो परियोजना को सफलतापूर्वक पूरा करने वाले श्री श्रीधरन जिन्हें पद्म भूषण से सम्मानित किया गया।

3. भोपाल के लिए मास्टर प्लान तैयार करने और उसके कार्यान्वयन करने वाले दिल्ली विकास प्राधिकरण के पूर्व अध्यक्ष श्री एम.एन. बुच जिन्हें 2011 में पद्म भूषण अलंकरण दिया गया।
4. कलेक्टर कार्यालयों की कार्य-प्रणाली में परिवर्तन लाने वाले अहमदनगर (महाराष्ट्र) के पूर्व ज़िलाधीश श्री अनिल कुमार लखीना जिन्हें पद्मश्री दिया गया।
5. अमृतसर में स्वर्ण मंदिर का काया-कल्प करने की परियोजना का नेतृत्व करने वाले अमृतसर के ज़िलाधीश श्री सिंह।
6. नागपुर के पूर्व ज़िलाधीश श्री चंद्र शेखर जिन्होंने महाराष्ट्र शहरी सुधार परियोजना की बागडोर संभाली।
7. मुंबई के पूर्व पुलिस आयुक्त श्री जे. रोबेरो जिन्होंने विभिन्न अपराधी माफ़ियाओं के ख़िलाफ़ चलाई जाने वाली मुहिम में पुलिस बल का नेतृत्व किया।
8. पूर्व पुलिस आयुक्त दिल्ली श्रीमती किरन बेदी जिन्होंने दिल्ली में जेल तथा यातायात प्रबंधन को एक नई दशा और दिशा दी।

ये कुछ ऐसे उदाहरण हैं जिनमें व्यक्ति ने स्वयं को अपनी बॉस वाली भूमिका के खोल में बंद नहीं रखा बल्कि वह उससे बाहर आया ताकि वह एक मुखिया की भूमिका निबाह सके। इन लोगों में अपने मिशन के प्रति निष्ठा रखने के साथ-साथ दूसरों को प्रभावित करने और उन्हें लीड करने की क्षमता थी जिसने इनका क़द बढ़ाया और इन्हें लीडर की स्थिति तक ले आई।

**कोई व्यक्ति लीडर है या प्रबंधक, यह इस बात पर निर्भर करता है कि वह करता क्या है, न कि इस बात पर कि वह किस कुर्सी पर बैठा है। लीडरशिप किसी पद से उत्पन्न नहीं होती वरन् इस पर निर्भर है कि वह करता क्या है। वह यदि ऐसे काम करता है जो लीडर किया करते हैं तो वह लीडर है, अन्यथा वह उस कार्यालय का बॉस मात्र है।**

# 20

# राजनितिक लक्ष्य ही तय करते हैं कार्य योजना

सरकारी कार्यालयों का कामकाज निजी अथवा कॉरपोरेट जगत के कामकाज से बहुत भिन्न होता है। कॉरपोरेट जगत के कामकाज में पूरे दिन के काम का अंतिम लक्ष्य रहता है लाभ प्राप्ति, किंतु सरकारी कामकाज में ऐसा नहीं होता। कॉरपोरेट क्षेत्र का लक्ष्य अधिक से अधिक संख्या में कारें, घड़ियाँ, कपड़ा, ट्रांसफ़ार्मर, टेलिविज़न, मोबाइल इत्यादि बनाना हो सकता है किंतु केंद्र व राज्य दोनों ही प्रकार के सरकारी कार्यालयों के लक्ष्य इससे बहुत भिन्न होते हैं। उनको विकसित करने और उन्हें अमल करने के तरीक़ों में भी अंतर है।

भारत एक प्रजातांत्रिक देश है और राजनैतिक दल चुनाव के समय अपना-अपना घोषणापत्र प्रस्तुत करते हैं। जो सरकार चुनी जाती है वह उसी घोषणापत्र के अनुसार अपनी कार्य-योजना बनाती है। उसी अनुसार, राज्य स्तर पर राजनैतिक लक्ष्यों को प्रशासनिक कार्य-योजना का स्वरूप दिया जाता है। इस तरह सत्ता में आई सरकार के राजनैतिक कार्यक्रम द्वारा ही सरकारी कार्यालयों के लक्ष्य और विज़न निर्धारित किए जाते हैं। उनमें से कुछ निम्नलिखित हो सकते हैं -

- औद्योगीकरण में तेज़ी लाना।
- कृषि विकास को गति देना।
- सभी को एक बिजली कनेक्शन मुफ़्त देना।
- किसानों को मुफ़्त बिजली।
- कृषि पर कोई कर न लगाना।
- किसानों का क़र्ज़ माफ़ करना।

- प्रत्येक भूमिहीन को एक हेक्टेयर कृषि भूमि देना।
- हर गाँव तक सड़क।
- हर गाँव में पेयजल की व्यवस्था।

किसी भी चुनावी घोषणापत्र को देखकर स्पष्ट हो जाता है कि आने वाले वर्ष में प्राथमिकता की योजनाएं क्या होगीं। राजनैतिक लीडरशिप ही तय करती है कि विकास किस दिशा में होगा और प्राथमिकताएं क्या रहेंगी। प्रशासकों के पास इस व्यवस्था पर अपना असर डालने की भूमिका बहुत सीमित रहती है। किंतु इस बात से कार्यालय प्रमुखों द्वारा की जा रही लीडरशिप की भूमिका को किसी भी तरह कम नहीं आँका जा सकता। सरकार द्वारा निर्धारित किए गए विशाल राजनैतिक लक्ष्यों की परिधि में रहते हुए भी सरकारी अधिकारियों को करने के लिए बहुत कुछ होता है। उदाहरण के लिए निम्न कार्यक्रम को देखें :-

1. राष्ट्रीय ग्रामीण स्वास्थ्य मिशन।
2. राष्ट्रीय शहरी मिशन।
3. राष्ट्रीय ग्रामीण रोज़गार गारंटी योजना।
4. मदरसा आधुनिकीकरण कार्यक्रम।
5. सर्वशिक्षा अभियान।
6. स्वच्छता के लिए राष्ट्रीय मिशन।
7. प्रधानमंत्री ग्रामीण सड़क कार्यक्रम।

ये ऐसे मिशन और कार्यक्रम हैं जिनका फ़ीता तो राजनैतिक कर्ता-धर्ता द्वारा काटा गया किंतु क्षेत्र में उनको अमल प्रशासनिक लीडरशिप द्वारा ही किया गया। **दरअसल, किसी लोकसेवक की वास्तविक नेतृत्व क्षमता का आकलन इस बात से किया जा सकता है कि वह किस तरह सरकार द्वारा तय किए गए लक्ष्यों के साथ अपनी टीम को जोड़ता है।** इनमें राज्य-राज्य में अंतर देखा जा सकता है। ऐसे भी राज्य हैं जो निधियों का शत प्रतिशत उपयोग कर लेते हैं और अपेक्षा से अधिक व्यय करते हैं और ऐसे भी राज्य हैं जो कि निधि का शत प्रतिशत उपयोग करना तो दूर, कार्यक्रम का श्रीगणेश भी नहीं कर पाते हैं।

इस प्रकार, किसी लोकसेवक की सफलता इस बात से आँकी जाती है कि राजकीय कार्यक्रम को वह किस तरह निर्धारित समय-सीमा के अंदर ही पूरा कर रहा है। अपनी प्राथमिकताएं उसे तदनुसार ही निर्धारित करनी होती हैं। यह सच है कि सरकारी संस्थान हमें रचनात्मक होने के और सरकारी कार्यक्रमों से भी

आगे बहुत कुछ करने के बहुत से अवसर प्रदान करते हैं। वास्तव में, सरकार के ९० प्रतिशत कार्यक्रम और योजनाएं तो ऐसे होते हैं जिनका चुनावी घोषणापत्र से कोई सरोकार ही नहीं होता। सभी लीडर उन अनगिनत अवसरों का भरपूर प्रयोग कर सकते हैं, जो उन्हें काम के दौरान मिलते हैं और इस प्रकार वे अपने काम की उत्कृष्टता का प्रदर्शन कर सकते हैं।

**दरअसल, किसी लोकसेवक की वास्तविक नेतृत्व क्षमता का आकलन इस बात से किया जा सकता है कि वह किस तरह सरकार द्वारा तय किए गए लक्ष्यों के साथ अपनी टीम को जोड़ता है।**

# 21

# निरंतर नवाचार करें

नवाचार एक ऐसा शब्द है जो कि हम कॉरपोरेट जगत में अक्सर सुनते हैं, किंतु यह सरकारी क्षेत्र में कम ही सुनने को मिलता है। यदि इसकी सीधी-सरल परिभाषा की जाए तो यह "कुछ नया करके चीज़ों को बेहतर बनाने की प्रक्रिया" है। **नवाचार का अनकहा उद्देश्य रहता है किसी समस्या का निदान करना। यह ऐसे नए विचारों का केवल आविष्कार करना नहीं है जो कि हमें अच्छे लगते हों बल्कि वह विचार 'चलने वाला' हो, व्यावहारिक हो, और ऐसी नई प्रणालियों, परिणामों या सेवाओं को देने वाला भी हो जो कि सुधार, विकास या फिर मूल्य संवर्धन करें।** नवाचार का अध्ययन अनेक संदर्भों में किया गया है जैसे प्रौद्योगिकी, आर्थिक विकास, और नीति निर्माण। ये छोटा भी हो सकता है और बड़ा भी, एकदम नया भी हो सकता है या थोड़ा सा भिन्न भी, जटिल भी हो सकता है या बिल्कुल सीधा-सरल भी। निरंतर परिवर्तन होना नवाचार का एक महत्वपूर्ण पहलू है। नवाचार परिवर्तन को एक अवसर की तरह देखती है, एक ख़तरे की तरह नहीं।

**संस्थागत विकास और नवाचार :** किसी भी संस्थान के विकास और अभिवृद्धि के लिए नवाचार सबसे महत्वपूर्ण कारकों में से एक होता है। नवाचार की संभावनाओं को खुल कर बाहर आने देने के लिए जो तरीक़े संस्थानों को अपनाने चाहिए, उनमें से कुछ ये हैं -

क. शुरुआती सूचना का भरपूर उपयोग करना।

ख. नवाचार को अक्सर आज़माइए किंतु अपने संस्थान पर इसको लादिए मत।

ग. नूतन और परंपरागत तकनीकों का सम्मिश्रण कीजिए।

घ. काम में गति लाने के लिए इसे सुव्यवस्थित करें।

च. शुरुआत में, और बाद में भी, कभी-कभी आप विफल भी होंगे, किंतु "ग़लती" करने से बचिए।

यदि हम अपने चारों तरफ़ देखें तो हमें ऐसे नवाचार को खोजने, जो कि संस्था से स्वयं उभर कर आया हो, काफ़ी मशक्कत करनी पड़ेगी, क्योंकि ऐसा बहुत कम होता है। कोई रचनात्मक विकल्प खोजने व सोचने के लिए कर्मचारियों से या कर्मचारी वर्ग के किसी समूह से चर्चा करने की बात हमने अक्सर सुनी है। नवाचार लीक की सोच से हटकर होता है ऐसी सोच को संस्थान में विस्तारित किए जाने की आवश्यकता होती है। एक ऐसे विचार को नवाचार कहा जा सकता है जो किसी काम को करने के परंपरागत तौर-तरीक़े से हट कर हो और पुरानी लीक को छोड़ कर नया रास्ता अपनाता हो। इसके साथ ही यह सार्वजनिक आवश्यकताओं को संतुष्ट करने वाला भी हो। रचनात्मक विचारों पर काम करने वाले किसी भी संस्थान में ये कोई एक बार की जाने वाली गतिविधि नहीं होती और न ही यह किसी विशेष वर्ग द्वारा की जाने वाली गतिविधि होती है। यह विभिन्न व्यक्तियों और समूहों के बीच होने वाला सोच-विचार है, इससे हमें आधार-भूत ऐसे-ऐसे नए विचार मिलते हैं जो कि बड़े महत्व के होते हैं।

सरकारी कार्यालय सैकड़ों किलोमीटर की दूरियों तक फैले हुए विशाल संस्थान होते हैं। किसी निजी क्षेत्र की छोटी इकाई की तुलना में सरकारी कार्यालय में नवाचार एक कठिन प्रक्रिया रहती है। नवाचार अक्सर सरकारी ढाँचे की आकार और जटिलता के बोझ के तले ही दफ़न हो जाते हैं। इसलिए यह बहुत महत्वपूर्ण है कि नवाचार को बहुत संभल कर देखा-परखा जाए ताकि वह पूरे विभाग को स्वीकार्य हो। देखा गया है कि जब बॉस किसी नवाचार से सहमत हो जाता है तो फिर उसके क्रियान्वयन में अधिक समय नहीं लगता। आज सरकार सभी महत्वपूर्ण सार्वजनिक क्षेत्रों में प्रवेश कर गई है इसलिए ये आवश्यक हो जाता है कि विभिन्न सरकारी कार्यालय नवाचार के अपने साधन विकसित करें, विभिन्न वर्गों के बीच उन पर विचार-विमर्श करें और कार्य के नए तरीक़ों की तलाश करें। सभी कार्यालयों में सभी स्तर पर नए-नए रचनात्मक विचार लगातार विकसित होते रहने चाहिए।

सरकारी कार्यालय अधिकांशतः सेवा क्षेत्र में हैं। अतः यह बहुत आवश्यक है कि आम जन-जीवन को अधिक से अधिक सुविधा संपन्न बनाने के लिए इस विशाल सेवा क्षेत्र का भरपूर सदुपयोग किया जाए। जल आपूर्ति, बिजली आपूर्ति, सफ़ाई, ट्रैफ़िक व्यवस्था, स्कूल और स्वास्थ्य सेवाएं इत्यादि ऐसे क्षेत्र हैं जहाँ नए विचारों को काम में लाया जा सकता है। सफलतापूर्वक क्रियान्वित किए गए कुछ नए विचार ये रहे हैं -

i. चलित अस्पताल (वंचित तक सेवा पहुँचाना)

ii. ई-पासपोर्ट

iii. ई-टिकट

iv. रेल में सीट का स्वतः अपग्रेड हो जाना

अल्बर्ट आईंस्टाइन ने कहा है -

*"विद्वत्ता की अपेक्षा कल्पनाशीलता कहीं अधिक महत्त्व रखती है।"*

जब हम कल्पना में प्रवेश करते हैं तब हम अपने मन में से रचनात्मक शक्ति प्रस्फुटित कर रहे होते हैं। वैज्ञानिकों का कहना है कि मनुष्यों द्वारा अपने मस्तिष्क का केवल 10 प्रतिशत अंश ही उपयोग किया जाता है। अपने मन के इस विशाल भंडार-गृह का यदि समुचित रूप से सदुपयोग किया जाए तो यह उन मुद्दों के लिए नए-नए समाधान हाथों-हाथ प्रस्तुत कर देता है जो कि प्रशासनिक कार्यों में हमारे सामने दिन-प्रतिदिन अप्रत्याशित रूप से आते रहते हैं। नवाचार की यह क्षमता हर एक में है, भले ही वह दबी रहती हो। अतः आवश्यकता है उसे उभारने की, उसे सक्रिय बनाने की और उसका उपयोग करने की।

नवाचार को आमतौर पर ऊपर से नीचे की ओर चलने वाली गतिविधि के रूप में देखा जाता है, किंतु किसी गाँव का दौरा करने पर यह बात स्पष्ट हो जाएगी कि मानव-मन में छिपी सृजनशीलता जीवन के हर क्षेत्र में काम करती रहती है, जैसे कृषि उपकरण, जल-संचयन, फ़सल व्यवस्था प्रणाली, गृह निर्माण सामग्री इत्यादि। मुद्दा यह है कि नवाचार के विचार हर स्तर पर प्रस्फुटित होने चाहिएं और उन्हें पलने व फलने-फूलने दिया जाना चाहिए। अपने कर्मचारियों और उनके लीडरों में हमें नवाचार की भावना को बढ़ावा देना चाहिए। कार्य में नवाचार की निरंतरता स्टाफ़ को आवश्यक रूप से ऊर्जावान, सक्रिय और प्रेरित बनाए रखती है।

प्रबंधन द्वारा ही नवाचार को प्रोत्साहित किया जाता है। प्रबंधन का प्रमुख काम है संस्थान के अंदर ऐसी संस्कृति विकसित करना जो कि कर्मचारियों को रचनात्मक तरीक़ों से सोचने की, विचारों में सहयोग करने की और उन विचारों का योगदान संस्थान को देने की क्षमता प्रदान करे।

लोग, साधन और तकनीक दरअसल विचारों को पैदा करने वाले वे यंत्र-तंत्र हैं जो कि नवाचार प्रक्रिया को चलाते हैं। विचार को जितना बेहतर प्रबंधन करेंगे वह उतने ही नए-नए विचारों को जन्म देगा। साथ ही, यह भी आवश्यक है कि सिस्टम में लचीलापन बनाए रखा जाए। यदि कोई विचार कसौटी

पर खरा उतरता है तो समझदारी इसी में है कि उसे लागू कर दिया जाए - इससे पहले कि कोई और उसे ले उड़े।

*नवाचार वह विशेषता है जिसमें आप बदलाव को एक अवसर की तरह देखते हैं - ख़तरे की तरह नहीं।*

**– अल्बर्ट आईंस्टाइन**

*जिस प्रकार ऊर्जा ही जीवन का आधार है और विचार नवाचार उद्‌गम, उसी प्रकार नवाचार ही मानव जीवन में होने वाले हर परिवर्तन, प्रगति और उन्नति का सूत्रपात करने वाला होता है।*

**– टेड लैविट्स**

*उद्यमियों की सफलता के लिए पाँच अनिवार्य गुण हैं - एकाग्रता, संगठन, विवेकशीलता, नवाचार और संवाद।*

**– माइकल फैराडे**

*नवाचार लीडर और अनुचर में अंतर दिखा देता है।*

**– स्टीव जॉब्स**

*रचनात्मकता है नई चीज़ों के बारे में सोचना और नवाचार है नई चीज़ों को करना।*

**– थियोडोर लैविट्**

*जब आप नवाचार की राह पर चलें तो अपने बारे में लोगों से यह सुनने के लिए भी तैयार रहें कि आप सिरफ़िरे हैं।*

**– लैरी एलीसन**

**नवाचार का अनकहा उद्देश्य रहता है किसी समस्या का निदान करना। यह ऐसे नए विचारों का केवल आविष्कार करना नहीं है जो कि हमें अच्छे लगते हों बल्कि वह विचार 'चलने वाला' हो, व्यावहारिक हो, और ऐसी नई प्रणालियों, परिणामों या सेवाओं को देने वाला भी हो जो कि सुधार, विकास या फिर मूल्य संर्वधन करें।**

22

# समस्याओं को हल करें

संस्था प्रमुख का काम सुविधाओं और अधिकार संपन्नता के साथ लीडरशिप करना मात्र नहीं होता। अक्सर लोग लीडर के आसपास जमघट लगाए रखते हैं। इसका कारण यह है कि लोग लीडर से अपनी ऊर्जा पाते हैं। स्वयं को अपने से ऊँचे व सबल व्यक्ति से जुड़कर वे स्वयं को सशक्त महसूस करते हैं। लीडर को उनकी शक्ति का स्रोत बनने के अलावा अपने सहयोगियों की समस्याओं का समाधान भी करना पड़ता है जो वे उसके सामने आए दिन रखते रहते हैं।

सरकार में रोज तरह-तरह की समस्याएं आती रहती हैं। ये प्रशासनिक कामकाज से संबद्ध, व्यक्तिगत या आर्थिक स्वरूप की भी हो सकती हैं। कार्यालय प्रमुख को समस्याओं को सुलझाने में दक्ष होना चाहिए। **सरकारी कार्यालयों में अधिकांश समस्याएं सरकारी कामकाज से जुड़ी होती हैं और प्रबंधन में कुशल इन्हें आसानी से दूर कर सकता है। कामकाज में उसकी क्षमता और विषय विशेष में उसका अनुभव उसे इन समस्याओं से अच्छी तरह निपटने में सहायता करते हैं। अपनी टीम के सदस्यों तथा अधीनस्थों की समस्याओं का समाधान करने से लीडर न केवल अपनी टीम का विश्वास जीतता है बल्कि संस्था प्रमुख के रूप में अपना भी विकास करता है।** व्यक्तिगत तथा कामकाजी स्तर पर समस्या-समाधान की गतिविधि महत्वपूर्ण है और प्रमुख के सकारात्मक दृष्टिकोण को दर्शाती है।

समस्या-समाधान संवाद का ही एक भाग है - कर्मचारी किस प्रकार की समस्या का सामना कर रहे हैं और संस्थान उन समस्याओं से निपटने के लिए क्या तैयारी कर रहा है। यह संस्थान के विकास में भी सहायक सिद्ध होती है। यह इस बात को बताती है कि समाधान अवश्य होगा और यह भी कि वह कौन व्यक्ति है जो समस्या आने पर समाधान कराता है और उनके समस्याओं के सिलसिले का अंत कर सकता है।

आमतौर पर समस्या ऐसा प्रश्न या मुद्दा होती है जिसमें कोई शंका, कठिनाई या दुविधा रहती है। एक अन्य स्थिति यह भी हो सकती है कि समस्या हल करने की पहल न करने वाला व्यक्ति भी कभी-कभी समस्या बन जाता है। ऐसा कोई संस्थान नहीं हो सकता जहाँ समस्या न हो, बल्कि होता यह है कि संस्थान जितना बड़ा होगा समस्या उतनी ही जटिल होगी। सरकार के विशाल संस्थानों और विभागों पर तो यह बात और भी सटीक बैठती है। समस्याएं स्वयं को कभी सीधे-सीधे प्रकट नहीं करतीं। आपको सिस्टम में वास्तव में घूम-फिर कर देखना और पहचानना पड़ता है कि वहाँ क्या समस्या है। हो सकता है कि वह हो कहीं लेकिन उसका प्रभाव कहीं और पड़ रहा हो।

उदाहरणार्थ टीकाकरण के ख़राब कार्य वाले मामले को ही ले लीजिए। देखा जा सकता है कि समस्या में राशि, कार्यकर्ताओं, दवा आपूर्ति तथा दवा पिलाने वालों के बीच समुचित समन्वय का अभाव रहा हो। ऐसे में अधिकारी किंकर्त्तव्यविमूढ़ हो जाता है कि वह प्रांरभ कहाँ से करे, किंतु यदि समस्या की गहराई में जाया जाए, तो साफ़ हो जाता है कि इनमें से कोई एक या दो ही कारक चिंता वाले हैं, जिन्हें यदि सही ढंग से निपटा दिया जाए तो पूरा का पूरा सिस्टम सही हो सकता है। यह भी हो सकता है कि टीम लीडर प्रभावी ना रहा हो और सारे संसाधन उपलब्ध होने के बावजूद भी जो किया जाना था उसे वह न कर पाया हो।

समस्याएं या तो धीरे-धीरे रेंगती हुई आती हैं या फिर बिजली गिरने की तरह अचानक टूट पड़ती हैं। लोकसेवा में ऐसे मुद्दों की बाढ़ सी रहती है जिन्हें आप समस्या की तरह देख रहे होते हैं किंतु जिनका निराकरण उनके द्वारा नहीं किया गया होता जिन्हें करना चाहिए था। सरकारी तंत्र में इसके अनेक कारण हो सकते हैं जैसे :

1. किसी एक समस्या के समाधान से कोई और बड़ी समस्या सामने खड़ी हो सकती है। इसलिए, उसका अनिर्णीत पड़ा रहना अच्छा है।
2. समस्या को हाथ में ले लेने का अर्थ होगा कि कार्य-निष्पादन न करने की जवाबदेही किसी पर निश्चित करना, ऐसे में दोषी पर कार्रवाई की जाएगी व अप्रिय निर्णय लेने पड़ेंगे।
3. समस्या के राजनैतिक पहलू को देखे बिना इसमें कोई सुधार करना असंभव है।
4. समस्या को उठाकर आप आ बैल मुझे मार वाली बात कर रहे हैं,

क्योंकि अब इस पर किया जाने वाला काम आपको ही करना पड़ेगा - जो बोले वो ही दरवाज़ा खोले!

5. समुचित मॉनिटरिंग और समीक्षा के विधि-विधान के अभाव में वरिष्ठ अधिकारी यह जान ही नहीं पाते हैं कि संस्थान में कौन सी समस्या की खिचड़ी पक रही है।
6. समस्या के समाधान के लिए प्रशासनिक तथा आर्थिक संरचना का अभाव होना।

बिल्ली के गले में घंटी कौन बाँधे? समस्या के बारे में 'सब ठीक हो जाएगा' की इच्छा करने मात्र से कुछ होने वाला नहीं है, उल्टे ऐसा करना हालात को और भी ख़राब कर देता है। एक लीडर के रूप में आपके लिए यह जानना इतना महत्वपूर्ण नहीं है कि किसकी ग़लती करने से यह समस्या पैदा हुई है, बल्कि यह जानना अधिक महत्वपूर्ण है कि समस्या जब नज़र में आ जाए तब उसका निराकरण कैसे किया जाए और कैसे आगे बढ़ा जाए। समस्या की आरंभिक अवस्था में ही उसे ठीक कर देने में थोड़ी ही ऊर्जा और थोड़े ही संसाधनों की आवश्यकता होगी, किंतु जब वह सीमा पार कर लेती है और विकराल रूप धारण कर लेती है तब आपको उससे निपटने के लिए एड़ी से चोटी तक का ज़ोर लगाना पड़ जाता है।

आमतौर पर, हमारे देश में हर दिन कहीं न कहीं और कोई न कोई विरोध प्रदर्शन होता रहता है। सड़कों पर चल रहे ये प्रदर्शन तब और भी नई समस्या खड़ी कर देते हैं जब इनसे निपटने के लिए बल प्रयोग कर दिया जाता है और कुछ लोग मारे जाते हैं, यह आग में घी डालने का काम करता है। कुछ मामलों में तो हालात बद से बदतर हो जाते हैं जैसे कि आरक्षण विरोधी आंदोलन के दौरान हो गए थे। तब यह बस आग बुझाने जैसा काम हो जाता है।

हर समस्या के सुलझाने में थोड़ी-बहुत अनिश्चितता तो बनी ही रहती है क्योंकि उन्हें सुलझाने में कोई न कोई निर्णय तो लेना ही पड़ता है। कोई निश्चित रूप से यह नहीं कह सकता कि उसके निर्णय समस्या को सुलझा ही देंगे। हर स्थिति अपने तरह की अलग व अनोखी होती है। कभी-कभी यही सही लग सकता है कि कोई निर्णय लिया ही न जाए और समस्या को अपनी मौत मरने दिया जाए। किंतु, यह हमेशा अच्छा रहता है कि समस्या को खूब सोच-विचार कर निपटा दिया जाए, न कि यूँ ही लटका कर छोड़ दिया जाए। हो सकता है कि आप किसी समाधान तक न पहुँच पाएं किंतु इससे आप उसके निकट तो

अवश्य ही पहुँच जाएंगे। ऐसा प्रायः देखा गया है कि समस्या का समाधान करने के प्रति पहल करने वाला सक्रिय दृष्टिकोण रखना सहायक सिद्ध होता है और प्रशासन में रहने वाले लीडर के लिए तो उसका यह एक अनिवार्य दायित्व बनता है कि वह समस्याओं का निवारण करे।

**सरकारी कार्यालयों में अधिकांश समस्याएं सरकारी कामकाज से जुड़ी होती हैं और मानव संसाधन प्रबंधन में कुशल व्यक्ति इन्हें आसानी से दूर कर सकता है। कामकाज में उसकी क्षमता और विषय विशेष में उसका अनुभव उसे इन समस्याओं से अच्छी तरह निपटने में सहायता करते हैं। अपनी टीम के सदस्यों तथा अधीनस्थों की समस्याओं का समाधान करने से लीडर न केवल अपनी टीम का विश्वास जीतता है बल्कि संस्था प्रमुख के रूप में अपना भी विकास करता है।**

23

# सभी को लीडर चाहिए

हर कोई लीडरों के बारे में बात करता है। गाँव के कृषि अधिकारी और पटवारी से लेकर ज़िला के अधिकारी और विभागाध्यक्षों तथा सरकार के सचिवों तक, हर स्तर पर वही निशाने पर रहता है। यह माना जाता है कि अधिकारियों में स्वभाविक रूप में लीडरशिप होती है फिर भी हर स्तर पर यह भी महसूस किया जाता है कि सरकारी कामकाज में इसकी भूमिका को हर संभव तरीक़े से और भी बढ़ाए जाने की आवश्यकता है। लीडरशिप के परंपरागत अर्थ में हम सभी महात्मा गाँधी, जवाहरलाल नेहरू, लाल बहादुर शास्त्री, सरदार पटेल, बी.सी. रॉय, कामराज, इंदिरा गाँधी और अटल बिहारी वाजपेयी जैसी राजनैतिक लीडरशिप की बात करते हैं, जिनके पास दृष्टि थी, जिन्होंने बहुत कठिन समय में देश का नेतृत्व किया। जिससे हम भारत को एक महान देश बना सके। यदि हम गत दो दशकों को देखें तो सरकार में शासन को कठिनाईयों से जूझना पड़ा है जिसका अर्थ यही है कि शासकीय संस्थान आम जनता की अथवा चुने गए जन प्रतिनिधियों की अपेक्षाओं को पूरा नहीं कर पाए हैं।

व्यापक रूप से सरकारी नियंत्रण में रहने वाली हमारी कार्य प्रणाली में संस्था के स्वस्थ विकास के लिए लीडरशिप बहुत महत्व रखती है। यह उसे वह नज़रिया देती है जिसके चारों ओर वह संस्थान लामबंद हो जाता है। हर किसी तहसील, ज़िला, राज्य और राष्ट्रीय स्तर के संस्थान के शीर्ष पद पर बैठे सरकारी अधिकारियों के कंधों पर एक बड़ी ज़िम्मेदारी रहती है। ऊर्जा और उत्साह से भरे ये लोकसेवक वह बदलाव ला सकते हैं जिसकी आज सरकारी कामकाज में बड़ी आवश्यकता है। ग्राम स्तर से लेकर राज्य स्तर तक अपनी महत्वपूर्ण भूमिका निभाने वाले ऐसे लीडरों की आवश्यकता है जो समयानुसार अपनी भूमिका बदलते हुए पहले लीडर से सहयोगी बन जाएं और फिर सहयोगी से लीडर।

जैसे-जैसे देश में विकास होता है और नए-नए विषयों पर फ़ोकस करने

के लिए नए-नए विभाग खोले जाते हैं, वैसे-वैसे सरकारी कामकाज जटिल होता जा रहा है, यानी अधिक कार्यालय, अधिक कर्मचारी और अधिक मुद्दे। ऐसे हालात में यह ज़रूरी हो जाता है कि लीडरशिप पनप कर अधीनस्थ कार्यालयों तक पहुँचे और वह भी बड़ी ज़िम्मेदारी के साथ। तथापि, अनुभव बताता है कि कर्मचारियों की संख्या बढ़ने का यह अर्थ कदापि नहीं होता कि संस्थान की कार्य क्षमता में भी इससे वृद्धि होगी। इसका नवीनतम उदाहरण है छठे वेतन आयोग द्वारा प्रस्तुत रिपोर्ट जिसमें कि सरकारी कर्मचारियों के विभिन्न स्तरों पर वेतन वृद्धि की सिफ़ारिश की गई है। समाचारपत्रों में आई टिप्पणियों में कहा गया कि यह आवश्यक नहीं है कि वेतन वृद्धि से कार्य क्षमता में भी वृद्धि हो जाती हो। हम देख सकते हैं कि जितने घंटों के लिए कर्मचारी को वेतन दिया जाता है और दिए गए काम को करने के लिए वह अपना जितना समय देता है, इन दोनों में संबंध नहीं है। यह ब्यूरोक्रेटिक लीडरशिप की ही विफलता है कि वह काम को करा पाने या कर्मचारियों को एक ऐसी दृष्टि या लक्ष्य दे पाने में अक्षम रहे हैं जिसमें कि कर्मचारी काम को करने में ख़ुशी महसूस करें।

**हम आज तेज़ी से बदलते परिदृश्य में रह रहे हैं। निजी क्षेत्र और कॉरपोरेट जगत ने अपनी कंपनियों में नए विचारों और नई ऊर्जा का संचार करके उन्हें राज्य स्तरीय कंपनी से उठा कर सचमुच ही बहुराष्ट्रीय कंपनी स्तर पर पहुँचा दिया है। टाटा, अंबानी, मित्तल, विप्रो, बिरला, इंफ़ोसिस उनमें से कुछ नाम हैं। आज के समय की पुकार है कि राज्यों तथा केंद्र की ब्यूरोक्रेसी उठे और विकास की इस लहर पर सवार हो जाए। इसके लिए आवश्यक होगा कि सरकार के शीर्ष अधिकारी समुचित साधनों के साथ दृष्टि, समर्पण और ऊर्जा सहित अपने संस्थान के मुखिया बन उसे लीड करें।** परिवर्तनकारी हस्तक्षेप ही वह तरीक़ा है जिसके द्वारा कोई भी संस्थान बड़ी बढ़त प्राप्त कर सकता है।

आज लीडरशिप कुछ ही लोगों के हाथ में रहती है। भारत जैसे जटिल और विशाल जनतंत्र में, आवश्यकता यह है कि लीडरशिप के गुण - जो कि हर व्यक्ति में दबा-ढका रहता है - को पोषित किया जाए और सभी को सुलभ किया जाए।

## कहाँ गए वे लीडर

साल दर साल, विभिन्न राष्ट्रीय समाचार पत्रिकाओं में ऐसे अनेक सर्वेक्षण प्रस्तुत किए जाते हैं जिनमें उन महान भारतीय लीडरों को चुना जाता है जिन्होंने अपना योगदान देकर देश को सफलता की मंज़िल तक पहुँचाया है। इंडिया टुडे पत्रिका

के 21 अप्रैल 2008 के अंक में 20वीं सदी के 60 महानतम भारतीयों को चुना गया है। ये वे पुरुष व महिलाएं हैं जिन्होंने आधुनिक भारत को वर्तमान स्वरूप व आकार दिया है और ऐसे संस्थानों की कल्पना तथा निर्माण किया है जो हमारी स्वतंत्रता की रक्षा करें। स्वतंत्रता प्राप्ति के बाद के 60 वर्षों में से चुने गए 60 व्यक्तियों की सूची दिलचस्प है। किंतु इस सूची में एक भी लोकसेवक को स्थान नहीं मिला है। उसमें 16 राजनेता हैं, 4 फ़िल्मी सितारे हैं, 4 गायक हैं, 8 वैज्ञानिक हैं, 5 साहित्यकार हैं, 3 संगीतज्ञ हैं और 3 व्यापार जगत के लोग हैं। यह सूची दिलचस्प इस अर्थ में भी है कि यह झरोखा है यह देखने का कि 21वीं सदी में हमारी सोच क्या रही है। ये वे लोग हैं जिनके बारे में धारणा यह है कि ये ही हमारे 'भारत भाग्य विधाता' हैं। क्या कारण है कि एक अरब से अधिक धड़कते दिलों वाले इस जनतंत्र को 30 लाख सरकारी कर्मचारियों जैसी विशाल संख्या में से एक भी उल्लेखनीय व्यक्ति नहीं मिला। इतने विशाल संख्या बल में से क्या कोई एक भी ऐसा विचारशील व्यक्ति उभर कर नहीं आ सकता जिसे लीडर कहा जा सके? फ़ील्ड मार्शल मानिक शॉ, सांख्यिकीविद् माहनबोलिस तथा 8 वैज्ञानिकों को छोड़कर - जो कि सही अर्थ में ब्यूरोक्रेट नहीं हैं - इस सम्मानजनक सूची में एक भी लोकसेवक स्थान नहीं पा सका है।

**आज के समय की पुकार है कि राज्यों तथा केंद्र की ब्यूरोक्रेसी उठे और विकास की इस लहर पर सवार हो जाए। इसके लिए आवश्यक होगा कि सरकार के शीर्ष अधिकारी समुचित साधनों के साथ दृष्टि, समर्पण और ऊर्जा सहित अपने संस्थान के मुखिया बन उसे लीड करें।**

24

# लीडरशिप है सभी के लिए

**क्या** हर व्यक्ति लीडर बन सकता है या केवल किसी पद विशेष को पाया हुआ व्यक्ति? मोटे तौर पर देखा जाता है कि अध्यक्ष/चेयरमैन, प्रबंध निदेशक अथवा सचिव जैसे स्थान पर पदस्थ व्यक्ति का प्रभाव बड़े पैमाने पर रहता है। उनके निर्णयों को गति देने में उनका पद सहायक सिद्ध होता है और लीडर अपने पद के प्रभाव का पूरा सदुपयोग भी करता है। तथापि, **सारे सीईओ, अध्यक्ष, प्रबंध निदेशक या सचिव अपने पद के बल पर ही लीडर नहीं बन जाते। उन्हें लीडर तभी माना जाता है जब वे वह सब करते हैं जो एक लीडर को करना चाहिए। यदि कोई ऐसा नहीं करता है तो वह उस संस्थान का प्रमुख मात्र कहा जाएगा, लीडर नहीं। उसके 'सैलरी–पैकेज' से लीडर होने का कोई संबंध नहीं होता। लीडर तो वह होता है जो संस्थान के विकास और उसकी बेहतरी के लिए बदलाव की बयार बहाए।**

लीडर को चाहिए कि वह अपने अधीनस्थ अमले में भी लीडर बनाए, उन्हें विकसित करे और उनमें लीडर की तरह सोचने व करने की क्षमता पैदा करे। इसका अर्थ है विभिन्न स्तरों पर टीम के मुखिया द्वारा अपनी कमांड में हो रही घटनाओं की बाग-डोर अपने हाथ में लेना। अपने कार्य-क्षेत्र में सफलतापूर्वक बदलाव लाने और स्वयं में यह विश्वास स्थापित करने कि यह वह ही था - जो कि वह बदलाव ला सका, लीडर को पूरा श्रेय दिया जाना चाहिए।

दैनिक आधार पर सरकारी कार्यालयों में हम लीडर बन सकते हैं यदि हम वैसा करें जैसा लीडर करते हैं उदाहरणार्थ :-

1. दिए हुए काम को उसकी पूरी ज़िम्मेदारी लेते हुए पूरा करना।
2. निचले स्तरों पर प्रतिदिन आने वाली समस्याओं का समाधान उपलब्ध कराना जो कि विशाल आकार वाले ब्यूरोक्रेटिक संस्थानों में आए दिन आती रहती हैं।

3. ऐसे लोगों की टीम का विकास करना जो ऐसे मामले जिनसे निपटने में वे स्वयं को सक्षम समझते हैं। उनमें विश्वासपूर्वक निर्णय ले सकें।

इन कामों को बारंबार करते रहने से हर स्तर पर लीडरशिप का उद्भव और विकास हो सकता है। अपने काम के प्रति विचारशील और विश्वस्त लोकसेवकों की एक बड़ी संख्या का यह सामूहिक बल ही है जो अतंतोगत्वा एक ऐसी कार्य-संस्कृति का निर्माण करता है जो नागरिकों की मित्र साबित होती है- और, हम काम भी तो इसी उद्देश्य के लिए कर रहे हैं।

**सारे सीईओ, अध्यक्ष, प्रबंध निदेशक या सचिव अपने पद के बल पर ही लीडर नहीं बन जाते। उन्हें लीडर तभी माना जाता है जब वे वह सब करते हैं जो एक लीडर को करना चाहिए। यदि कोई ऐसा नहीं करता है तो वह उस संस्थान का प्रमुख मात्र कहा जाएगा, लीडर नहीं। उसके 'सैलरी–पैकेज' से लीडर होने का कोई संबंध नहीं होता। लीडर तो वह होता है जो संस्थान के विकास और उसकी बेहतरी के लिए बदलाव की बयार बहाए।**

25

# समस्या को भापें और पहल करें

प्रशासन में एक बहुत महत्वपूर्ण बात है, समस्या के प्रति सजग रहना और समय रहते उससे निपटने की तैयारी कर लेना। अक्सर देखते हैं कि कोई न कोई समस्या हमारे आसपास अपनी खिचड़ी पका रही होती है और फिर एक दिन विकराल होकर, हमारे सामने आ खड़ी होती है। कारगिल समस्या, विभिन्न राज्यों की क़ानून व्यवस्था, निर्धारित लागत से अधिक व्यय वाली कोई परियोजना (जैसे कोलकाता मैट्रो रेल परियोजना) इसके कुछ उदाहरण हैं।

समस्याओं के अनेक रूप हैं, जैसे :

1. अधूरी परियोजनाएं
2. पैसे की कमी
3. अभियान के रूप में कार्यों का न होना
4. सरकारी भूमियों पर अतिक्रमण
5. बिजली की चोरी
6. यातायात नियमों के उल्लंघन
7. महामारी फैलने की घटनाएं
8. कर्मचारियों के आंदोलन

**प्रशासकों को अपने कान–आँख खुले रखने और यह भाँप लेने का कौशल पैदा करने की आवश्यकता है कि उनके आसपास ऐसा क्या 'पक' रहा है जो कल समस्या खड़ी कर सकता है। समाचारपत्रों, विभिन्न स्तर के जनप्रतिनिधियों और मॉनिटरिंग के दौरान उभर कर सामने आने वाली फ़ीडबैक इसका स्पष्ट**

संकेत दे सकते हैं। सभी संस्थानों के प्रमुखों का यह दायित्व है कि वे सतर्क रहें और चिंगारी को शोला बनने से पहले ही बुझा दें। सतर्क लीडर वे होते हैं जो सावधान और गंभीर रूप से उत्सुक रहते हैं ताकि वे किसी भी ख़तरे या अवसर के आरंभिक संकेतों को भांप सकें और समय रहते कार्रवाई करने के लिए कोई क़दम उठा सकें। प्रशासन के आज के परिदृश्य में ऐसा रुझान कुछ कम ही देखने में आता है। जिन लोगों में सतर्क रहने की ललक दिखाई पड़े उन्हें पुरस्कृत कर संस्थान सतर्क लीडरशिप को बढ़ावा दे सकते हैं।

सतर्क लीडरशिप बाह्यमुखी होती है, नए विचारों का स्वागत करती है, हर बात को विभिन्न दृष्टिकोणों से देखना चाहती है, विभिन्न स्रोतों से बात को सविस्तार सुनना चाहती है और व्यापक कामकाजी नेटवर्क विकसित करना चाहती है। जो लोग प्रशासन के उच्च पदों पर आसीन हैं, उन सब को लोक महत्व के कार्यों में रुचि रखनी चाहिए, खुले दिमाग़ से सुनना चाहिए और संस्थान पर सतर्क-सचेत निगाह भी रखनी चाहिए।

**प्रशासकों को अपने कान–आँख खुले रखने और यह भांप लेने का कौशल पैदा करने की आवश्यकता है कि उनके आसपास ऐसा क्या 'पक' रहा है जो कल समस्या खड़ी कर सकता है। समाचारपत्रों, विभिन्न स्तर के जनप्रतिनिधियों और मॉनिटरिंग के दौरान उभर कर सामने आने वाली फ़ीडबैक इसका स्पष्ट संकेत दे सकते हैं। सभी संस्थानों के प्रमुखों का यह दायित्व है कि वे सतर्क रहें और चिंगारी को शोला बनने से पहले ही बुझा दें।**

26

# गुणवत्ता हमारे काम में बोले

किसी भी संस्थान में गुणवत्ता नींव का पत्थर है। यह अपने आपमें कोई अलग गतिविधि न होकर विभिन्न स्तरों के विभिन्न घटकों का एक संयोजन होती है। पूरे विश्व में लोकसेवाओं का जिस तरह विस्तार हो रहा है, उसे देखते हुए यह आवश्यक है कि लीडर गुणवत्ता पर अपनी नज़र बनाए रखें। इसे स्थायित्व देने के लिए कई संस्थानों ने नियम-पुस्तिकाएं अथवा हैंड-बुक बनाई हैं ताकि कर्मचारियों को उनसे लगातार मार्ग-दर्शन व सहायता मिलती रहे।

गुणवत्ता को किसी ऐसी चीज़ के रूप में परिभाषित किया जा सकता है जो उत्पाद या सेवा को ग्राहक की दृष्टि से बेहतर बनाने वाली हो। लोक प्रशासकों को ऐसे मुद्दों से रू-ब-रू होना पड़ता है जिनका सरोकार समूचे समाज से होता है। इसके चंद उदाहरण हैं -

1. चिकित्सा सेवाओं में गुणवत्ता सुधार की पुस्तिका।
2. ग्रामीण क्षेत्रों की सड़कों के निर्माण हेतु गुणवत्ता-पुस्तिका।
3. स्कूली शिक्षा में सुधार लाने हेतु दिशा निर्देश।

ऐसी पुस्तिकाएं विभिन्न स्तरों पर कार्य में गुणवत्ता को बढ़ाने और उसकी मॉनिटरिंग करने में सहायक होती हैं। गुणवत्ता बढ़ोतरी लोक प्रशासन के सभी क्षेत्रों में निरंतर चलने वाली एक प्रक्रिया है और कोई शायद ही यह कह सकता है कि, अब यह काफ़ी हो गई है।

हर विभाग के लिए यह परिभाषित किए जाने की आवश्यकता है कि उसकी गुणवत्ता के घटक क्या हैं और किसी सेवा विशेष से क्या-क्या अपेक्षाएं हैं। ऐसी पुस्तिकाएं उस संस्थान में गुणवत्ता को सुधारने के लिए उपयोगी मार्ग-दर्शन प्रदान करती हैं। ये लीडरों को इस बात के लिए भी प्रोत्साहित करती हैं कि वे गुणवत्ता-सुधार को संस्थान का एक अभिन्न अंग बनाए रखें ताकि एक

समय के बाद वह उसका स्वाभाविक अंग बन जाए। ये पुस्तिकाएं बहुत ही महत्वपूर्ण दस्तावेज़ होती हैं और विशेषज्ञों द्वारा इनकी तैयारी उन लोगों के साथ विचार-विमर्श करते हुए की जानी चाहिए जिन्हें इनका प्रयोग करना है।

अपनी प्रकृति के अनुसार संस्थानों की गतिविधियों में भले ही अंतर हो किंतु गुणवत्ता विकास की अवस्था इस प्रकार हो सकती है -

1. इस बात के प्रति सजगता पैदा करना कि गुणवत्ता सुधार एक अच्छा और करने लायक़ प्रयास है।
2. गुणवत्ता सुधार की प्रक्रियाओं की जानकारी कर्मचारियों को देना और बढ़ाना।
3. गुणवत्ता को रोज़मर्रा की कार्यप्रणाली का अंग बना देना।

गुणवत्ता की बीच-बीच में जाँच-परख करते रहना लीडरशिप का कार्य है अतः यह ऊपर से ही शुरू होनी चाहिए। इसमें उठाए जाने वाले कुछ महत्वपूर्ण क़दम इस प्रकार हैं -

क. गुणवत्ता के मानकों पर खरा उतरने के लिए अल्पकालीन और दीर्घकालीन लक्ष्य निर्धारित करना।

ख. उन लक्ष्यों को प्राप्त करने के तौर-तरीक़ों को पहचानना।

ग. प्राप्ति कितनी प्रभावी रही इसे परखना।

घ. प्रक्रिया प्रबंधन - जिसमें उच्चतर गुणवत्ता सेवाओं पर बल दिया जाता हो।

ङ. उपभोक्ताओं और अन्य हितबद्ध पक्षों को संतुष्टि देना।

**जिस प्रकार कोई भवन बनाने के लिए एक ब्लूप्रिंट बनाना आवश्यक होता है वैसे ही हमारे पास एक ऐसा ब्लूप्रिंट होना आवश्यक है जो ये बताए कि संस्थान उस गुणवत्ता पर किस प्रकार काम करेगा जिसे कार्य का अंग बना दिया गया है। लागत कम करने और लोगों की आवश्यकताओं को पूरा करने के लिए, काम करने की गुणवत्ता को बढ़ाने के अलावा भी लीडर को इस अभियान में आगे रहना होगा।** गुणवत्ता पूरे संस्थान के ताने-बाने में रच-बस जानी चाहिए। जब हम उपभोक्ता की संतुष्टि को समझते हैं और गुणवत्ता में निरंतर सुधार करते हुए उसके प्रति प्रतिबद्ध रहते हैं, तब इसे बनाए रखी जा सकती है, सुधारी भी जा सकती है। इस तरह यह योजना बनाना, कार्य करना, जाँचने और करने की एक सतत प्रक्रिया बन जाती है।

गुणवत्ता सुधार की किसी भी योजना को नीति के रूप में लागू करने का काम पहले उस योजना को एक प्रायोगिक रूप में शुरू करके और यह परख कर किया जा सकता है कि क्या वह कारगर है। अंततोगत्वा उद्देश्य तो यही रहता है कि या तो जो सुधार हुआ है उसे बनाए रखा जाए या यह निर्धारित किया जाए कि यदि वांछित परिणाम नहीं मिल सका है तो उसका क्या कारण रहा है। यह एक निरंतर चलने वाली प्रक्रिया है। एक चक्र पूरा हो जाने पर वही अगले चक्र का आधार बन जाता है। इस प्रक्रिया में कहीं विराम नहीं लगता है।

सार्वजनिक क्षेत्र में और सरकार में, विशेषकर सचिवालयीन कार्य में, गुणवत्ता के पहलू पर कम ही बात की जाती है। ऐसा मान लिया जाता है कि हर कर्मचारी यह जानता ही है कि उसे गुणवत्तापूर्ण काम करना है। किंतु यह आवश्यक तो नहीं है कि गुणवत्ता के बारे में संस्थान की जो सोच है वही सोच कर्मचारियों की भी हो। काम के दौरान दिया जाने वाला गुणवत्ता संबंधी प्रशिक्षण इस कमी को पूरा करने में बहुत सहायक सिद्ध हो सकता है। कार्य करते-करते ही इसे विकसित किया जा सकता है और यह आवश्यक है कि कार्यालय की टीम गुणवत्ता के उन पहलुओं पर संवेदनशील रहे जिनके बारे में हम चर्चा कर रहे हैं और इस बारे में भी कि लक्ष्य-उपभोक्ता और संस्थान को अंततः वे क्या परिणाम देने जा रहे हैं। छोटे-छोटे विशेष प्रशिक्षण कार्यक्रम इस कमी को पूरा करने में बहुत कारगर रहते हैं।

*गुणवत्ता कभी आकस्मिक घटना नहीं होती; यह हमेशा ही ऊँचे इरादों, निष्ठापूर्ण प्रयासों, बुद्धिमत्तापूर्ण दिशा और कुशलतापूर्वक किए गए कार्य का परिणाम होती है; यह अनेक विकल्पों में से समझदारी से किए गए चयन को दर्शाती है।*

– विलियम ए. फॉस्टर

*गुणवत्ता कोई काम नहीं, आदत होती है।*

– अरस्तू

*गुणवत्ता का अर्थ है काम को तब भी सही तरह से करना जब आपको कोई न देख रहा हो।*

– हेनरी फ़ोर्ड

*किसी व्यक्ति के जीवन की गुणवत्ता उसी अनुपात में रहती है जिस अनुपात में उत्कृष्टता के प्रति उसकी प्रबिद्धता, भले ही उसने काम करने के लिए कोई सा भी क्षेत्र चुना हो।*

– विंस लोम्बार्डी

*गुणवत्ता कभी इत्तफ़ाक नहीं होती; यह हमेशा ही बुद्धिमत्तापूर्ण प्रयासों का परिणाम होती है।*

– जॉन रस्किन

*ईश्वर हमारे काम की गुणवत्ता से प्रसन्न होता है, काम की मात्रा से नहीं।*

– महात्मा गाँधी

**जिस प्रकार कोई भवन बनाने के लिए एक ब्लूप्रिंट बनाना आवश्यक होता है वैसे ही हमारे पास एक ऐसा ब्लूप्रिंट होना आवश्यक है जो ये बताए कि संस्थान उस गुणवत्ता पर किस प्रकार काम करेगा जिसे कार्य का अंग बना दिया गया है। लागत कम करने और लोगों की आवश्यकताओं को पूरा करने के लिए, काम करने की गुणवत्ता को बढ़ाने के अलावा भी लीडर को इस अभियान में आगे रहना होगा।**

# 27

# आपकी कार्यशैली को अपना ब्रांड बनाएं

किसी ब्रांड का महत्व आमतौर पर विभिन्न उत्पादों के साथ जुड़ा होता है जिन्हें हम बाज़ार में देखते हैं। सरकारी कार्यालयों के माध्यम से हम लोकसेवा प्रदान करते हैं जैसे - सफ़ाई व्यवस्था, टेलीफ़ोन सेवाएं, बिजली आपूर्ति, जल आपूर्ति, सड़कें, पब्लिक ट्रांसपोर्ट, सुरक्षा इत्यादि। उपभोक्ता उत्पादों की तरह इस सेवा देने वाले क्षेत्र को ब्रांडेड करना एक कठिन काम है फिर भी यह प्रयास करने योग्य है। सेवाएं निम्न रूप में ब्रांड-मूल्य बना सकती हैं -

1. **हर व्यक्ति अपना काम सर्वोत्तम ढंग से करे – बिना यह देखे कि हम किस क्षेत्र में काम कर रहे हैं या क्या काम कर रहे हैं, ऐसा किया जा सकता है – चाहे वह कोई नई सड़क बनाना हो, कोई नई पाइप लाइन बिछाना हो, शहर के लिए सफ़ाई व्यवस्था करना हो, समीक्षा बैठक के लिए एक नोट तैयार करना हो, फ़ाइल पर कोई टिप्पणी देना हो या कोई भी अन्य काम हो। संस्थान पर इसका सकारात्मक प्रभाव ही पड़ेगा।**
2. **विविधता को चलने दें** – आज संस्थानों को अनगिनत गतिविधियाँ करनी पड़ती हैं जिनमें मानव संसाधन/सूचना प्रौद्योगिकी/लेखा और वित्त इत्यादि के विशेषज्ञों की आवश्यकता बड़ी संख्या में पड़ती है। हम उन्हें उनका सर्वोत्तम करने दें किंतु यह तब ही संभव है जब हम अधीनस्थ को उनके चरण पर निर्णय लेने दें।
3. **जन–केंद्रित बनें** – लोकसेवाएं लोगों के लिए ही होती हैं। ये सरकार द्वारा आम लोगों के लिए की जाती हैं। सेवाएं देते समय यह सूत्र पूरे संस्थान के मानस पटल पर स्पष्ट रहना चाहिए - इसके साथ ही लोगों के साथ व्यवहार करने में, संवाद में भी यह झलकना चाहिए।

4. **कार्य प्रणाली के मानक बनाएं** – सभी संस्थानों को चाहिए कि वे जो कुछ सेवाएं दे रहे हैं या उत्पादन कर रहे हैं उसके मानक बनाएं। इसे यह ध्यान में रख कर बनाना चाहिए कि संस्थान को इससे बेहतर स्तर पर पहुँचना है।

# 28

# बड़ा सोचें और दूसरों को भी सिखाएं

लीडरशिप एक स्वप्नद्रष्टा बनना है - एक ऐसा स्वप्न देखना जो उपलब्ध संसाधनों में ही पूरा किया जा सके। हम अधिकतर कार्यालयीन रूटीन और उससे जुड़ी भागमभाग में ही फँसे रहते हैं। यह उठा-पटक हमें दो पल चैन से बैठने और स्वप्न देखने, एक तस्वीर बनाने और कुछ बड़ा सोचने का मौका ही नहीं देती। लीडर को चाहिए कि वह अपने सहकर्मियों के नवाचार और सृजनशील मन का समागम कर बड़ी तस्वीर बनाए। संस्थान की उस बड़ी तस्वीर का स्वप्न यह ध्यान में रखते हुए देखा जाना चाहिए कि आज के युक्तियुक्त परिवर्तनों को लागू कर दिए जाने के 2, 4, 10 या 20 साल बाद वहाँ का परिदृश्य क्या होगा।

29

# समय का महत्व है

हर एक लीडर को विभिन्न महत्वपूर्ण प्राथमिकताओं में संतुलन बनाए रखने की आवश्यकता होती है। अपने समय का प्रबंधन करके ही हम अपने जीवन और कार्य का सही प्रबंधन कर पाते हैं। कर्मचारियों को कार्यालय में इतने लंबे समय तक बैठना पड़ता है कि दिन ख़त्म हो जाने के बाद भी कुछ महत्वपूर्ण क्षेत्र अनदेखे रह जाते हैं। **हर स्तर के लोकसेवक को यह ध्यान देना चाहिए कि वे अपना समय किस प्रकार व्यतीत कर रहे हैं। काम को किस तरह बैठकों, दौरों और यात्राओं, पढ़ने और लिखने, डिक्टेशन देने व चर्चा करने, रिपोर्ट बनाने–करने, खेलने व सोचने और परिवार के संग बाँट रहे हैं? इनमें से कोई भी दूसरे की क़ीमत पर नहीं किया जाना चाहिए। इन सब में आपसी संतुलन रहना चाहिए। कार्यों को समय से करने पर हम उन में एक तात्कालिकता का भाव लाते हैं और जो काम हाथ में है उसे बेहतर कर सकते हैं।**

नीचे दिए गए सामान्य से तरीक़ों से कार्यालय के समय के प्रबंधन में उल्लेखनीय सुधार किया जा सकता है :

क. **दिन की रूपरेखा बनाएं** – दिन को कार्यालय और घर के बीच बाँट लिया जाना चाहिए। घर में 6-7 घंटे तो सोने में ही चले जाते हैं, अतः घर के मामलों पर ध्यान देने के लिए हमारे पास 6-7 घंटे ही बचते हैं। एक स्वस्थ व संतुलित पारिवारिक जीवन बनाए रखने के लिए फ़ुरसत व आराम, बच्चे, पत्नी या पति, खेल व मनोरंजन में समय को बाँटना आवश्यक है। कार्यालय के लिए बचे 7-8 घंटों को एक सुव्यवस्थित ढंग से तय करना होगा ताकि दिन पूरा होने पर हमें लगे कि हमने संस्थान के लिए कुछ योगदान किया है। कार्यालयीन समय को इन कामों में बाँटा जा सकता है –

1. जनता से मिलना
2. फ़ाइलों को देखना व निपटाना

3. बैठक करना
4. डिक्टेशन देना
5. फ़ोन पर बातचीत करना

मैंने गत 10 वर्षों में पाया है कि ऊपर लिखे अनुसार लक्षित कामों को समय देने से आप अपनी कार्यकुशलता कई गुना बढ़ा सकते हैं। उनमें से जो भी कार्यकलाप आपके सामने हो उसके काम पर ही आपका पूरा-पूरा ध्यान होना चाहिए, उदाहरण के लिए, जब आप फ़ाइलें देख रहे हों तब स्टेनो से कह दें कि फ़ोन कॉल या आगंतुकों को अंदर न भेजे। अन्य कार्यों के समय भी ऐसा ही किया जा सकता है।

ख. **समय–सीमा का पालन कड़ाई से करें** – समय सीमा का आदर किया जाना चाहिए अन्यथा यह दूसरी प्राथमिकताओं के समय पर अतिक्रमण होगा।

ग. **काम को तेज़ी से निपटाने के लिए फ़ोन का इस्तेमाल करें** – अनेक बार लोग ऐसी छोटी-छोटी बातों पर चर्चा करने के लिए आपसे मिलने चले आते हैं जो कि फ़ोन पर भी की जा सकती थी। छोटे-मोटे कामों को फ़ोन पर ही निपटा देने या उन्हें किसी और को सौंप देने से आपके समय की काफ़ी बचत हो सकती है।

घ. **काग़ज़ों और फाइलों पर प्राथमिकता का उल्लेख करें** – उन पर शीघ्र, आज ही, तुरंत, समय सीमा 6 दिन इत्यादि लिख देने से हम उस विषय की महत्ता और शीघ्रता के भाव को दर्शाते हैं और उसे 'फ़ास्ट ट्रैक' में डाल देते हैं। ऐसी टिप्पणियाँ कारगर रहती हैं, किंतु पूरे स्टाफ़ को इस प्रकार दी गई समय सीमा में काम करने की आदत डालनी होगी।

समय एक ऐसा संसाधन है जो प्रतिदिन 24 घंटों तक ही सीमित रहता है। इस स्रोत को इस प्रकार प्रयुक्त किया जाना चाहिए कि दिन के अंत में आप महसूस कर सकें कि आपने अपने और अपने कार्यालय के लिए कुछ महत्वपूर्ण योगदान अवश्य किया है।

*समय के महत्व का ज्ञान ही बुद्धिमता का द्वार है।*

**– बरट्रांड रसेल**

*समय ही दौलत है।*

— बेंजामिन फ्रैंकलिन

*क्या आप जीवन से प्रेम करते हैं? यदि हाँ तो समय को व्यर्थ न गंवाएं क्योंकि जीवन इसी का तो बना है।*

— बेंजामिन फ्रैंकलिन

**हर स्तर के लोकसेवक को यह ध्यान देना चाहिए कि वे अपना समय किस प्रकार व्यतीत कर रहे हैं। काम को किस तरह बैठकों, दौरों और यात्राओं, पढ़ने और लिखने, डिक्टेशन देने व चर्चा करने, रिपोर्ट बनाने–करने, खेलने व सोचने और परिवार के संग बाँट रहे हैं? इनमें से कोई भी दूसरे की क़ीमत पर नहीं किया जाना चाहिए। इन सब में आपसी संतुलन रहना चाहिए। कार्यों को समय से करने पर हम उन में एक तात्कालिकता का भाव लाते हैं और जो काम हाथ में है उसे बेहतर कर सकते हैं।**

30

# पूरी ताक़त लगा दें

किसी ने कहा है कि मानव जीवन अमूल्य है ये एक स्वर्णिम अवसर है, जिससे हम अपने अधिकार क्षेत्र में अपने कार्य को करते हुए क्रांतिकारी बदलाव ला सकते हैं।

यदि आप सर्वोत्तम और उत्तम के बीच अंतर का परीक्षण करें तो पाएंगे कि दोनों का अंतर नगण्य है। ओलम्पिक के विभिन्न रेस, तैराकी, शूटिंग आदि के परिणामों पर नज़र डालें तो पता चलेगा कि एक बार नहीं वरन् हर बार इसी तरह का अंतर देखने को मिलेगा, प्रथम स्थान पाने वाला दूसरा स्थान पाने वाले से बस 1 सेकंड या उससे भी कम समय के अंतर से जीता। एक को स्वर्ण और दुनिया भर की ख़ुशियाँ, सदियों के लिए अमरत्व मिला और दूसरे को ऐसा कुछ नहीं।

हमारा कार्य हमें संतुष्टी देने के साथ-साथ आम नागरिक को ख़ुशियाँ बाँटने का एक साधन है, इसे खुले दिल से लुटाएं। ये अवसर दुबारा नहीं आएगा। इसलिए सीमित जीवन में अधिकाधिक दें।

हमारे कार्यों में ख़ुशियाँ बाँटने के सभी कार्य सीधे-सीधे नहीं दिखते लेकिन वो हैं महत्वपूर्ण, जैसे -

- रेलवे लाईन निर्माण
- राजमार्ग निर्माण
- गाँव में अस्पताल भवन
- शिक्षकों का चयन
- नए संयंत्र का निर्माण
- गाँव में टीकाकरण कार्य
- बिजली उत्पादन का कार्य

ये सूची अंतहीन बन सकती है, क्योंकि ख़ुशियाँ अनंत रूप धर कर आती हैं। आशय यह है कि हर व्यक्ति जो सेवा या उत्पादन क्षेत्र से जुड़ा है, वह ख़ुशियाँ बाँटता है।

पूरी ताक़त लगा देने से आशय है, सामर्थ्य को समस्त रूप में उपयोग करना चाहे वह -

- शारीरिक हो
- बौद्धिक हो
- वित्तीय हो
- समन्वय हो
- नियोजन हो या कुछ और।

हम सब अपने-अपने क्षेत्र में विकास के इस दौर में अपना छोटा-छोटा योगदान देकर एक बड़ा परिवर्तन ला सकते हैं। हम में से वे जो नीति निर्धारक के रूप में हैं, उनकी ज़िम्मेदारी और बढ़ जाती है कि जो मार्ग उन्होंने चुना है, उसको अपना शत प्रतिशत दें।

समय की यही पुकार है और देश की भी।

31

# काम किया है तो ज़िम्मेदारी भी लें

सरकार में कई बार ऐसा होता है कि जब संस्थान को कोई यश मिलने पर उस यश दिलाने वाले व्यक्ति की पहचान करनी हो तो यह पहचान करना कोई कठिन काम नहीं होता क्योंकि अच्छे काम का श्रेय लेने वाले अनेक लोग बड़ी आसानी से मिल जाते हैं। किंतु, यदि किए का परिणाम जब कोई परेशानी पैदा करने वाला हो तब उसकी ज़िम्मेदारी लेने वाला वहाँ कोई दिखाई नहीं पड़ता। इसका ख़ास उदाहरण है – किसी रेलगाड़ी का पटरी से उतर जाना, कोई पुलिस फ़ायरिंग होना और उसमें किसी का मारा जाना। हम देखते हैं कि सरकार में हादसे के लिए ज़िम्मेदार व्यक्ति की सही पहचान करना बड़ा ही कठिन काम है।

**सही लीडरशिप में अपने सही या ग़लत, अच्छे या बुरे काम की ज़िम्मेदारी को स्वीकार करना भी शामिल रहता है। कई बार ऐसा होता है कि हमारे कुछ निर्णय अपेक्षित परिणाम नहीं दे पाते हैं, तो इसका अर्थ यह नहीं है कि आप उस व्यक्ति को फाँसी पर लटका दें जिसने वह निर्णय लिया है। ज़िम्मेदारी स्वीकार करना तो इस बात का प्रतीक है कि आप लीडर के रूप में विकसित हो रहे हैं।** लीडर को इसे इस तरह देखना होगा कि जहाँ निर्णय लेने के पीछे दुर्भावना नहीं थी व उतावलापन या जल्दबाज़ी भी न रही हो वहाँ जो भी परिणाम रहा हो उसे संस्थान को इस अनुभव से सबक लेने की तरह देखना चाहिए। बहुत से ऐसे लोग होते हैं जो पूरी प्रशंसा और यश तो बटोर लेने की फ़िराक में रहते हैं किंतु अपनी विफलता के लिए किसी और को बलि का बकरा बना देते हैं। ऐसे कृत्य से बचना चाहिए।

जवाबदेही उन लोगों के लिए और महत्त्वपूर्ण है जिनके पास अधिकार हैं क्योंकि ये ही व्यक्ति को किसी काम को किसी ख़ास तरीक़े से करने के लिए शक्ति प्रदान करता है।

*जीवन एक वादा है, उसे पूरा कीजिए।*

**– मदर टेरेसा**

*समझदारी अपने अतीत की यादों में खोए रहने में नहीं बल्कि भविष्य की ज़िम्मेदारी निभाने में है।*

**– जॉर्ज बर्नार्ड शॉ**

*हम केवल उसके लिए ज़िम्मेदार नहीं हैं जो हमने किया है बल्कि उसके लिए भी ज़िम्मेदार हैं जो हमने नहीं किया है।*

**– जॉन बैटिस्ट मोलज्या**

*अपनी शक्ति व अधिकार का सर्वोत्तम इस्तेमाल कीजिए, फिर जो होता है उसे होने दें।*

**– एपिक्टिटस**

*व्यक्ति को अपनी समस्याओं का दोष अपने परिवेश के मत्थे मढ़ने की आदत छोड़ देनी चाहिए और अपनी इच्छा शक्ति व व्यक्तिगत ज़िम्मेदारी पर चलना पुनः सीखना चाहिए।*

**– अल्बर्ट आईंस्टाइन**

*किसी नई ज़िम्मेदारी की स्थिति, व्यक्ति को उतने से कहीं अधिक सबल और सफल व्यक्ति के रूप में उभार कर सामने लाती है जितना कि वह समझा गया था।*

**– विलियम जेम्स**

**सही लीडरशिप में अपने सही या ग़लत, अच्छे या बुरे काम की ज़िम्मेदारी को स्वीकार करना भी शामिल रहता है। कई बार ऐसा होता है कि हमारे कुछ निर्णय अपेक्षित परिणाम नहीं दे पाते हैं। तो इसका अर्थ यह नहीं है कि आप उस व्यक्ति को फाँसी पर लटका दें जिसने वह निर्णय लिया है। ज़िम्मेदारी स्वीकार करना तो इस बात का प्रतीक है कि आप लीडर के रूप में विकसित हो रहे है।**

32

# नियमों को बदलें नियमों को समझें

हम अक्सर 'क़ायदे-क़ानून' की बात सुनते हैं। क़ानून और नियम वास्तव में वह आधारभूत ढाँचा है जो कि सरकार के कामकाज को निरंतरता और निष्पक्षता में थामें हुए है। हर समाज एक सतत विकास की अवस्था में रहता है। अनुशासित तथा सुव्यवस्थित सरकारी संस्थानों - जैसे सचिवालयों, निदेशालयों - में नियम ही वह ढाँचा तैयार करते हैं जिस पर हमारा सिस्टम टिका हुआ है। 21वीं सदी जैसे काल में, जहाँ कि चारों ओर तेज़ी से परिवर्तन हो रहा हो, यह आवश्यक हो जाता है कि समाज की आवश्यकताओं के साथ तालमेल बिठाते हुए नियमों में लगातार पुनरीक्षण, परिवर्तन और निरसन होता रहे। दरअसल, नियम नागरिकों की सुविधा के लिए होते हैं न कि नागरिक नियमों की सुविधा के लिए।

मुझे वह घटना याद आ रही है जब मैं ज़िला कलेक्टर की हैसियत से एक कोर्ट में कुछ नियमों की अवस्था बताने के लिए तलब किया गया था - मुझे जब वह नोटिस मिला तो अचरज हुआ क्योंकि 1930 के दशक के उन नियमों के बारे में मैंने न सुना था और न ही पढ़ा था। गहराई से छानबीन करने पर पता चला कि वे नियम तो वर्तमान में महत्वहीन हो चुके हैं क्योंकि चिकित्सा तकनीक में भारी बदलाव आ चुका है। कभी किसी ने उनमें संशोधन करने की ओर ध्यान नहीं दिया, इसलिए वे नियम पुस्तक में जस के तस वैसे ही स्थान पाते रहे जैसे कि 1930 की स्थिति में था।

सभी सरकारी विभागों में ऐसे नियमों, विनियमों और अधिनियमों की भरमार है जो कि कब के पुराने पड़ चुके हैं। यह क्षेत्र तो ऐसा है जिसे निरंतर

अद्यतन किया जाना चाहिए। एक कर्मठ और सक्रिय प्रशासन हमेशा समय से एक क़दम आगे चलता है। प्रतिक्रिया स्वरूप नियम बनाना जनता पर कोई अच्छी छाप नहीं छोड़ता क्योंकि जनता की अपेक्षा तो यह रहती है कि उनके मसलों पर जल्द से जल्द ध्यान दिया जाए, उन पर काम किया जाए। विभागीय नियमों का पुनरीक्षण अपेक्षाकृत एक सरल प्रक्रिया है। जब कभी भी ऐसा परिवर्तन करना आवश्यक हो तो अच्छा यही है कि इनका प्रयोग करने वालों के साथ इस बारे में विचार-विमर्श कर लिया जाए। ऐसी खुली चर्चा हमेशा सहायक सिद्ध होती है और कोई न कोई बेहतर विकल्प निकल कर आ ही जाता है। एक बार कोई मुद्दा बन जाता है तो फिर ताबड़तोड़ उसे बदल पाना असंभव ही हो जाता है क्योंकि तब यह एक बहु विभागीय मामला बन जाता है।

हाल ही में मध्य प्रदेश में स्वास्थ्य व परिवार कल्याण विभाग द्वारा स्वास्थ्य क़ानूनों पर एक अध्ययन किया गया जिसमें केंद्र तथा राज्य के 100 से अधिक ऐसे क़ानून सामने आए जो कि जन-स्वास्थ्य से संबंधित तो थे किंतु अधिकांश अधिकारी विधानों से अनभिज्ञ थे। दरअसल मूल अधिनियम और उसके अनुपोषक नियमों पर नज़र इसलिए नहीं पड़ी क्योंकि वे क़ानून कई दशकों पहले बनाए गए थे।

नियमों का विकास किसी क़ानून के अंतर्गत होता है। ऐसे क़ानूनों की समय-समय पर परीक्षा होते रहनी चाहिए और संशोधन भी। ऐसे परिवर्तन में समय लगता है, इसलिए यह आवश्यक है कि हर स्तर पर नए नियमों को जानने और पुरानों को हटाने/सुधारने की प्रक्रिया चलती रहनी चाहिए।

*कर्मचारियों के लिए नस्त्रेदमस का नियम नं.1ः हर स्थिति में अपने उत्तम निर्णय पर चलें, इसके अलावा कोई और नियम है ही नहीं।*

**– अज्ञात**

*सदा-सर्वदा समीचीन रहने वाला नियम यह है कि कोई नियम सदा-सर्वदा समीचीन नहीं रहता।*

**– जॉर्ज बर्नार्ड शॉ**

*आपको खेल के नियम समझने होंगे। तब आप दूसरों से कहीं अच्छा खेलेंगे।*

**– अल्बर्ट आईंस्टाइन**

33

# बेंचमार्क—कार्य के मानक तय करें

विभाग के ऐसे अनेकों कामकाज हैं जिनमें बेंचमार्किंग कर, नाप जोख की जा सकती है। इसे करने के लिए प्राइवेट एजेंसियों की सेवाएं भी ली जा सकती हैं। सभी क्षेत्रों में बेंचमार्किंग तय करने में सर्वोत्तम को ही तय किया जाना चाहिए। लक्ष्यों को थोड़ा बढ़ाने में कर्मचारियों की प्राथमिकता का भी ध्यान रखा जाना चाहिए और उन्हें लगातार प्रेरित व प्रोत्साहित किया जाते रहना चाहिए। बेंचमार्किंग करना एक सुविचारित और सुव्यवस्थित अभ्यास होता है और उसे पेशेवर संस्थाओं की मदद लेकर किया जाना चाहिए। इसे अपनी संस्था की मुख्य प्राथमिकता क्षेत्रों के अनुरूप रखा जाना चाहिए और मानक ऐसे बनाएं जिनकी निरंतर मॉनिटरिंग की जा सके। उदाहरण के लिए निम्नलिखित क्षेत्र हो सकते हैं :

क. राजस्व उगाही

ख. निपटाए गए मामले

ग. उत्पादित सामग्री

घ. भूमि अधिग्रहण की प्रगति

च. सड़कों का निर्माण

छ. विद्युतिकृत किए गए पंप

ज. ऊर्जा उत्पादन

झ. वितरित किए गए ऋण

ञ. बकाया की वसूली

अकेली बेंचमार्किंग ही काफ़ी नहीं होती बल्कि इसके साथ-साथ लक्ष्य को पाने के लिए और सुधारात्मक क़दम लेने के लिए निरंतर मॉनीटरिंग का होना भी आवश्यक होता है।

*जो करने लायक है उसे अच्छी तरह किया जाए।*

**– चेस्टरफ़ील्ड**

*चले आ रहे मानकों को स्वीकार करने का अर्थ प्रायः यही होता है कि हमारा अपना कोई मानक नहीं है।*

**– जीन टूमर**

*यदि आप मानकों तक नहीं पहुँच पाते तो आप सुयोग्य नहीं हैं।*

**– हैरॉल्ड फ़ोर्ड**

*जीवन के बारे में एक विचित्र बात यह है कि यदि आप सर्वोत्तम के अलावा कुछ भी स्वीकार करने से इंकार करते हैं तो आप अक्सर सर्वोत्तम को पा लेते हैं।*

**– डब्ल्यू. समरसेट मॉम**

*जो हम निरंतर करते रहते हैं, हम वही हो जाते हैं।*

**– अरस्तू**

*लीडर जो मानक अपने लिए तय करता है उसी से उसकी गुणवत्ता का पता चल जाता है।*

**– रे क्राक**

*स्वयं के लिए लगातार ऊँचे फिर और ऊँचे मानक तय करते हुए और फिर उन मानकों तक पहुँचने के लिए हर संभव प्रयास करते हुए आप बेहतर से भी बेहतर इंसान बनते चले जाते हैं।*

**– ब्रायन ट्रेसी**

34

# कारगर रणनीति को पहचानिए

किसी संस्थान की रणनीति वह नीति होती है जो बताती है कि उस संस्थान को कहाँ जाना है और अपने वांछित लक्ष्यों को वह किस तरह पाना चाहता है। अपनी क्षमताओं को ध्यान में रखते हुए किसी संस्थान के दीर्घकालिक उद्देश्य को दर्शाता है। ऐसे निर्णय किसी भी संस्थान के व्यवहार और सफलता पर दीर्घकालीन प्रभाव डालते हैं। यह देखा गया है कि रणनीति और निष्पादन के बीच अंतर रह ही जाता है। यह भी देखा गया है कि अधिकांश संस्थानों के अधिकांश कर्मचारी अपने संस्थान की रणनीति को समझते भी नहीं हैं।

सरकार में संस्थान की रणनीति को परिभाषित करने का काम किसी वरिष्ठ लीडर का अथवा विभाग प्रमुख का रहता है। शीर्षस्थ लीडरशिप की शक्ति दिशा-निर्देश देने और संस्थान को दिशा से भटकने से बचाने में निहित रहती है। यह ऐसे क़दम उठाना है जो संस्था के सामर्थ्य को बढ़ाने वाले हों। **रणनीति बनाना संस्थान की विज़न से संबंध रखता है। जैसे विज़न को विकसित करना एक ऐसी साझी प्रक्रिया है जिसमें कर्मचारियों के साथ चर्चा किया जाना शामिल रहता है, उसी तरह रणनीति के बारे में भी कर्मचारियों के साथ व्यापक स्तर पर चर्चा की जानी चाहिए। इससे संस्थान के संसाधनों को ध्यान में रखते हुए तथा वांछित परिणामों को प्राप्त करने के लिए उसके वातावरण, मूल्य और लोगों को समान स्तर पर लाने में मदद मिलती है।**

विज़न की तरह ही रणनीति भी कर्मचारियों के साथ विचार-विमर्श कर ही निर्धारित की जानी चाहिए जिन्होंने उस पर अमल करना है। मिल-बैठ कर तैयार की गई योजना के प्रति स्वीकार्यता अधिक रहती है और जो किया जाना है उसमें उनकी आवाज़ भी शामिल करती है ताकि वे केवल आदेशों को ग्रहण करने वाले बने रहने के बजाय योजना के पार्टनर बन सकें। इस प्रकार कर्मचारी

यह बेहतर ढंग से समझ सकेंगे कि क्या किया जा रहा है और काम की उस बड़ी तस्वीर में वे अपनी भूमिका को देख सकेंगे।

सरकारी तंत्र जैसे विशाल संस्थान में जहाँ कि कई हज़ार कर्मचारी अनेक स्तरों पर फैले हों, वहाँ यह आवश्यक हो जाता है कि रणनीति में किए गए किसी भी बदलाव से हर स्तर को अवगत कराया जाए। यह प्रक्रिया इस प्रकार विकसित की जाए कि जैसे-जैसे यह संस्थान में नीचे उतरे यह और अधिक लीडर पैदा करती जाए। इस प्रकार नीचे तक आते प्रभाव का असर परिवर्तन की प्रक्रिया में गति लाने वाला सिद्ध होगा।

अपने अनेकों विभागों सहित सरकारी तंत्र दरअसल कार्यक्रमों और परियोजनाओं का एक ऐसा जटिल सिस्टम है जिसमें हर विभाग अपनी ही उलझनों के गुच्छे में उलझा रहता है। अतः रणनीति संबंधी योजना बनाते समय यह भी देखा जाए कि जिन्होंने वह रणनीति बनाई है उनके द्वारा उसके क्रियान्वयन की नियमित समीक्षा भी की जाए।

*मैं सुनता हूँ और भूल जाता हूँ, मैं देखता हूँ तो मुझे याद रहता है, मैं करता हूँ तो मुझे समझ आ जाता है।*

**– चीनी कहावत**

*रणनीति कितनी भी अच्छी क्यों न हो, बीच-बीच में उसके परिणामों पर भी नज़र डालते रहिए।*

**– विंस्टन चर्चिल**

*इससे पहले कि आपकी रणनीति बेकार हो जाए, आपको अपनी गति में तेज़ और परिस्थितियों के अनुकूल परिवर्तनशील होना होगा।*

**– चार्ल्स डीगॉल**

*यदि आपमें रणनीति का नज़रिया ही नहीं है तो रणनीति की योजना बनाना व्यर्थ है।*

**– जॉन नैसबिट**

*एक समय में एक क़दम ही उठाना अच्छा है।*

**– चीनी कहावत**

*जंग की तैयारी करने में मैंने हमेशा पाया है कि योजना बेकार रहती है, किंतु योजना बनाना फिर भी अपरिहार्य है।*

– डी.डी. आइज़नहावर

*मूर्ख जिसे अंततः करता है, समझदार उसे तुरंत कर डालता है।*

– बाल्तासर ग्रैफ़्रियान

*संसार उसके लिए रास्ता छोड़ देता है जिसका करना यह दिखा दे कि वह जानता है कि उसे कहाँ जाना है।*

– नेपोलियन हिल

**रणनीति बनाना संस्थान की विज़न से संबंध रखता है। जैसे विज़न को विकसित करना एक ऐसी साझी प्रक्रिया है जिसमें कर्मचारियों के साथ चर्चा किया जाना शामिल रहता है, उसी तरह रणनीति के बारे में भी कर्मचारियों के साथ व्यापक स्तर पर चर्चा की जानी चाहिए। इससे संस्थान के संसाधनों को ध्यान में रखते हुए तथा वांछित परिणामों को प्राप्त करने के लिए उसके वातावरण, मूल्य और लोगों को समान स्तर पर लाने में मदद मिलती है।**

# 35

# बदलाव में विलंब न करें

पिछले दो दशकों मे भारत की अर्थव्यवस्था ने बड़ी छलांग लगाई है। यह महसूस किया जा रहा है कि यदि इन परिवर्तनों को हम पहले ही लागू कर देते तो आज हमारी स्थिति बहुत बेहतर हो चुकी होती और विश्व में हम और भी ऊँची पायदान पर होते। हर क्षेत्र में और हर प्रकार की सरकार में हमेशा ही कुछ ऐसे मुद्दे होते हैं जिनमें बदलाव लाने की आवश्यकता होती है और उस बदलाव का परिणाम बेहतरी लाने वाला होता है। हर स्तर के वरिष्ठ अधिकारियों को उत्तम विचार तुरंत लपक लेना चाहिए और उसे अमल कर देना चाहिए। संस्थान का आकार चाहे जो हो, बदलाव एक ऐसा एजेंडा है जिसे हमेशा ज़िंदा रखा जाना चाहिए। जब हम बदलाव की बात करते हैं तो इसका संबंध हर उस चीज़ से हो सकता है जिसे हम उपयोग करते हैं चाहे वह कोई प्रक्रिया, सेवा, उत्पाद या फिर कर्मचारी हों जिन्हें प्रशिक्षण देकर हम नए विचारों से अवगत करा सकते हैं।

सभी सरकारी सिस्टम और कार्यालयों का लगभग एक सा वातावरण होता है। किसी उत्तम विचार पर काम कर प्रभावी बदलाव लाया जा सकता है। सकारात्मक बदलाव से –

» समय की बचत होती है

» काग़ज़ी कामकाज घटता है

» बेहतर उत्पादन या सेवा प्राप्त होती है

चिन्हित कर दिए जाने के बाद जो बदलाव लाए जाने हैं उन्हें यथाशीघ्र कर दिया जाना चाहिए। यह बात सरकारी तंत्र में तो और भी महत्वपूर्ण इसलिए हो जाती है कि यहाँ जाने कब स्थानांतरण हो जाए और फिर जब आपका स्थानांतरण हो जाता है तब आप अपने बढ़िया विचार बाबत् कुछ नहीं कर सकते।

ऐसे बदलाव संस्थान को विकास व उत्थान की ओर ले जाने वाले हों उन पर लगातार काम चलता रहना चाहिए। संस्थान के हर कर्मचारी को उन क्षेत्रों में काम करते रहना चाहिए जहाँ परिवर्तन की आवश्यकता हो, और जब वे परिवर्तन चिन्हित हो जाएं तो उन्हें अमल कर देना चाहिए।

हमको व्यक्तिगत स्तर पर और संस्थान के स्तर पर भी, उन क्षेत्रों की पहचान करनी चाहिए जिन पर तुरंत ध्यान दिए जाने की आवश्यकता है। क्रियाशील कार्यालयों व संस्थानों के लिए यह ज़रूरी हो जाता है कि उनके भीतर और बाहर जो कुछ हो रहा है उसका वे पुनरीक्षण करते रहें।

किसी और जगह कारगर रहे किसी नए विचार या नए तरीक़ों को वहाँ से उठा कर अपनाया जा सकता है और अपने यहाँ दोहराया जा सकता है। यदि आप ऐसे किसी विचार के बारे में सुनिश्चित हैं तो उसे तो यथाशीघ्र लागू भी कर दें। **आमतौर पर, सरकारी संस्थानों में किसी और जगह कारगर रहे विचार को अपने यहाँ दोहराने में हम हिचकते हैं। हम हमेशा किसी ऐसे नए विचार को लागू करना चाहते हैं जो पूरी तरह हमारा ही हो। इस दृष्टिकोण को बदला जाना चाहिए क्योंकि तेज़ी से बदलते इस विश्व में ऐसा हमेशा संभव नहीं हो सकता कि हर कोई केवल तब ही कुछ करे जब कोई पूरी तरह नया विचार उसके मन में आ जाए।**

परिवर्तन का यह अर्थ बिल्कुल नहीं है कि वह विचार बॉस द्वारा ही दिया जाए, बल्कि हर कर्मचारी ऐसा विचार देकर अपना योगदान कर सकता है जो -

क. उनके अपने कार्य-क्षेत्र में सुधार लाएं।

ख. पारस्परिक मामलों में सुधार लाएं।

ग. संस्थान के निष्पादन में बेहतरी लाएं।

यह परिवर्तन विचार प्रक्रिया, पद्धति और प्रणाली के बारे में हो सकता है, उन नियमों के बारे में हो सकता है जो संस्थान के निष्पादन को बढ़ाने और अपव्यय को कम करने में मददगार हो। किंतु परिवर्तन करना जब चिन्हित कर लिया जाए तो उसे करने में फिर देर नहीं की जानी चाहिए। **उसे तत्काल कर देना चाहिए।**

*यदि आपको कोई चीज़ पसंद नहीं है तो उसे बदल दीजिए; और यदि उसे बदल नहीं सकते हैं तो फिर उसके बारे में अपनी सोच को बदल दीजिए।*

**– मैरी एंगलब्रैट**

*जीवित रह पाने वाली जीवों की किस्में वे नहीं हैं जो सबसे अधिक सबल थीं या सबसे अधिक बुद्धिमान थीं, बल्कि वे थीं जो कि बदलाव के प्रति सबसे अधिक अनुकूल रहीं और तदनुसार बदलती रहीं।*

**– चार्ल्स डारविन**

*जो बदलाव आप संसार में देखना चाहते हैं उसे अपने आप में ले आइए।*

**– महात्मा गाँधी**

*परिवर्तन का चक्र चलता रहता है। जो कभी ऊपर थे वे नीचे आ जाते हैं और जो नीचे थे वे ऊपर पहुँच जाते हैं।*

**– जवाहर लाल नेहरू**

*स्थायित्व हमें जड़ें देता है; परिवर्तन हमें पंख देता है, जो विस्तार और वृद्धि देता है और हमें नई-नई ऊँचाइयों तक पहुँचाता है।*

**– पॉलीन आर. केज़र**

*हे ईश्वर, मुझे वह शक्ति दे कि जिन चीज़ों को मैं बदल सकता हूँ उन्हें बदल डालूँ, वह सहनशीलता दे कि जिन्हें मैं बदल नहीं सकता उन्हें यथावत् स्वीकार कर सकूँ, और वह सूझ-बूझ दे कि इन दोनों में फ़र्क कर सकूँ।*

**– अज्ञात**

*मैं केवल एक ही ऐसे आदमी को जानता हूँ जिसका बर्ताव समझदारी वाला रहता है और वह है मेरा दर्ज़ी; मैं जब भी उसके पास जाता हूँ तो वह मेरा नाप हमेशा नए सिरे से लेता है। बाक़ी लोग तो अपने पास मेरा पुराना वाला नाप ही रखे रखते हैं और मुझसे उसमें फ़िट हो जाने की आशा करते हैं।*

**– जॉर्ज बर्नार्ड शॉ**

*परिवर्तन का मूल सिद्धांत है... भय से मुक्त हो जाना।*

**– रोज़ैन कैश**

*जिस नज़रिए से आप चीज़ों को देखते हैं यदि आप उसे बदल दें तो जिन चीज़ों को आप देखते हैं वे बदल जाती हैं।*

– वेन डायर

*तथ्य यदि सिद्धांत में फ़िट नहीं बैठ रहे हैं तो तथ्यों को बदल दीजिए।*

– अलबर्ट आईंस्टाइन

*परिवर्तन के बिना प्रगति असंभव है, और जो लोग अपनी सोच नहीं बदल सकते वे कुछ नहीं बदल सकते।*

– जॉर्ज बर्नार्ड शॉ

**आमतौर पर, सरकारी संस्थानों में किसी और जगह कारगर रहे विचार को अपने यहाँ दोहराने में हम हिचकते हैं। हम किसी ऐसे नए विचार को लागू करना चाहते हैं जो पूरी तरह हमारा ही हो। इस दृष्टिकोण को बदला जाना चाहिए क्योंकि तेज़ी से बदलते इस विश्व में ऐसा हमेशा संभव नहीं हो सकता कि हर कोई केवल तब ही कुछ करे जब कोई पूरी तरह नया विचार उसके मन में आ जाए।**

# 36

# मार्गदर्शक बनें

लीडर एक मित्र, दार्शनिक और मार्गदर्शक होता है। रोज़ फ़ाइलें निपटाने के दौरान मैंने पाया कि अनेक स्तरों पर बहुत सारे मुद्दे केवल इसलिए रूके रहते हैं क्योंकि उस मामले को आगे बढ़ाने में अधीनस्थ अधिकारी को निम्नलिखित में से किसी न किसी बात की आवश्यकता होती है –

- किसी मुद्दे पर स्पष्टीकरण
- किसी बात में मार्गदर्शन
- कुछ और विवरण

इनके अभाव में वह मामला निचले स्तर पर ही अटका रह जाता है। सचिवालय या निदेशालय में प्राप्त ये काग़ज़ात कार्यालय के सहायक अधिकारी द्वारा परीक्षण किए जाते हैं। इसी स्तर पर बहुत समय लग जाता है और यही विलंब का कारण बनता है।

**वरिष्ठ स्तर के अधिकारी यदि फ़ाइलों को उनके सामने पहली बार आने पर ही यदि उसी पर अपना निर्णय दे दें तो वे लाल फ़ीताशाही की और फ़ाइलों की ऊपर–नीचे की यात्रा को समाप्त कर सकते हैं। हमें काग़ज़ात पर प्राथमिकता से ध्यान देना चाहिए क्योंकि इसी कारण उसके साथ जुड़े कई सारे मुद्दे अटके रह जाते हैं।**

*व्यक्ति के लिए एकमात्र पथ-प्रदर्शक उसकी अपनी अंतरात्मा होती है, उसकी कीर्ति के लिए एकमात्र कवच केवल उसके कार्यों की साधुता और निष्ठा होती है। इस कवच के बिना जीवन-पथ पर चलना नासमझी और अदूरदर्शिता ही है क्योंकि आशाओं के विफल हो जाने पर और अनुमानों के गणित के गड़बड़ा जाने पर अक्सर*

*व्यक्ति की हँसी उड़ाई जाती है, किंतु इस कवच के रहते भाग्य कोई भी खेल खेले, हम प्रतिष्ठा के पथ पर हमेशा आगे ही बढ़ते जाते हैं।*

– विंस्टन चर्चिल

*नेतृत्व करें, केवल आदेश न दें।*

– रिकार्डो मुति

*यदि मार्गदर्शन की बागडोर हम अपनी अंतरात्मा को सौंप दें तो जीवन का हमारा ध्येय पूरा हो जाएगा।*

– डोना ए. फ़ेवर्स

*विवेकशीलता औचित्य से परिपूर्ण होती है और जीवन के हर पथ पर हमारी पथ-प्रदर्शक भी बनी रहती है।*

– वाल्टर स्कॉट

*अधिकाधिक कार्य निपटाने का सूत्र है हर दिन 'आज क्या करना है' की सूची बना लेना, उसे ऐसी जगह रखना जहाँ उस पर हमारी नज़र पड़ती रहे और दिन भर काम करने के दौरान हम उसे गाइड की तरह प्रयोग करते रहें।*

– ज़्यां दा ला फ़ोंटेन

*आपके लक्ष्य आपके वे रोड-मैप हैं जो आपको रास्ता दिखाते हैं और यह भी दिखाते हैं कि आपके जीवन में क्या संभव है।*

– लेस ब्राउन

**वरिष्ठ स्तर के अधिकारी यदि फ़ाइलों को उनके सामने पहली बार आने पर ही यदि उसी पर अपना निर्णय दे दें तो वे लाल फ़ीताशाही की और फ़ाइलों की ऊपर–नीचे की यात्रा को समाप्त कर सकते हैं। उन काग़ज़ात पर प्राथमिकता से ध्यान दिया जाना चाहिए क्योंकि इसी कारण उसके साथ जुड़े कई सारे मुद्दे अटके रह जाते हैं।**

37

# ख़ुद से प्रेम करें – अपने काम से प्रेम करें

हमारा काम हमारे व्यक्तित्व का ही एक विस्तार होता है। आप देख सकते हैं कि जो लोग साफ़-सुथरी वेश-भूषा, सुव्यवस्थित व तत्पर रहने वाले और अपने कार्यालय को साफ़-सुथरा और सुव्यवस्थित रखने वाले होते हैं, कार्यालय के समय के बाहर भी उनका यही स्वभाव दिखता है। जब हम ख़ुद को प्रेम करते हैं तब लोगों को और चीज़ों को देखने का हमारा पूरा नज़रिया ही बदल जाता है। कुछ ध्यान देने योग्य बातें हैं :-

1. **हमारी वेशभूषा** – हम यह ध्यान रखें कि हम कैसे दिखते हैं, हम क्या पहने हैं और अवसर के अनुसार वह कितना उपयुक्त है। हम यह भी सुनिश्चित कर लें कि हमारे वस्त्र साफ़ हों, उनका रख-रखाव अच्छा हो और हमारे जूते उनसे मेल खाते हों, हमारे बाल ठीक तरह बने हों और यदि इस सब के साथ एक भीनी सी ख़ुशबू भी हो तो सोने में सुहागा!
2. **हमारा कार्य–स्थल** – यह साफ़-सुथरा और सुव्यवस्थित हो और इसके साथ ही वहाँ एक फूलदान भी हो तो समझिए कि जैसे चार चाँद लग गए हैं।
3. **स्वभाव** – स्वभाव सौम्य-सुखद और लोगों के साथ बर्ताव करने में ख़ुशमिज़ाजी वाला हो।
4. **तत्परता** – काम करने में तत्परता हो।
5. **गुणशीलता** – आमतौर पर काम को इस तरह ख़ुशी-ख़ुशी करना कि ऐसा लगे जैसे हम समय का सार्थक सदुपयोग कर रहे हैं।

जैसा हम बाहर से दिखते हैं वैसा ही हम भीतर से भी होते हैं क्योंकि जैसे हम नहीं हैं वैसा दिखाने का स्वाँग तो हम भर सकते हैं, किंतु जो हम वास्तव में हैं उसे छिपा नहीं पाते।

**इसलिए, यह आवश्यक हो जाता है कि हम स्वयं से प्रेम करने के संस्कार स्वयं में डालें और ऐसे काम करें जो हमको भीतर से सबल, प्रसन्न और संतुष्ट बनाने वाले हों। अंततोगत्वा हम वही तो बाहर दे सकेंगे जो कि हमने अपने भीतर डाला है।** जब हम स्वयं से प्रेम करते हैं तभी हममें अपने कार्य से प्रेम करने की भावना जागती है और यह कार्य ही तो है जो हमारी रोज़ी-रोटी है और जो हमें जीने का प्रयोजन प्रदान करती है। यह एक सजग रहते हुए किया जाने वाला कर्म है और बहुत स्वाभाविक भी क्योंकि हम सभी महत्वपूर्ण के साथ-साथ एक कर्मठ अधिकारी भी दिखना चाहते हैं। ऐसा स्वभाव हमें अपने कार्य में प्रसन्नता प्रदान करने के अलावा उसमें आशावाद का भी संचार करता है।

*सुख व प्रसन्नता के लिए परम आवश्यक हैः हमारा करने योग्य कार्य हो, ऐसा करें जो प्रेम जगाए और कुछ ऐसा जो आशावान बनाए।*

**– एलन के. चाल्मर्स**

*आप यदि ख़ुद को ही प्रेम नहीं कर पाते हैं तो औरों को प्रेम करने में तो आपको कठिनाई होगी ही, क्योंकि आप वह समय और ऊर्जा औरों को कैसे दे सकते हैं जो कि आपने स्वयं को ही नहीं दी है।*

**– बारबरा डी. एंजिलिस**

*कार्य प्रेम का प्रकट रूप होता है यदि आप कार्य को प्रेम के साथ नहीं कर पाते हैं, बल्कि अरुचि के साथ करते हैं तो बेहतर यही होगा कि आप अपना कार्य छोड़ दें और किसी मंदिर के द्वार पर जा बैठें और उन हाथों से भीख लें जो अपने कार्य को प्रसन्नतापूर्वक करते हैं।*

**– खलील जिब्रान**

*आपके जीवन में यदि प्रेम है तो वह आपके जीवन की अनेक कमियों को पूरा कर देगा। और यदि प्रेम नहीं है तो फिर आपके पास जो कुछ है भी वह पूरा नहीं पड़ेगा।*

**– एन लैंडर्स**

*जीवन को प्रेम कीजिए, बदले में वह आपको प्रेम करेगा। लोगों को प्रेम कीजिए, बदले में वे आपको प्रेम करेंगे।*

– आर्तर रूबिन्सटाइन

*जो भी प्रेम करता है, वह असंभव के संभव होने में विश्वास रखता है।*

– एलिज़ाबेथ बैरेट ब्राउनिंग

इसलिए, यह आवश्यक हो जाता है कि हम स्वयं से प्रेम करने के संस्कार स्वयं में डालें और ऐसे काम करें जो हमको भीतर से सबल, प्रसन्न और संतुष्ट बनाने वाले हों। अंततोगत्वा हम वही तो बाहर दे सकेंगे जो कि हमने अपने भीतर डाला है।

# 38

# स्वयं पर भरोसा रखें

जब भी हम कोई नया प्रोजेक्ट शुरू करते हैं तो यह जानने के लिए कि इसे किया जा सकता है या नहीं, हम आमतौर पर अपने उपलब्ध संसाधनों पर नज़र डालते हैं। धन ऐसा एक संसाधन है किंतु यही सबसे बड़ा संसाधन नहीं होता। कुछ अन्य महत्वपूर्ण संसाधन हैं :

**इच्छा :** हमें जीवन में जो कुछ प्राप्त होता है वह इच्छा से ही आता है क्योंकि कुछ पाने की इच्छा ही वह चिंगारी है जो हमें हमारे लक्ष्य तक पहुँचाती है। एक ऐसी भूख जो मिटाई न जा सकती हो, वह हममें होनी चाहिए। इच्छा आपके मन की गहराई में बैठी एक ऐसी चीज़ है जिसे आपका भाग्य कहा जा सकता है। ऐसी कोई इच्छा जिसमें ललक हो निश्चय ही हमें वांछित परिणाम तक पहुँचाती है।

**विज़न :** यह विशाल परिकल्पना होती है जो हमें तस्वीर को बड़ा करके ऐसी तस्वीर बनाती है, जो दूसरों को अपनी ओर आकर्षित करें। यह उस वस्तु को जो अभी नहीं है एक बड़ा चित्र निर्मित कर प्रस्तुत करती है।

**अडिगता :** संसार में अडिगता का स्थान कोई नहीं ले सकता। निपुणता भी नहीं क्योंकि ऐसे लोगों की कमी नहीं है जो निपुण होते हुए भी असफल रहे हैं। प्रतिभा तो बस एक मुहावरा है; शिक्षा भी अडिगता का स्थान नहीं ले सकती क्योंकि संसार ऐसे लोगों से भरा पड़ा है जो शिक्षित तो हैं किंतु प्रयास छोड़-छाड़ कर एक ओर बैठ गए हैं। केवल अडिगता और दृढ़ निश्चयता ही अंततः सफलता दिलाते हैं।

**ऐसे अनेकों उदाहरण हैं जिनमें कि कोई व्यक्ति उस वांछित परिणाम को नहीं पा सका जिसे दूसरों ने आसानी से पा लिया, क्योंकि उसने उतना प्रयास नहीं किया जितना औरों ने किया। कठोर प्रयास नहीं बल्कि लंबा प्रयास आवश्यक**

होता है। अनेक बार परिणाम और पुरस्कार पाने से हम केवल इसलिए चूक जाते हैं क्योंकि हम अडिग नहीं रह पाए। अडिगता महत्वपूर्ण रूप से एक ऐसा अनिवार्य संबल है जिसे हर प्रशासक को अपने में विकसित करना चाहिए। हमारा यही वह विशिष्ट गुण है जो हमारी आंतरिक क्षमताओं को प्रदर्शित करता है। यह हमारी दृढ़ता और अडिगता ही है जो हमारे सपनों को पूरा करने में हमारी सहायता करती है।

*अपना भविष्य अच्छे हाथों को सौंपिए - अपने ख़ुद के हाथों में।*

**– अज्ञात**

*कोई भी आपको हीन नहीं बना सकता जब तक की आपकी सहमति न हो।*

**– एलिनॉर रूज़वेल्ट**

*अपने आपको मैं किसी और की आँखों के अनुसार न आँकू, ऐसा कर पाने में मुझे बहुत समय लगा।*

**– सैली फ़ील्ड**

*वे सब साधन प्रायः हमारे अंदर ही होते हैं जिनका श्रेय हम ऊपर वाले को दे देते हैं।*

**– शेक्सपीयर**

*आप कर सकते हैं बशर्ते कि आप में विश्वास हो कि आप कर सकते हैं।*

**– अज्ञात**

**ऐसे अनेकों उदाहरण हैं जिनमें कि कोई व्यक्ति उस वांछित परिणाम को नहीं पा सका जिसे दूसरों ने आसानी से पा लिया, क्योंकि उसने उतना प्रयास नहीं किया जितना औरों ने किया। कठोर प्रयास नहीं बल्कि लंबा प्रयास आवश्यक होता है। अनेक बार परिणाम और पुरस्कार पाने से हम केवल इसलिए चूक जाते हैं क्योंकि हम अडिग नहीं रह पाए।**

39

# हम जितना अधिक काम करते हैं हमारी कार्यक्षमता उतनी ही बढ़ती जाती है

हमारे शरीर की कार्य करने की अदम्य क्षमता है। यह कई दिनों तक लगातार कार्य कर सकता है और वह भी बिना आवश्यक मात्रा में भोजन आदि लिए, वह हमारी सोची हुई अपेक्षाओं की अपेक्षा से कहीं अधिक कार्य संपन्न कर देता है। **यह विचित्र किंतु सत्य है कि हम जितना अधिक करते हैं हमारी करने की क्षमता उतनी ही बढ़ती जाती है और यह सिलसिला निरंतर जारी रहता है। यह आवश्यक नहीं है कि हमारा कार्य–निष्पादन शारीरिक ही हो, वह मानसिक भी हो सकता है। दरअसल उत्पादकता संक्रामक होती है और यह संस्थान में तेज़ी से फैलती है। जब कोई अपने काम में पूरी लगन के साथ मगन हो जाता है तो उस काम को बेहतर से बेहतर करने के लिए उसे नित नए विचार आने लगते हैं और उसके अपने निजी जीवन में भी ऐसा ही होने लगता है।** यह एक आदत की तरह हमारे तन मन में रच-बस जानी चाहिए। जब यह इस प्रकार हम में समा जाती है तब आनंद की अनंत यात्रा आरंभ हो जाती है। एक ऐसी यात्रा जिसमें कार्य-शैली अपनी परंपरागत सीमाओं के दायरे से बाहर निकल आती है, श्रेष्ठ हो जाती है। यह मन की एक ऐसी अवस्था होती है जो कि हर व्यक्ति में विकसित होनी ही चाहिए क्योंकि इस खेल में जीत ही जीत है।

*हमें भले ही लगे कि जो हम कर रहे हैं वह समुद्र में एक बूंद के बराबर है किंतु हमारे न करने पर समुद्र उस एक बूंद जितना तो कम हो ही जाएगा।*

**– मदर टेरेसा**

*यह कहने का कि 'मैं जो कर सकता हूँ, वह कर रहा हूँ' का कोई अर्थ नहीं है। आपको जो किया जाना है वह सफलतापूर्वक करना है।*

– विंस्टन चर्चिल

*मैं तो करने के महत्व का क़ायल हूँ। जानना काफ़ी नहीं है, उसे कार्य रूप में ढालना भी होता है। करने की इच्छा काफ़ी नहीं है, उसे करना भी होगा।*

– लियोनार्दो दा विंची

*जो मैं जानता हूँ कि उसे कैसे सर्वोत्तम तरह से करना चाहिए उसे मैं सर्वोत्तम तरह से करता हूँ और उसे तब तक करता रहता हूँ जब तक कि वह पूरा नहीं हो जाता।*

– अब्राहम लिंकन

*जीवन का सबसे महत्वपूर्ण प्रश्न यह है कि आप दूसरों के लिए क्या कर रहे हैं।*

– मार्टिन लूथर किंग, जूनियर.

*सफलता है साधारण कार्यों को असाधारण रूप से अच्छी तरह करना।*

– जिम रॉन

**यह विचित्र किंतु सत्य है कि हम जितना अधिक करते हैं हमारी करने की क्षमता उतनी ही बढ़ती जाती है और यह सिलसिला निरंतर जारी रहता है। यह आवश्यक नहीं है कि हमारा कार्य–निष्पादन शारीरिक ही हो, वह मानसिक भी हो सकता है। दरअसल उत्पादकता संक्रामक होती है और यह संस्थान में तेज़ी से फैलती है। जब कोई अपने काम में पूरी लगन के साथ मगन हो जाता है तो उस काम को बेहतर से बेहतर करने के लिए उसे नित नए विचार उसे आने लगते हैं, और उसके अपने निजी जीवन में भी ऐसा ही होने लगता है।**

40

# समेकित कीजिए और प्रकाशित कीजिए

सरकारी संस्थानों में अब तक की जानकारी को समेकित (कंसोलिडेट) करने की बहुत आवश्यकता है। आए दिन हमारा ऐसी स्थिति से सामना हो जाता है कि जब कोई कार्यालय या कर्मचारी किसी संदर्भ या मार्ग–दर्शन के लिए किसी पुराने सरकारी आदेश को ढूँढ रहा होता है। विशाल आकार वाले संस्थानों में तो हालत और भी ख़राब है जहाँ कि अनगिनत सरकारी आदेश जारी किए जाते रहते हैं, या वर्तमान नीतियों और प्रणालियों के बारे में अधीनस्थ स्टाफ़ के लिए स्पष्टीकरण जारी किए जाते रहते हैं। चूँकि इन सब का समुचित अभिलेख नहीं रखा जाता है अतः कोई भी यह भूल सकता है कि दो महीने पहले क्या कहा गया था। इससे अनेक बार न केवल ग़लत निर्णय ले लिए जाते हैं बल्कि कुछ और जटिलताएं भी पैदा हो जाती हैं।

सरकारी कार्यालय अपने आकार-प्रकार में इतने बड़े होते हैं कि उनको संभालना एक टेढ़ी खीर साबित होता है, और इसीलिए उसमें जारी किए जाने वाले परिपत्रों को अद्यतन अवस्था में रखना आवश्यक हो जाता है क्योंकि वे ही उसके कामकाज की रीढ़ होते हैं। अद्यतन करने का काम हम इस प्रकार कर सकते हैं –

1. **स्थाई प्रकार के आदेशों की फ़ाइल बनाना :–** इन्हें गार्ड फ़ाइल भी कहते हैं और ये स्थाई प्रकार के उन आदेशों, परिपत्रों और अनुदेशों का संग्रह होता है जिन्हें बाक़ायदा दस्तावेज़ की शक्ल दी गई होती है और तारीख़वार रखा गया होता है। ये गार्ड फ़ाइलें हमेशा विषय के अनुसार बनाई व रखी जाती हैं। इसका निम्नलिखित विषय हो सकते हैं –

    » स्थापना

    » बजट

» योजना

» राजस्व

» प्रौद्योगिकी

» भूमि और भवन

» स्टोर, इत्यादि

मोटे तौर पर उपर्युक्त वर्गीकरण के अलावा किसी विभाग में अनेकों शीर्षक हो सकते हैं, जैसे स्वास्थ्य विभाग में निम्नलिखित उप-शीर्षक संभव हैं -

» नए चिकित्सकों की नियुक्ति

» पेंशन निर्धारण

» अनुशासनात्मक कार्रवाई

» स्वैच्छिक अवकाश प्राप्ति

» अवकाश नियम

» अवकाश यात्रा सुविधा

सभी कार्यालयों को चाहिए कि वे इन परिपत्रों को महत्वपूर्ण दस्तावेज़ की तरह भली-भाँति रखें और दो-चार महीने में अद्यतन करते रहें। जब कभी भी कोई नया आदेश जारी हो तब उस आदेश की एक प्रति गार्ड फ़ाइल के लिए भी अंकित की जाए। ऐसी स्थाई आदेश फ़ाइल में केवल संबंधित परिपत्र ही रखे जाने चाहिएं। अन्य विविध पत्राचार उस फ़ाइल से निकाल दिया जाना चाहिए। ये फ़ाइलें अनुभाग-स्तर पर स्टाफ़ के लिए 'तुरंत संदर्भ' हेतु उपलब्ध रहनी चाहिएं। इससे वे अपना काम अधिक विश्वास के साथ कर सकेंगे और अपने काम में होशियार भी होते जाएंगे।

2. **नियमित रूप से प्रकाशन करते रहें :–** कम्पैंडियम के रूप में महत्वपूर्ण दिशानिर्देशों तथा अनुदेशों का संकलन नियमित रूप से प्रकाशित किया जाना चाहिए। इन्हें विषय के अनुसार प्रकाशित किया जाना चाहिए और यह उन लोगों के बीच सरलता से उपलब्ध रहना चाहिए जिन्हें अपना काम करने के लिए इनका प्रयोग करने की आवश्यकता पड़ती है।

इस प्रकार के प्रकाशन निकालना सभी विभागों के वार्षिक कार्य का हिस्सा होना चाहिए ताकि सभी विभागों में दिशानिर्देशों का एक ऐसा पूरा सेट उपलब्ध रहे जो कि वार्षिक आधार पर अद्यतन किया गया हो।

सरकारी संस्थानों में अब तक की जानकारी को समेकित (कंसोलिडेट) करने की बहुत आवश्यकता है। आए दिन हमारा ऐसी स्थिति से सामना हो जाता है कि जब कोई कार्यालय या कर्मचारी किसी संदर्भ या मार्ग–दर्शन के लिए किसी पुराने सरकारी आदेश को ढूँढ रहा होता है। विशाल आकार वाले संस्थानों में तो हालत और भी ख़राब है जहाँ कि अनगिनत सरकारी आदेश जारी किए जाते रहते हैं, या वर्तमान नीतियों और प्रणालियों के बारे में अधीनस्थ स्टाफ़ के लिए स्पष्टीकरण जारी किए जाते रहते हैं। चूँकि इन सब का समुचित अभिलेख नहीं रखा जाता है अतः कोई भी यह भूल सकता है कि दो महीने पहले क्या कहा गया था।

41

# लीड करो और जानो

*रोज़मर्रा के काम के दौरान मुझे ज़िले में कार्य कर रहे कई ऐसे अधिकारियों से पाला पड़ा जिन्होंने कि अपने इलाके को अच्छी तरह देखा तक नहीं था और वे अपने अधीनस्थों द्वारा दी गई सूचनाओं के आधार पर ही वहाँ के हालात पर निर्णय ले रहे थे। ऐसे इलाकों में जब कोई समस्या या संकट खड़ा होता था तो वे किसी और के द्वारा दी गई सूचना पर ही निर्भर करते थे। ऐसे निर्णयों में एक बेहतरीन निर्णय होने का तत्व नहीं होता था।*

**एक लीडर को अपने संस्थान की पूरी–पूरी जानकारी होनी चाहिए, कम से कम ऐसे महत्वपूर्ण पहलुओं की जानकारी तो होनी ही चाहिए जो उस संस्थान के आवश्यक अंग हैं। प्राइवेट सेक्टर में तो सब को साफ़ तौर पर पता रहता है कि संस्थान का मालिक कौन है किंतु सरकारी क्षेत्र में यह बड़ा अस्पष्ट रहता है। केवल इतना ही नहीं बल्कि सरकारी संस्थानों में कुछ समय ही अपनी कुर्सी पर बैठने के कारण लीडर को भी अपने संस्थान के बारे में कोई ख़ास जानकारी नहीं रहती है।** हमें एक ऐसा सिस्टम विरासत में मिला है जो कि सदियों मंथर गति पर ही चलता आया है, बल्कि कहना चाहिए कि एक ख़ास रफ़्तार से बहता आया है। ऐसे संस्थान को लीड करना एक टेढ़ी खीर है। लीडर को अपने संस्थान के क्या, कौन, क्यों, कहाँ, कब इत्यादि की जानकारी होनी चाहिए। लीडर के पास समय कम ही रहता है क्योंकि कोई न कोई कार्यक्रम या कोई न कोई समस्या हमारे सिस्टम को व्यस्त बनाए ही रखती है। अतः, जानने की यह प्रक्रिया संस्थान को लीड करने की क्रिया के साथ-साथ ही चलनी चाहिए। हम इसे 'लीड करो और जानो' कह सकते हैं। अतः सरकार के सभी संस्थानों और विभागों के शीर्ष अधिकारियों को यह जानने का और इस बात का पूरा विवरण लेने का अतिरिक्त प्रयास करना चाहिए कि उनके पास क्या-क्या काम है, उनका क्षेत्र क्या है, उनके लोग, संसाधन, अनुचर, रोड़ा अटकाने वाले लोग और काम करने में सहायक लोग कौन-कौन हैं। यह जानकारी टीम के प्रमुख में एक विश्वास भर देती है और साथ ही यह लीडर और टीम दोनों ही

ओर पारस्परिक विश्वास बनाने में भी सहायक रहती है।

ऐसे अनेक कार्यालय हैं जो ऐसे मुद्दों से निपटते हैं जो कि लोगों की ज्वलंत समस्याओं से ताल्लुक रखते हैं। ये काम लोगों से जुड़े होते हैं और संवेदनशील होते हैं, अतः इन मामलों का निपटारा बहुत सावधानीपूर्वक किया जाना होता है। ऐसे में संस्थान को जानना उसके थोड़े-बहुत तथ्यों व आँकड़ों को जानने से कहीं अधिक महत्व रखता है - यह लोगों के साथ तालमेल स्थापित करने जैसा होता है।

लीडरशिप की अनवरत चलने वाली गतिविधि में संस्था को समझना एक महत्वपूर्ण क्रिया होती है जो कि लगातार बढ़ती है और लीडर के चारों ओर विकसित होती जाती है और इसी के चलते उसे सबल बनाती जाती है। सारांश में लीडरशिप की आवश्यक गतिविधि में संस्थान बाबत् जानकारी प्राप्त करना अहम है। कहा जा सकता है जिसमें निम्नलिखित शामिल है :

1. लोग
2. संसाधन
3. भूक्षेत्र
4. कार्य का केंद्रीय क्षेत्र
5. चुनौतियाँ और अवसर

संस्थान के बारे में अधिक से अधिक जानकारी प्राप्त करने हेतु संस्थान के सभी स्तरों को प्रोत्साहित किया जाना चाहिए। यह जानकारी से ओतप्रोत लोगों का आधार ही है जो अंततः ऐसा समूह पैदा करता है जो कि संस्थान में कोई भी परिवर्तन लाने के लिए आवश्यक होता है।

**एक लीडर को अपने संस्थान की पूरी–पूरी जानकारी होनी चाहिए, कम से कम ऐसे महत्वपूर्ण पहलुओं की जानकारी तो होनी ही चाहिए जो उस संस्थान के आवश्यक अंग हैं। प्राइवेट सेक्टर में तो सब को साफ़ तौर पर पता रहता है कि संस्थान का मालिक कौन है किंतु सरकारी क्षेत्र में यह बड़ा अस्पष्ट रहता है। केवल इतना ही नहीं बल्कि सरकारी संस्थानों में कुछ समय ही अपनी कुर्सी पर बैठने के कारण लीडर को भी अपने संस्थान के बारे में कोई ख़ास जानकारी नहीं रहती है।**

42

# संस्थान का विज़न

हम सभी ने वह कहावत सुन रखी है – **'जहाँ विज़न नहीं है वहाँ विकास नहीं है'**। विज़न में आमतौर पर महत्वाकांक्षा का तत्व मौजूद रहता है। किसी संस्थान की दृष्टि उस अवधारणा का दर्शन कराती है जो उस संस्थान की वर्तमान वास्तविकताओं से उसे संभावित भविष्य की ओर ले जाने वाले मार्ग की ओर संकेत कर रही होती है। किसी भी संस्थान के परिवर्तन को सफल होने के लिए आवश्यक है कि उसकी एक विज़न हो। विज़न और लक्ष्य परस्पर गुंथे रहते हैं। लीडर को चाहिए कि वह लक्ष्य को थोड़ा बढ़ा कर रखे ताकि संस्थान भी अपनी आराम-तलबी से निकल कर आगे बढ़े जिसमें जाने की प्रवृत्ति बनी रहती है। विज़न बनाने में ये देखा जाए कि यह व्यापक हो निरंतर हो और उसमें भावी आवश्यकताओं को पहले से भाँप लेने की क्षमता भी हो।

विज़न का एक महत्वपूर्ण पहलू यह है कि यह सुस्पष्ट होनी चाहिए और साथ ही शीघ्रता का भाव भी पैदा करने वाली होनी चाहिए। संस्थान के लोग जब ऐसे विज़न को देखते हैं तब अधिक प्रेरित होते हैं। यहीं पर लीडर की भूमिका शुरू होती है क्योंकि यहीं पर उसे अपनी टीम को उस विज़न का सहभागी बना कर उन्हें एकजुट करना होता है। लोगों को बड़ी तस्वीर को समझने की और यह जानने की आवश्यकता होती है कि उसके बनाने में उनकी क्या भूमिका रहेगी। विज़न को व्यावहारिक योजना में रूपांतरित करने वाली अवस्था हमेशा ही सबसे अधिक महत्वपूर्ण अवस्था होती है।

**उच्च परिणाम देने वाले संस्थान और उसकी टीम के लिए आवश्यक है कि उन्हें यह बिल्कुल स्पष्ट हो कि वे क्या करने जा रहे हैं। विज़न को समझने के अभ्यास में भाग ले रही टीम, उस विज़न को सार्थक बनाने के लिए दूसरी टीमों के सदस्यों के साथ एक लय में आ जाती है।** लक्ष्य और विज़न की प्रक्रिया व्यक्तिगत और संस्थान दोनों स्वरूप की है। सभी संस्थानों के पास एक विज़न होनी ही चाहिए क्योंकि यह लीडरशिप को एक फ़ोकस प्रदान करती है। जो लीड कर रहे हैं उन्हें एक मानसिक तस्वीर विकसित कर लेनी चाहिए कि वे संस्थान

में किस प्रकार का बदलाव आवश्यक समझते हैं ताकि वह उस ज़िम्मेदारी को निभा सकें जो उन्हें सौंपी गई है।

सरकारी कार्यालयों में इस विज़न को रचने का काम उच्च स्तर पर किया जाए किंतु क्षेत्र में काम करने वाले टीम-साथियों के साथ पर्याप्त विमर्श किया जाए। किसी भी विभाग का विज़न एक दूरगामी तस्वीर प्रस्तुत करने वाला होना चाहिए, जैसे कि -

1. 2015 तक सब के लिए स्वास्थ्य
2. 2017 तक सब के लिए शिक्षा
3. 2014 तक सभी गाँवों के लिए पक्की सड़कें
4. चार वर्ष में सभी गाँवों में बिजली

विज़न ऐसे कुछ सोच में बदलाव की ओर भी इंगित कर सकता है जो कि उस विज़न के अनुसार सुझाए गए मार्ग पर चलने के लिए उस संस्थान को अपनाने होंगे। सरकारी तंत्र में ऐसे बदलाव विद्यमान सीमाओं को देखते हुए व्यवस्थित ढंग से करने होते हैं। इनमें शामिल हैं -

1. विज़न को सूत्रबद्ध करने के लिए प्रबंधन द्वारा ब्रेन-स्टॉर्मिंग किया जाना।
2. संस्थान में विद्यमान सभी संबंधों और उनके परस्पर तालमेल पर आवश्यक ध्यान देना।

मिशन कुछ करने बाबत् होता है और इसमें एक निश्चित कार्य योजना का तत्व भी होना चाहिए।

सरकारी तंत्र में कोई मिशन बनाना थोड़ा कठिन और समय लेने वाली प्रक्रिया होती है, किंतु यह करने योग्य है क्योंकि यह कर्मचारियों को यह समझने का अवसर देती है कि संस्थान बना किस लिए है, वे क्या सेवाएं हैं जो उसे देनी हैं, किसे देनी हैं, और कितनी संतुष्टि तक देनी हैं। कुल मिलाकर, उसमें उमंग और उत्साह की धुन होनी चाहिए।

हम यह ध्यान रखें कि विज़न -

क. सुस्पष्ट हो

ख. उसके तत्व माप योग्य हो

घ. नियत समय सीमा में प्राप्त करने योग्य हो

विज़न को जब तराश कर तैयार किया जाता है तब वह संस्थान में रचनात्मक क्रियाओं की श्रृंखला के चलते रहने के लिए एक उत्प्रेरक का काम करती है। हर लीडर को यह जाँचते-परखते रहने की आवश्यकता पड़ेगी कि क्या वह विज़न सब को क्रियाशीलता की ओर ले जाने में सक्षम है। यह केवल कहने वाली बात नहीं है बल्कि यह ऊपर से नीचे तक के सभी कर्मचारियों को उत्साहित करने वाली और सक्रिय भागीदार बनाने वाली होनी चाहिए ताकि वे इसे अन्य सहकर्मियों में बिना इसका कोई स्वरूप बिगाड़े आगे सौंपते चले जाएं। विज़न को व्यावहारिक योजना में रूपांतरित करना ही सबसे अधिक महत्वपूर्ण कार्य होता है।

*क्रियारहित विज़न तो एक सपना मात्र है, और विज़नरहित क्रिया बस एक 'टाइम-पास' है। विज़न से संपन्न कार्य ही सकारात्मक बदलाव ला सकता है।*

– जोल बार्कर

*विज़न एक कला है वह देख लेने की जो औरों को नहीं दिख रहा।*

– जोनाथन स्विफ़्ट

*वह व्यक्ति संसार का सबसे दयनीय व्यक्ति है जो देख तो सकता है किंतु उसका कोई विज़न नहीं है।*

– हेलेन केलर

*बिना किसी काम के विज़न बनाना कोई सपने देखने जैसा है, बिना विज़न के काम करना कोल्हू का बैल बनने जैसा है, किंतु विज़न के साथ काम करना सपना साकार करने जैसा है।*

– जॉन कोटर

**उच्च परिणाम देने वाले संस्थान और उसकी टीम के लिए आवश्यक है कि उन्हें यह बिल्कुल स्पष्ट हो कि वे क्या करने जा रहे हैं। विज़न को समझने के अभ्यास में भाग ले रही टीम, उस विज़न को सबल बनाने के लिए दूसरी टीमों के सदस्यों के साथ एक लय में आ जाती है।**

43

# संस्थान को अपना मानें

*छठा वेतनमान आने के पश्चात् राजधानी भोपाल में हमने कई प्रदर्शन देखे जिसमें प्रदर्शनकारी बेहतर वेतन की माँग कर रहे थे। यह सरकारी कर्मचारियों के छठें वेतन आयोग की सिफ़ारिशों को लागू करने के लिए हो रहा था। इन सब में समान बात यह थी कि वे सभी सरकारी कर्मचारी थे और अलग-अलग रूप से सरकार के विरुद्ध प्रदर्शन कर रहे थे।*

कभी-कभी सरकारी संस्थान का वजूद इतना अस्पष्ट हो जाता है जितना कि सरकार स्वयं है। लाखों सरकारी कर्मचारी जो कि सरकार के अनेक अंग हैं, वे स्वयं को सरकार नहीं समझते किंतु, एक आम आदमी के लिए तो सरकार के सिस्टम का हर व्यक्ति सरकार का ही प्रतिनिधित्व करता है। जो कुछ वह करता है, या जो कुछ वह नहीं करता है, वह सब सरकार की ही नीति व नीयत समझा जाता है।

सारे विश्व में, लोकसेवाएं वही कार्य करती हैं जो सत्तासीन शासन कराती है। ये वे सेवाएं हैं जो देश के हर नागरिक पर अपना प्रभाव डालती हैं। अतः, लोकसेवाएं लोकसेवकों को एक ऐसा मंच उपलब्ध कराती हैं जहाँ वे अपने कार्य-निष्पादन की सर्वोच्च ऊँचाइयों तक पहुँच सकते हैं या अपना वह सपना पूरा कर सकते हैं। यह अनोखा अवसर केवल सरकारी तंत्र में ही उपलब्ध होता है। जब हम महत्वपूर्ण परिवर्तनों के या तो मुख्य कारक होते हैं या उस परिवर्तन के अंग। हम पूरे सिस्टम पर नज़र डालते हैं तो पाते हैं कि बहुत थोड़े ही लोग अपनी भूमिका को इस संदर्भ में देखते हैं। उनकी प्रवृत्ति स्वयं को एक ऐसी किसी काल्पनिक हस्ती के लिए काम करता हुआ देखने की हो गई है जिसे 'सरकार' कहा जाता है। उन्होंने उस संस्थान को कभी अपनाया ही नहीं।

संस्थान को अपनाने का अर्थ है कि कर्मचारी सरकारी मामलों में स्वयं को

सीधे हित रखने वाले पक्ष की भूमिका में देखें। सरकार के उस विभाग, या इकाई को होने वाली कोई भी हानि उसे ऐसे कचोटे जैसे वह विभाग, वह एजेंसी या वह इकाई उसकी अपने ही हों।

**हर लीडर को चाहिए कि वह चीज़ों को एक भिन्न परिप्रेक्ष्य में देखे और यह भी देखे कि क्या वह संस्थान को अपना मान कर कार्य रहा है। योजना बनाना, व्यवस्था करना, क्रियान्वित करना, मॉनिटरिंग करना तथा काम के अन्य सभी पहलुओं में उसका आचरण और व्यवहार ऐसा हो जैसे यह उसका अपना संस्थान है और इसलिए संस्थान को होने वाला लाभ या हानि भी उसी की है। हम देख सकते हैं कि यह बदलाव उसके हित रखने वाले स्वामित्व भाव को सुदृढ़ करता है और उसे एक सच्चा लीडर बना देता है। संस्थान में अपनत्व महसूस करने का सहज–स्वाभाविक परिणाम वह धुन और लगन का भाव आ जाना है जो कि वह अपने काम में महसूस करने लगता है और यही वह धुन और लगन है जो बड़े से बड़ा कार्य भी कर सकती है।**

जब कोई संस्थान को अपना मान कर कार्य करता है तब कुछ तत्काल परिणाम सामने आने लगते हैं, जैसे -

1. लगन पैदा हो जाना।
2. गंभीर व महत्वपूर्ण मुद्दों पर योजना बनाने में गंभीरता होना।
3. कर्मचारियों व संस्थान के प्रति चिंता करना।
4. अपना अधिक से अधिक योगदान देना।
5. केवल वेतन के लिए काम करने के बजाय एक ऊँचे मिशन की भावना से काम करना।

ऐसी मनोवृती वाले व्यक्ति ही वास्तविक रूपांतरकारी लीडर बनते हैं और फिर जिस काम का वे बीड़ा उठाते हैं वह सफल होकर ही रहता है। वह उसी काम के साथ रमता है - खाते, सोचते, सोते और सपने देखते समय भी। उसे हम शत-प्रतिशत लीडर कह सकते हैं। जब कोई संस्थान को अपना मानने लगता है तब अन्य चीज़े इस तरह अनुकूल होने लगती हैं जैसे वे इसीलिए बनी हैं।

किसी भी इकाई, या कार्यालय/विभाग प्रमुख के लिए यह वास्तव में संभव हो सकता है। उसे संस्थान को अपनाने की बस सुखद अनुभूति करनी होगी और एक लीडर के रूप में इसे अपनी आत्म-सिद्धि के स्तर तक ले जा सकेगा।

सरकारी तंत्र में संस्थान आपको ऐसा करने का दुर्लभ अवसर थोड़ी अवधि में ही उपलब्ध करा सकता है।

*अपनत्व का भाव तो मानव का सहज स्वभाव है।*

– विलियम जेम्स

*जिस बात का आप प्रतिरोध करते हैं वह और दृढ़ता से टिकी रहती है। यदि आप अपनेपन के भाव से बर्ताव करें जो आपको परेशान कर रही हैं तो उस बर्ताव के दौरान ही अक्सर समस्याएं गायब हो जाएंगी।*

**हर लीडर को चाहिए कि वह चीज़ों को एक भिन्न परिप्रेक्ष्य में देखे और यह भी देखे कि क्या वह संस्थान को अपना मान कर कार्य रहा है। योजना बनाना, व्यवस्था करना, क्रियान्वित करना, मॉनिटरिंग करना तथा काम के अन्य सभी पहलुओं में उसका आचरण और व्यवहार ऐसा हो जैसे यह उसका अपना संस्थान है और इसलिए संस्थान को होने वाला लाभ या हानि भी उसी का है। हम देख सकते हैं कि यह बदलाव उसके हित रखने वाले स्वामित्व भाव को सुदृढ़ करता है और उसे एक सच्चा लीडर बना देता है। संस्थान में अपनत्व महसूस करने का सहज–स्वाभाविक परिणाम वह धुन और लगन का भाव आ जाना है जो कि वह अपने काम में महसूस करने लगता है और यही वह धुन और लगन है जो बड़े से बड़ा कार्य भी कर सकती है।**

# 44

# कार्यालय ख़ुद बोल उठे

संस्थान दृश्यमान होता है। यहाँ का भवन, फ़र्नीचर, फ़ाइलें, कार्यालय का बाहरी व भीतरी माहौल और उसका स्टाफ़ – ये सब बिना कहे बहुत कुछ कह देते हैं। दरअसल जनता तो यही सब देखती है और इसी से संस्थान के बारे में धारणा बनाती है। किसी भी कार्यालय का परिवेश सुधारने में कोई बड़ी रकम ख़र्च नहीं होती। कार्यालय प्रमुख द्वारा किए गए सतत प्रयास से थोड़े ही समय में कार्यालय का कायाकल्प हो सकता है, जैसे -

(i) स्मार्ट कर्मचारी

(ii) कार्यालय में स्वच्छता

(iii) कार्यालय में सुव्यवस्थितता

(iv) साफ़-सुथरा फ़र्नीचर (न कि टूटी-फूटी और हिलती-डुलती मेज़ व कुर्सी, कटे-फटे परदे, उखड़ा हुआ प्लास्टर, झूलते-लटकते बिजली के तार)

(v) जो दिखे, सुव्यवस्थित दीखे - परदे, खिड़की, दरवाज़े, दीवारें, फ़र्नीचर, फ़ाइलें, स्टेशनरी इत्यादि सब।

(vi) लोगों के साथ व्यवहार में सौम्यता व शिष्टता।

स्वच्छ और सुव्यवस्थित कार्यालय में चुस्त-दुरुस्त स्टाफ़ कमाल कर सकता है। दरअसल वे एक दूसरे के पूरक बनते हैं। एक बार जब कार्यालय व्यवस्था के स्तर तक आ जाए तब दैनिक मॉनिटरिंग प्रणाली से उसे उसी स्तर पर बनाए रखना सुगम होता है।

चुस्त टीम और व्यवस्थित कार्यालय - चुस्त टीम बेहतरीन काम को अंजाम देती है। चुस्त होने के लिए स्वस्थ और सक्रिय शरीर चाहिए - एक ऐसा शरीर

जो लंबे समय के कार्य को सहन और वहन कर सके, सैकड़ों किलोमीटर में फैले विभिन्न केंद्रों के दौरे कर सके।

**संस्थान दृश्यमान होता है। भवन, फ़र्नीचर, फ़ाइलें, कार्यालय का बाहरी व भीतरी माहौल और उसका स्टाफ़ – ये सब बिना कहे बहुत कुछ कह देते हैं। दरअसल जनता तो यही सब देखती है और इसी से संस्थान के बारे में धारणा बनाती है। किसी भी कार्यालय का परिवेश सुधारने में कोई बड़ी रक़म ख़र्च नहीं होती।**

45

# अपनी टीम बनाइए

*"एक लीडर 150 वाद्य यंत्रों वाले ऑरकेस्ट्रा के संगीत निर्देशक जैसा होता है जिसे यह सुनिश्चित करना है कि वे सभी सुर में तो हैं ही और एक दूसरे के साथ तालमेल में भी हैं।"*

अधिकांश देशों में सरकारें ही सबसे बड़ी नियोक्ता होती हैं। सुशासन यदि सरकार में है तो प्रशासन में उसके अच्छे परिणाम भी आएगे। सुशासन सरकार के निम्न अंग प्रमुख हैं जैसे - विधायिका, कार्यपालिका, न्यायपालिका, बाज़ार की अर्थव्यवस्था, नियामक तंत्र, इत्यादि। यह आवश्यक है कि इन सभी में सुशासन के तत्व प्रदर्शित हों।

जब हम उत्तम सरकारी तंत्र की बात करते हैं तब हमें उत्तम लीडर की भी बात करनी होगी, एक ऐसा व्यक्ति जो कि संस्थान के मुखिया के रूप में लीड करता हुआ संस्थान को अगले उच्च स्तर पर ले जाएगा। हर संस्थान में कुछ ऐसे पद होते हैं जो उस संस्थान को सफलतापूर्वक चलाने में महत्वपूर्ण भूमिका निभाते हैं, ऐसे पदों को सावधानीपूर्वक भरा जाना चाहिए। सरकारी तंत्र में अक्सर देखा यह जाता है कि ऐसे पदों पर नियुक्ति करने में सावधानी नहीं बरती जाती। यह मान लिया जाता है हर व्यक्ति हर काम को कर सकता है। यही कारण है कि हम देखते हैं कि कई बार किसी संस्थान के प्रमुख अधिकारी के पद पर किसी भी व्यक्ति को उसकी पात्रता और अनुकूलता को देखे बिना ही बैठा दिया जाता है।

किसी पद विशेष के लिए किसी व्यक्ति को चुनने से पहले उसमें कुछ लक्षणों को देख लेना आवश्यक है -

1. **प्रतिबद्धता** – उसमें लक्ष्य के प्रति स्पष्ट प्रतिबद्धता होनी चाहिए। उसकी अपनी प्रतिबद्धता ही टीम के लिए निरंतर ख़ुराक का काम करेगी।
2. **सुयोग्यता** – अपने काम को करने की उसमें आवश्यक दक्षता होनी चाहिए ताकि वह उसे आवश्यकतानुसार अच्छे से निपटा सके। काम यदि लेखा विभाग का है तो लेखा संबंधी कामकाज करने की उसमें योग्यता होनी चाहिए और काम यदि इंजीनियरिंग से जुड़ा है तो उसके पास उस विषय की आवश्यक डिग्री होनी चाहिए।
3. **क्षमता** – यह तकनीकी जानकारी से दो क़दम आगे की बात है, इसका अर्थ है उस व्यक्ति में किसी काम को ज़िम्मेदारी से करने के

अलावा भी अतिरिक्त प्रयास करने का सामर्थ्य और क्षमता।

जब आपको उस पद के योग्य व्यक्ति मिल जाए तो फिर उस पर भरोसा रखें, उसे सहयोग दें और उसे उत्तरदायी बनाएं। यदि वह किसी समस्या में उलझ जाए तो उसकी सहायता करें।

लीडर को यह सुनिश्चित कर लेना होगा कि टीम उस बड़ी तस्वीर में स्वयं को देख पा रही है जो उसने उनके लिए बनाई है। वे यह देख सकें कि वे एक मिशन, एक प्रोजेक्ट के लिए काम कर रहे हैं जो कि उनका अपना है। यह कैसे हो, वह चुनौती है जिस पर लीडर को फ़ोकस करना होता है। इसे कराने हेतु लीडर को बताना होगा कि :-

क. यह प्रोजेक्ट पूरा होने का परिणाम होगा एक बड़े मिशन को पूरा कर लेना

ख. सबको प्रशंसापूर्वक पीठ थपथपाए जाने का गौरव प्राप्त होगा।

ग. उनके करियर में यह एक मील का पत्थर साबित होगा।

घ. उनको कोई पुरस्कार अथवा वेतन वृद्धि मिल सकेगी।

च. पदोन्नति या कोई अच्छा पद प्राप्त हो सकता है।

छ. व्यक्तिगत रूप से आप अधिक विकास उन्मुखी व्यक्ति बनेंगे और संस्थान भी अधिक सशक्त और विश्वस्त बनेगा।

**जब हम उत्तम सरकारी तंत्र की बात करते हैं तब हमें उत्तम लीडर की भी बात करनी होगी, एक ऐसा व्यक्ति जो कि संस्थान के मुखिया के रूप में लीड करता हुआ संस्थान को अगले उच्च स्तर पर ले जाएगा। हर संस्थान में कुछ ऐसे पद होते हैं जो उस संस्थान को सफलतापूर्वक चलाने में महत्वपूर्ण भूमिका निबाहते हैं, ऐसे पदों को सावधानीपूर्वक भरा जाना चाहिए।**

46

# नए विचारों की तलाश में रहें

हमारे सामने ऐसे अनेक उदाहरण मौजूद हैं जो नए विचारों की उपज थे - उन नए विचार की कल्पना के सभी कायल हो गए और सभी ने उसे स्वीकार स्वीकार किया, जैसे -

1. फ़ोन में रिंग टोन
2. डिजिटल घड़ियाँ
3. स्वराज आंदोलन
4. गाँधीजी का सत्याग्रह आंदोलन
5. किराए पर कार देना
6. मानव का चाँद पर क़दम रखना

ये सब विचारों से ही उपजे हैं। दिन-प्रतिदिन काम करने के दौरान हमारे मन में ऐसे अनेक विचार आते हैं जो कि हमारे कार्यस्थल को बेहतर बना सकते हैं और हमारे कामकाज को अधिक सार्थक भी, उन्हें अनदेखा न करें। उन्हें पकड़ें और कार्य रूप में परिवर्तित करने का प्रयास करें। यह सैकड़ों कर्मचारियों का सामूहिक प्रयास ही होता है जो अंततः एक बड़ा परिवर्तन लाता है।

*एक समय में एक विचार लें। उस विचार को अपना जीवन बना लें - उसी के बारे में सोचें, उसी का सपना देखें, उसी को जिएं। आपके तन का रोम-रोम, आपका मन, मस्तिष्क, नाड़ियाँ सब उसी से भरे हों, किसी भी अन्य विचार पर ध्यान न दें। यही है सफलता का मार्ग, इसी मार्ग पर चल कर महान आध्यात्मिक विभूतियाँ प्रकट हुईं हैं।*

**– स्वामी विवेकानंद**

*कोई विचार जो विकसित किया गया हो और फिर अमल कर दिया गया हो, उस विचार से अधिक महत्व रखता है जो केवल एक विचार हो।*

– बुद्ध

*हम विचारों के कारागार में रहते हैं।*

– राल्फ़ वाल्डो एमर्सन

*विचार... इनमें बड़ी शक्ति है।*

– नेपोलियन हिल

*हर नया विचार शुरू-शुरू में एक सनक ही लगता है।*

**– थॉमस ए. एडीसन**

*जो नया विचार ख़तरनाक न लगे वह तो नया विचार कहलाने योग्य ही नहीं होता।*

**– एल्बर्ट हब्बर्ड**

*किसी घुसपैठ करती सेना को तो रोका जा सकता है किंतु उस विचार को नहीं रोका जा सकता जिसका समय आ पहुँचा है।*

**– विक्टर ह्यूगो**

*किसी अच्छे विचार को लीजिए और उसके साथ बने रहिए। उसका पीछा मत छोड़िए और उस पर तब तक काम करते रहिए जब तक कि वह पूर्ण न हो जाए।*

**– वाल्ट डिज़्नी**

47

# 10 बजे से 5 बजे तक के आगे का जुनून

लगन और धुन किसी लीडर की वे सर्वोच्च विशिष्टताएं हैं जो वह अपने संस्थान के मिशन और लक्ष्य के प्रति रखता है। लगन और धुन ही हैं जो संसार में गतिशीलता बनाए रखते हैं। **ऐसा कोई लीडर हो ही नहीं सकता जिसमें लगन न हो, धुन न हो या यह भी कह सकते हैं कि जिसमें जुनून न हो।** यह सरकारी तंत्र में और भी अधिक महत्वपूर्ण हो जाता है जहाँ कि कर्मचारी का आकलन प्रातः 10 से सायं 5 बजे के बीच निपटाए कामकाज से तय किया जाता है। लगन और धुन 10 से 5 तक की मानसिकता से अगला चरण है। सरकारी कार्यालयों में सायं 5 बजे हम अक्सर कर्मचारियों को यह कहते सुनते हैं कि 'चलो आज का काम ख़त्म हुआ'। लगन और धुन उस व्यापक मिशन से जुड़ा रहता है जो लीडर को दिन के चौबीसों घंटे चिंतनशील रखता है और समस्याओं के नए-नए विकल्पों और बदलावों को ढूँढने तथा संस्थान के लिए बेहतर तौर-तरीक़ों को तलाशने में लगा रहता है - सोते हुए उसी के सपने देखना और जागते हुए उस पर चर्चा करना। यह लगन, धुन और जुनून ही है जो आपके संस्थान को सर्वोच्च की श्रेणी में रखेगा।

> *उत्साह सफलता का सबसे सशक्त इंजन हैं। जब भी आप कोई काम करें तो उसे पूरे सामर्थ्य से करें। उसमें अपनी पूरी जान लगा दें। आपके द्वारा किए गए काम पर आपकी विशिष्ट शैली की छाप हो। सक्रिय रहें, ऊर्जावान रहें, विश्वसनीय रहें और आप अपने लक्ष्य को पा लेंगे। बिना उत्साह व लगन के कोई भी महान उपलब्धि कभी भी प्राप्त नहीं हुई है।*
>
> – राल्फ़ वाल्डो एमरसन

*जुनून ही ऊर्जा है। जो आपको उर्जावान करे उस पर फ़ोकस करने से आती शक्ति, उसके उत्साह को महसूस कीजिए।*

**– ओप्राह विनफ्रे**

*अपने जुनून के पीछे चलिए और सफलता आपके पीछे चली आएगी।*

**– टेरी गिलिमैट्स**

*अपने जुनून को रोज़ तरोताजा करें।*

**– टेरी गिलिमैट्स**

*लगन और जुनून वाला एक आदमी उन चालीस से अच्छा है जो बस किसी विषय में दिलचस्पी रखते हैं।*

**– ई.एम.फ़ोर्सटर**

*मैं किसी ऐसे व्यक्ति के सफल होने की कल्पना भी नहीं कर सकता जो जीवन के इस खेल में अपना सर्वस्व दाँव पर न लगा देता हो।*

**– वाल्टर क्रॉन्काइट**

**ऐसा कोई लीडर हो ही नहीं सकता जिसमें लगन न हो, धुन न हो या यह भी कह सकते हैं कि जिसमें जुनून ना हो।**

## 48

# हवा को तूफ़ान बना दें

लीडरशिप हवा में काम नहीं करती। यह तो लोगों पर केंद्रित रहने वाली गतिविधि है। लीडर किसे कहा जाए? इसका जवाब अलग-अलग होगा और इस बात पर निर्भर करेगा कि परिस्थिति क्या हैं या वह संस्थान किस प्रकार का है। इस बारे में पत्थर की लकीर जैसा कोई नियम नहीं है सिवाय इसके कि किसी विचार या मिशन के पीछे चलने वाले कुछ न्यूनतम लोगों का चलना तो आवश्यक होगा ही ताकि वह विचार एक गति पकड़ सके। यह न्यूनतम संख्या ही क्वेंटम ग्रोथ के लिए आवश्यक न्यूनतम संख्या कही जा सकती है। यदि वह है तो उससे उत्पन्न ऊर्जा सचमुच कमाल कर सकती है। वह ऊर्जा चमत्कारिक होती है। **लीडर को यह सुनिश्चित करना होगा कि वह वांछित निष्ठा, ईमानदारी और प्रतिबद्धता वाले लोगों का समूह बनाने के लिए लगातार काम करता रहे ताकि जब भी उसे कोई काम सौंपा जाए तो वह परिणाम दे सके।**

प्रबंधन में परिवर्तन का कोई भी कार्यक्रम तभी रंग ला सकता है जब प्रक्रियाओं में आया हुआ परिवर्तन उस संस्थान के प्रतिदिन के कामकाज में रच-बस गया हो। परिवर्तन को कारगर बनाने के लिए कर्मचारियों और प्रबंधकों को प्रक्रियाओं में भी परिवर्तन लाने के लिए लगन से काम करना होगा।

*कोई नया विचार जब लक्षित लोगों के समूह तक पहुँचता है तो उसके वहाँ होने से उत्पन्न प्रेरणा को कोई रोक नहीं सकता।*

– मेरिएन विलियमसन

लीडर को यह सुनिश्चित करना होगा कि वह वांछित निष्ठा, ईमानदारी और प्रतिबद्धता वाले लोगों का समूह बनाने के लिए लगातार काम करता रहे ताकि जब भी उसे कोई काम सौंपा जाए तो वह परिणाम दे सके।

49

# कार्य में खेल भावना रखें

एक कहावत है -

*"किसी को उसकी पसंद का काम करने को दे दीजिए, फिर उसे कभी काम नहीं करना पड़ेगा।"*

**लियो टॉल्स्टॉय की एक प्रसिद्ध कहानी है 'व्हाइट वाशिंग द फ़ेंस', वह भी यही संदेश देती है। काम करने में जब हम आनंद लेने लगें तो वह चमत्कार कर सकता है। किंतु क्या हम अपने काम को प्लेफुल बना सकते हैं? इसका उत्तर है, हाँ! ऐसा किया जा सकता है।** आख़िर खेल खेलने में यही तो होता है -

1. एक भावना।
2. निर्धारित नियमों में बंध कर रहना।
3. अपने लक्ष्य को पा लेने की प्रतिस्पर्धा - जो कि आपके एड्रेनेलिन ग्रंथि को सक्रिय बनाए रखती है।
4. मन से प्रेरित।
5. खेल की अधिकता से भी ऊबन न होना।

यही बात काम पर भी सही बैठती है। जब हम अपने काम से प्यार करने लगते हैं तो फिर वह बोझ नहीं लगता, बल्कि घंटे दर घंटे एक के बाद एक लोगों से मिलना आमोद-प्रमोद लगने लगता है और काम कही जाने वाली यात्रा में आनंद आने लगता है। लोग सही अर्थ में जब काम को खेल-भावना से करने लगते हैं तब वे तन, मन और आत्मा से उसमें रमने लगते हैं। हम देख सकते हैं कि एक फुटबॉल खिलाड़ी नब्बे मिनट तक 10 खिलाड़ियों की बाधा को बच-बचाकर पार करते हुए और जूझते हुए खेल में अपनी ऊर्जा को लगा देने

में कोई कसर नहीं छोड़ता किंतु फिर भी उल्लासित रहता है। सरकारी काम भी ऐसा ही खेल है जो लव-ऑल से शुरू हो कर संभव है कि लव-ऑल या 10-10 या 5-0 के स्कोर पर ख़त्म हो। क्रिकेट में ख़ास मौक़ों पर हम सभी ने सचिन तेंदुलकर को बड़ी आसानी से शतक के बाद शतक जड़ते देखा है या अपने वयोवृद्ध फ़ौजा सिंह को 100 साल की उम्र में भी मैराथन दौड़ते और जीतते देखा है। 100 साल के आदमी का रोज़ाना कई किलोमीटर दौड़ने और मैराथन

जीतने का ख्याल ही अविश्वसनीय सा लगता है? किंतु यह हुआ है और पुनः होगा, बस हमें अपने काम में खेल भावना की मानसिकता उड़ेलनी है।

लीडर की भूमिका यहीं आती है। वह टीम का ऐसा कप्तान बन सकता है जो लगातार यह सुनिश्चित करें कि प्रशासन के खेल में उत्साह और लगन का समुचित सम्मिश्रण होता रहे। इससे उनमें अनंत और अथाह ऊर्जा आती रहेगी, और कभी वह ऊर्जा चुक भी जाए तो नई ऊर्जा उनमें उड़ेल कर उन्हें पुनः ऊर्जावान बनाया जाए।

**लियो टॉल्स्टॉय की एक प्रसिद्ध कहानी है 'व्हाइट वाशिंग द फेंस', वह भी यही संदेश देती है। काम करने में जब हम आनंद लेने लगें तो वह चमत्कार कर सकता है। किंतु क्या हम अपने काम को प्लेफुल बना सकते हैं? इसका उत्तर है, हाँ! ऐसा किया जा सकता है।**

# 50

# निरंतर विकास और विस्तार की राह

कोई भी संस्थान अपनी निरंतर विकास और विस्तार का विकल्प चुन सकता हैं, अर्थात् वह ऊपर भी उठे और आगे भी बढ़े, यानी उन्नति भी करे और प्रगति भी। इसे हम चित्र-रूप में ग्रोइंग हैलिक्स कह सकते हैं।

इस हैलिक्स का आधार प्रांरभ में बड़ा नहीं होता किंतु समय के साथ-साथ न केवल इसका व्यास विस्तृत होता जाता है बल्कि यह अपने पथ पर ऊपर उठते हुए साथ-साथ विस्तारित भी होता जाता है। **ऊपर की ओर बढ़ता हुआ हैलिक्स वह मॉडल होना चाहिए जिसके अनुसार लीडर अपने संस्थान की रणनीति तैयार करे। यहाँ इस उन्नति और प्रगति को एक व्यापक परिप्रेक्ष्य में देखा जाना चाहिए और सरकारी कार्यालय तो इसके लिए आदर्श उदाहरण हैं।** पर्याप्त प्रोत्साहन के अभाव में इन संस्थानों में ठहराव और निष्क्रियता की प्रवृत्ति आ जाती है और उसके चलते उस संस्थान के कर्मचारी निष्क्रिय हो जाते हैं। संस्थान को इस तरह का बनाया जाना चाहिए कि वह अपने कर्मचारी वर्ग को लगातार विकास की ओर ले जाएं। जब कर्मचारियों में विकास होता है तो वह संस्थान में भी होता है, क्योंकि अंततः यह कर्मचारियों का सम्मिलित प्रयास ही तो है जो कि उस संस्थान को बनाता है। विभाग-प्रमुख होने के नाते हमें यह देखना चाहिए कि उनका रास्ता बाधारहित रहे और निरंतर विकास के बदलाव पर बढ़ते रहने के लिए वे प्रोत्साहित रहें। हैलिक्स में ऊपर चढ़ते जाने के लिए हमें आवश्यकता होती है सीखने की, प्रतिबद्ध होने की और लगातार ऊँचे और ऊँचे चढ़ते जाने की। यह एक ऐसी प्रक्रिया है जो उन्नति के पथ पर चढ़ते हुए हर स्तर पर बारंबार की जाती रहती है।

## इस मार्ग पर कम ही लोग चले हैं

संस्थान के विज़न के लिए कार्य करना ऐसे क्षेत्र में प्रवेश करने जैसा है जो स्पष्ट

रूप से परिभाषित नहीं हुई है। नए विज़न, नए लक्ष्य और नई दिशाएं तय करने का अर्थ होता है कि लीडर ने काम को थोड़ा-बहुत चुनौतीपूर्ण बनाने के लिए एक नपा-तुला जोखिम तो उठाया है। ये वे रास्ते हैं जो पहले से खोजे गए नहीं होते। यही वो जगह है जहाँ लीडर की लीडरशिप को कसौटी पर परखा जाता है क्योंकि लक्ष्य तक पहुँचने के लिए मार्ग प्रशस्त करने को उसे अपनी कुशलता, प्रतिभा और अन्य गुणों का एक साथ प्रदर्शन करना होता है। सरकारी कार्यालयों में हमारे सामने अक्सर ऐसी स्थितियाँ आ ही जाती हैं, जैसे -

1. किसी नए बीज और नई कृषि प्रणाली का पहली बार प्रयोग करते हुए कोई नया कृषि विकास कार्यक्रम आरंभ किया जा रहा है। चूँकि उस फ़सल का परीक्षण पहली बार किया जाने वाला है अतः कृषि अधिकारी को कुछ ख़ास पता नहीं होता है कि विभिन्न कृषि क्षेत्रों में उस फ़सल के क्या परिणाम आने वाले हैं।
2. किसी रोग की रोकथाम के लिए नए टीके का उपयोग करना या गोली के स्थान पर टीकाकरण शुरू करना। यद्यपि ये परिवर्तन पर्याप्त शोध और परीक्षण के बाद शुरू किए जाते हैं किंतु फिर भी ऐसी अनेक अप्रत्याशित और विचित्र स्थितियाँ खड़ी हो जाती हैं जो कि विभिन्न वर्गों में पहले से ही विद्यमान किसी रोग के कारण या अन्य किसी औषध के साथ मिला कर लेने के कारण जटिलता पैदा कर देती हैं।
3. स्कूलों में ऐसी नई अध्यापन प्रणाली लागू करना जिसमें पुस्तकें और अध्यापन का तरीक़ा अन्य राज्यों में सफलता को देखते हुए बदल दिया गया हो। अध्यापक/छात्र का व्यवहार एक जटिल संबंध होता है, अतः ऐसे प्रयास पर कुछ समय तक नज़र रखना आवश्यक हो जाता है।

ऐसी स्थितियाँ लीडरशिप में निखार लाती हैं और टीम को मज़बूत करती हैं। साथ ही, टीम प्रबंधकों में यह किसी स्थिति को सफलतापूर्वक संभालने का विश्वास भी पैदा करती हैं।

**ऊपर की ओर बढ़ता हुआ हैलिक्स वह मॉडल होना चाहिए जिसके अनुसार लीडर अपने संस्थान की रणनीति तैयार करे। यहाँ इस उन्नति और प्रगति को एक व्यापक परिप्रेक्ष्य में देखा जाना चाहिए और सरकारी कार्यालय तो इसके लिए आदर्श उदाहरण हैं।**

# 51

# सरकार का काम अनूठा है

किसी भी कारोबार की तरह ही, सरकार का काम कोई आसान खेल नहीं है। हमारा जो भी काम हो, उसमें जब हम सफल रहना चाहते हैं तब हमें उन अनगिनत ख़ासियतों का ध्यान रखना पड़ता है जो सरकारी सिस्टम में विद्यमान हैं। सरकारी कामकाज अनेक तरह से अनूठे होते हैं, उदाहरण के लिए -

1. **आकार में विशालता** – भारतीय सेना और भारतीय रेल दो ऐसे अनूठे उदाहरण हैं जिनमें 30 लाख से अधिक लोग काम करते हैं।
2. **भिन्न नियंत्रण प्रणाली** – लोक सेवाओं की प्रशासनिक प्रणाली कॉरपोरेट क्षेत्र से बहुत भिन्न होती है।
3. **कार्य–स्थलों का भौगोलिक फैलाव** – सरकार के लगभग सभी कार्यालय गाँवों, ज़िलों और छोटे शहरों में दूर-दूर तक फैले होते हैं, जैसे प्राइमरी हेल्थ केयर सेंटर, आई.सी.डी.एस. कार्यालय, ग्रामीण भूमि अभिलेख अधिकारी या कृषि विकास अधिकारी देश भर के दूर दराज़ इलाकों में अपनी सेवाएं दे रहे हैं।
4. **प्रमुख रूप से सेवा क्षेत्र में कार्यरत** – रेलवे, स्वास्थ्य, शिक्षा, एयरलाइन, बैंकिंग, सफ़ाई, जल आपूर्ति, बिजली आपूर्ति इत्यादि इसके कुछ उदाहरण हैं। इसके विपरीत, कॉरपोरेट और प्राइवेट क्षेत्र प्रमुख रूप से सामान निर्माण और उत्पादन क्षेत्र में हैं, जैसे कार, मशीनें, इंजीनियरिंग के सामान का उत्पादन और निर्माण उद्योग, इत्यादि।
5. **आतंकवाद की समस्याएं** – पहाड़ों, नदियों, वनों, और मरुथलों की

भौगोलिक समस्याओं के अलावा सरकार को आतंकवादी समस्याओं का भी सामना करना पड़ता है। उत्तर-पूर्व के राज्य, जम्मू कश्मीर, छत्तीसगढ़, झारखंड, और आंध्र प्रदेश इस तरह की ख़ास समस्याओं से ग्रस्त प्रदेश हैं।

सरकार की इस विशिष्टता में आवश्यकता इस बात की पड़ती है कि इन स्थानों पर नियुक्त किए जाने वाले लोग ध्यान से चुने जाने चाहिएं। उस क्षेत्र में तैनात करने के लिए किसी को चुनते समय यह ध्यान रखा जाए कि वह वहाँ का मूल निवासी हो, वहाँ की भाषा और सांस्कृतिक पृष्ठभूमि का हो, ताकि उसी परिवेश में सहजता से रहते हुए वह उनकी ख़ास ज़रूरतों को समझ सके और उन पर ध्यान दे सके।

**सरकारी नौकरी में किसी को अपनी पसंद की जगह चुनने की मर्जी नहीं होती। कुछ सेवाएं ऐसी हैं जो उपलब्ध कराई ही जानी होती हैं, चाहे उस पर कितना ही ख़र्च आ रहा हो। इस का एक उदाहरण है चुनाव के दौरान मतदाताओं के लिए मतदान केंद्र का बनाया जाना। ऐसे कई स्थान हैं जहाँ चुनाव आयोग को कुछ ही वोटर्स के लिए ही मतदान केंद्र बनाने पड़ते हैं, जैसे कश्मीर, लद्दाख और अरुणाचल प्रदेश में।** ऐसे स्थानों पर मतदान केंद्र बनाने में कर्मचारियों तथा अन्य व्यवस्थाओं पर भारी खर्च उठाना पड़ता है। यह आश्चर्य की बात नहीं है कि हम विश्व के सबसे जीवंत और सशक्त लोकतंत्रों में से एक हैं।

भीमकाय संगठनों में कुछ सुदृढ़ प्रणालियों का होना आवश्यक है ताकि किए जाने वाले कार्यक्रम बिखर न जाएं। इनमें से कुछ निम्न हैं :-

1. **सतत संपर्क में रहें :** आज हम सूचना तकनीक के युग में रह रहे हैं और अनेक तरह के सूचना उपकरण हमें उपलब्ध हैं - जैसे टेलीफ़ोन, इंटरनेट, मोबाइल फ़ोन, फ़ैक्स आदि। इनके रहते विभाग में चलने वाले अनेकों कार्यक्रमों और परियोजनाओं की पल-पल की खबर रखी जा सकती है। ये साधन अब विलासिता में नहीं आते बल्कि किसी भी सुदृढ़ संस्थान अथवा कार्यालय के लिए अनिवार्य आवश्यकताएं हैं। इनसे संस्थान के कर्मचारी नवीनतम स्थिति से अवगत रहते हैं और इसीलिए महत्वपूर्ण कार्यों में कोई चूक नहीं हो पाती है। परस्पर समन्वय के लिए भी ये एक बहुत कारगर साधन सिद्ध हुए हैं।

2. **समानता बनाए रखिए :** सरकारी कामकाज में आने वाली समस्याओं का समाधान समान रूप से चलते रहना बहुत महत्वपूर्ण है। आदेशों, अनुदेशों और कार्य-प्रणालियों के स्पष्ट और लिखित रूप में होने से यह काम किया जा सकता है।
3. **समस्या का समाधान करें :** हज़ारों कर्मचारियों वाले दूर-दूर तक छिटके हुए कार्यालयों की अनेकों समस्याओं का यथाशीघ्र निपटान स्थानीय स्तर पर ही कर दिया जाना चाहिए। यदि इन पर समय से ध्यान नहीं दिया जाता है तो ये बाद में जटिल और विकराल रूप धारण कर लेती हैं। समस्या-निवारण निरंतर होता रहे - इसका एक तरीक़ा तो यह है कि कार्यालय प्रमुख तथा उसकी टीम व अन्य अधीनस्थ कर्मचारियों के बीच बातचीत के लिए मासिक/पाक्षिक बैठक जिसमें किसी नए सरकारी आदेश व नीति से, न्यायालय के किसी निर्णय से या किसी भी अन्य कारण से उत्पन्न हुई समस्या का निवारण किया जाए। विभागाध्यक्षों, अध्यक्षों/सचिवों आदि द्वारा फ़ील्ड-वर्क करने वाले अधिकारियों/कर्मचारियों के साथ सीधी बात करने के लिए वीडियो कॉन्फ्रैंसिंग एक बहुत कारगर साधन बन गया है।

पूरे देश में और गाँव-गाँव में उपलब्ध होना हमारे सिस्टम का एक अपना ही अनूठापन है। इस खूबी का प्रभावी और रचनात्मक ढंग से प्रयोग करने पर इसे एक ऐसे जिम्मेदार प्रशासन की छवि में बदला जा सकता है जो यह संदेश दे रही हो कि किसी भी संकट या समस्या का सामना करते समय सरकार हमेशा अपने नागरिकों के साथ खड़ी है।

**सरकारी नौकरी में किसी को अपनी पसंद की जगह चुनने की मर्जी नहीं होती। कुछ सेवाएं ऐसी हैं जो उपलब्ध कराई ही जानी होती हैं, चाहे उस पर कितना ही ख़र्च आ रहा हो। इस का एक उदाहरण है चुनाव के दौरान मतदाताओं के लिए मतदान केंद्र का बनाया जाना। ऐसे कई स्थान हैं जहाँ चुनाव आयोग को कुछ ही वोटर्स के लिए ही मतदान केंद्र बनाने पड़ते हैं, जैसे कश्मीर, लद्दाख और अरुणाचल प्रदेश में।**

52

# सरकार और सुशासन

पिछले तीन दशकों में सुशासन का मुद्दा बार-बार उठता रहा है। यद्यपि इन दिनों यह एक विश्वव्यापी परिदृश्य भी रहा है किंतु, भारत जैसे विकासशील देश में एक के बाद एक ऐसे प्रधानमंत्रियों के आने के कारण जिनकी प्राथमिकताओं की सूची में सुशासन को फ़ोकस में रखा गया, इसमें विशेष वृद्धि हुई है। सुशासन अब तो विश्व बैंक और आई.एम.एफ़. जैसी अंतर्राष्ट्रीय संस्थाओं द्वारा किसी देश का आकलन करने के लिए एक पैमाने की तरह भी प्रयोग किया जाने लगा है। इससे देश में कुछ दूरगामी परिवर्तन हुए हैं जैसे विनियमन में ढील, कुछ क्षेत्रों का निजीकरण, उदारीकरण, इत्यादि। सबसे बड़े लोकतंत्र होने के नाते देश के भारी भरकम प्रशासनिक ढाँचे में कटौती भी इसी का परिणाम है।

स्वाधीनता के बाद के आरंभिक चार दशकों में भारत में समाजवादी सोच प्रबल रही जिसके चलते सार्वजनिक क्षेत्रों में बीएचईएल, एचएएल, एचएमटी, बोकारो और भिलाई इस्पात कारखाने, खाद कारखाने, शिपयार्ड जैसी बड़ी इकाईयाँ अस्तित्व में आईं। इनका तथा अन्य अनेक राष्ट्र स्तरीय नवाचारों का ही परिणाम रहा कि ९० के दशक से हम विश्व की सबसे तेज़ी से उभरती आर्थिक शक्ति के रूप में उभरे हैं। अब हमारे सामने चुनौती है अपनी विकास दर को दहाई में पहुँचाने की ताकि हम चीन, कोरिया, सिंगापुर आदि देशों के वर्ग में शमिल हो सकें। आज भारत उस महत्वपूर्ण मुकाम पर आ पहुँचा है जहाँ से उसे शिखर पर पहुँचने वाले चंद देशों के वर्ग में शामिल होने के लिए बस एक छलाँग लगाने भर की आवश्यकता है। लोकहितकारी सुशासन हमें वहाँ तक पहुँचा सकता है।

विश्व बैंक द्वारा किए गए अध्ययन में सुशासन के छः आयाम पहचाने गए हैं - राजनैतिक स्थिरता, नागरिकों की सहभागिता, प्रभावी होना, उत्तरदायित्वता, क़ानून का राज और भ्रष्टाचार। इन चुने गए आयामों पर भारत को किसी में अच्छे नंबर मिले हैं और किसी में ख़राब। ग्रामीण क्षेत्रों की बात पूरी तरह न

सुनी जाना, अक्षम सेवा प्रदायता, भारी भरकम अमला, लगभग सभी सरकारी कामकाज में निर्णय लेने में सुस्ती, इत्यादि कुछ ऐसे मुद्दें हैं जो इससे उभर कर सामने आते हैं। सरकार का ब्यूरोक्रेटिक स्वरूप जो कभी प्रबंधन को नवाचारों की ओर ले गया था, वही आज उस पर लगाम लगाने की बात कर रहा है। 21वीं सदी में सरकार की भूमिका अधिक उत्प्रेरणा वाली, जनता को सशक्त करने वाली, कोई मिशन को लेकर चलने वाली, स्पर्धात्मक, परिणामोन्मुखी और जन आवश्यकताओं अनुरूप संचालित होने वाली हो।

**शासन को "शक्ति और अधिकार को साझा करने की प्रक्रिया, रूचियों और मतभेदों की मध्यस्थता तथा तीन मुख्य हितधारकों – जिसमें सरकार, निजी क्षेत्र और नागरिक शामिल हैं – के बीच अधिकारों और दायित्वों का निर्वहन" में रूप में परिभाषित किया गया है। सरकार में इस तरह के बदलाव केवल 'शासकीय रिश्ते' के माध्यम से ही हो सकते हैं।** विकास तथा संसाधनों के बेहतर उपयोग के लिए एक प्रेरक वातावरण निर्माण की बात को 10वीं पंचवर्षीय योजना के प्रलेखों में स्थान दिया गया है। उसमें सुशासन के लिए जनता की सहभागिता, विकेंद्रीकरण, सूचना का अधिकार, राजस्व प्रणाली में सुधार, सिविल सेवा में सुधार, न्याय प्रक्रिया में सुधार तथा सूचना तकनीक का प्रयोग जैसे मुद्दों और रणनीतियों की रूप-रेखा भी तैयार की गई है :

सुशासन की अवस्था तक पहुँचने का रास्ता जटिल है और बहुआयामी भी। ऊपर लिखी विशेषताएँ एक दूसरे की पूरक होती हैं, और इनमें से किसी एक की संतुष्टि होने से दूसरे के विकास पर होने वाले उसके प्रभाव में अभिवृद्धि हो जाती है। सुशासन के संचालन का आधार है प्रक्रिया, सिद्धांत पर आधारित प्रशासन और संस्थागत व्यवस्था। किसी देश के शासन में किस हद तक बदलाव आता है वह इस बात पर निर्भर करता है उसकी संस्थागत व्यवस्था क्या है, इसीलिए ये संस्थाएँ बहुत महत्वपूर्ण हैं।

**शासन को "शक्ति और अधिकार को साझा करने की प्रक्रिया, रूचियों और मतभेदों की मध्यस्थता तथा तीन मुख्य हितधारकों – जिसमें सरकार, निजी क्षेत्र और नागरिक शामिल हैं – के बीच अधिकारों और दायित्वों का निर्वहन" में रूप में परिभाषित किया गया है। सरकार में इस तरह के बदलाव केवल 'शासकीय रिश्ते' के माध्यम से ही हो सकते हैं।**

# 53

# सूचना प्रौद्योगिकी – सरकार प्रकाश की गति से

मोबाइल फ़ोन का उपयोग देश में सबसे तेज़ी से बढ़ रहा है। एक दशक पहले हम कहीं नहीं थे किंतु आज हमारे देश में ९० करोड़ मोबाइल धारक हैं और हम मोबाइल के क्षेत्र में सबसे तेज़ी से बढ़ते देश का ख़िताब पा चुके हैं। अपने आप में यह महत्वपूर्ण बात है क्योंकि मोबाइल फ़ोन अब एक फ़ोन मात्र नहीं रह गया है बल्कि इसमें जुड़ी अनेक ख़ूबियों के कारण अब यह आम आदमी की आवश्यकता बन गया है। कॉल करने और प्राप्त करने के साथ-साथ अब यह एसएमएस व ईमेल भेजने और प्राप्त करने के लिए, फ़ोटो लेने और वीडियो, रेडियो और टीवी की तरह प्रयोग करने की तरह और अन्य अनेक कामों के लिए भी इस्तेमाल किया जाने लगा है। यह सब सूचना प्रौद्योगिकी में आई क्रांति के कारण संभव हुआ है। सरकारी कामकाज में ई-मेल भेजना अब एक आम बात हो गई है और इंटरनेट की ना केवल गति बढ़ी है बल्कि फैलाव में भी तेजी आई है।

इंटरनेट, मोबाइल तथा अन्य प्रौद्यागिकी हमें हमेशा मनचाहे संपर्क से जुड़े रहने की सुविधा प्रदान करता है, और अनवरत सूचना प्राप्त करने की सुविधा भी। इंटरनेट से जुड़े संसार की जानकारियाँ अब तत्काल मिलती हैं। हमारा पर्सनल कंप्यूटर आज प्रकाश की गति से, या कहें कि विचार की गति से, काम करता है। हवाई जहाज का टिकट लेना हो, बैंक से पैसे निकालने हों, बिल का भुगतान करना हो, कोई किताब मंगानी हो या कुछ और ख़रीदना हो, यह सब पलक झपकते ही संभव है और वह भी बिना किसी हीले-हवाले के।

सूचना प्रौद्योगिकी परंपरागत सरकारी तंत्र के मुकाबले अनेक रूप में बेहतर है, जैसे :

1. सेवाएं पलक झपकते और बिना किसी झंझट के प्राप्त होती हैं।

2. इसके रिकॉर्ड की प्रमाणिकता अब मान्य हो गई है।
3. सूचना के भंडारण की क्षमता अपार है।
4. एक साथ अनेक सुविधाओं के विकल्प का उपयोग होना इसकी अनोखी विशेषता है।
5. विश्व भर में कहीं भी और कभी भी जुड़ा जा सकता है।
6. यह बड़ी कुशलता से विशाल आँकड़े पल भर में व्यवस्थित कर सकता है।
7. इसका प्रयोग कोई भी विभाग कर सकता है।

सरकारी संस्थानों के साथ कार्य करना एक जटिल काम है किंतु इस बदलाव ने सरलता का एक रास्ता दिखाया है। इसे हम इन कामों के लिए तो प्रयुक्त कर ही सकते हैं -

- ई-बैंकिंग
- ई-टिकट (हवाई व रेल)
- ई-कार्ड (अब तो लगभग हर काम के लिए)
- ई-पासपोर्ट
- टेलीमैडिसिन
- ई-स्टॉक (डी-मैट खाता)
- ई-लायब्रेरी

यह देखा गया है कि सरकारी क्षेत्र में कंप्यूटराइज़ेशन अब भी धीमी गति से चल रहा है और आम आदमी को छोटे-मोटे काम कराने में भी समय और पैसा बरबाद करना पड़ता है। निजी क्षेत्र ने व्यापक रूप से इसे अपनाने में तेज़ी दिखाई है किंतु सरकारी क्षेत्र अभी भी धीमी गति से ही चल रहे हैं। कुछ गतिविधियाँ जो हर विभाग व कार्यालय कर सकता है, वे निम्न हैं -

क. कार्यालय के लिए एक वेब-पोर्टल का निर्माण।

ख. कंप्यूटर सीखने के वास्ते हर कर्मचारी के लिए 3-4 दिन का कोई छोटा सा कोर्स।

ग. विभिन्न कार्यालयों के बीच सूचना के आदान-प्रदान के लिए नेट के प्रयोग को प्रोत्साहन।

घ. वेब पर आधारित एक डाटा-बैंक बन सकता है जिसका उपयोग कोई भी कर्मचारी कर सके। इसमें अधिनियम, नियम, विभिन्न कार्यक्रमों की वार्षिक प्रगति रिपोर्ट, तथा ऐसी अन्य सूचनाएं दर्शाई और देखी जा सकती हैं।

च. पॉवर-पाइंट-प्रज़ेन्टेशन का प्रयोग करते हुए बैठकों का संचालन।

छ. कार्यालय के प्रतिदिन के कामकाज तथा जनता से जुड़े कामों में सूचना प्रौद्योगिकी का फैलाव, जैसे स्मार्ट कार्ड (बैंक के क्रैडिट कार्ड की तरह)।

**सूचना प्रौद्योगिकी हमारे ब्यूरोक्रेटिक ढाँचे में परिपाटी से चले आ रहे संचार के तौर–तरीक़ों और वरीयता की बाधाओं को तोड़ रही है। अब विश्व एक गाँव के आकार में सिमट गया है और इसीलिए आज ऐसी व्यवस्था की आवश्यकता है जो लचीली हो और सूचना द्वारा संचालित हो रही नीतियों से तालमेल रखने वाली हो।** सूचना प्रौद्योगिकी में वह क्षमता है कि वह जनता की सेवा करने में सरकारी प्रक्रियाओं को कटौती के साथ-साथ जनता को जागरूक कर सके।

सरकारी कार्य में इलेक्ट्रॉनिक व्यवस्था से सरकारी सेवाओं में अभूतपूर्व सुधार होगा (जैसे ई-टिकट) और इससे सरकार व नागरिकों के संबंधों में भी सुधार आएगा। इससे नागरिक अधिक सुविधापूर्वक और अधिक ज़िम्मेदारी के साथ सरकारी सेवाओं को प्राप्त कर सकने की स्थिति में आ जाएंगे। इसका अर्थ है सूचना का तेज़ गति से आदान-प्रदान जिससे किसी बात को बेहतर ढंग से समझा व जाना जा सके और बेहतर निर्णय लिया जा सके।

सूचना प्रौद्योगिकी हमारे ब्यूरोक्रेटिक ढाँचे में परिपाटी से चले आ रहे संचार के तौर–तरीक़ों और वरीयता की बाधाओं को तोड़ रही है। अब विश्व एक गाँव के आकार में सिमट गया है, और इसीलिए आज ऐसी व्यवस्था की आवश्यकता है जो लचीली हो और सूचना द्वारा संचालित हो रही नीतियों से तालमेल रखने वाली हो।

54

# संस्थान के साथ–साथ निरंतर ख़ुद भी बढ़ें

सरकारी सेवा का अर्थ केवल इतना भर नहीं है कि हम कुछ सेवाएं प्रदान करें और उसके बदले वेतन पा लें, यह इससे कहीं अधिक मायने रखता है। शासकीय सेवा कर्मचारी और नियोक्ता के लिए एक अवसर है - संस्था के विकास के साथ-साथ ख़ुद विकसित होना केवल सरकारी संस्थान एक ऐसा तंत्र है जो सेवा करते-करते विकसित होता चलता है। किंतु हम देखते हैं कि ऐसा हर जगह नहीं होता। हर सरकारी संस्थान में ऐसा हो - इसके लिए एक लीडर की आवश्यकता होती है। लीडर वहाँ प्राथमिकताओं, लक्ष्यों और रणनीतियों का समुचित उपयोग करते हुए, संस्थान को ऐसे रूप में परिवर्तित कर सकता है जहाँ उनका विकास संस्था के विकास का पूरक हो। यह सभी के लिए विजयी होने की स्थिति बनती है। संस्थान के साथ विकास करने का अर्थ है :

1. अपना निर्धारित काम पूरी लगन से एक मिशन की तरह करना।
2. संस्थान में हुई प्रगति में कर्मचारियों को समुचित रूप से सहभागी बनाया जाता है -
3. समय के साथ-साथ संस्थान अपनी महत्ता और साथ ही सेवाओं की गुणवत्ता में विकास करता है।

लीडर द्वारा रणनीति के अंतर्गत संसाधनों को अपने नियंत्रण में रखते हुए सिस्टम को उच्च्य स्तर तक ले जाया जाता है। जहाँ सरकारी संस्थान भगवान भरोसे छोड़ दिए जाते हैं, वे दिशा विहीनता के जाल में उलझकर मंज़िल तक नहीं पहुँच पाते। ऐसा दिशाहीन संस्थान एक समय के बाद सेवा, गुणवत्ता और सुशासन से जुड़े हर मुद्दे में गिरावट की ओर जाता है, जब कि एक सुविचारित

रणनीति द्वारा संचालित तथा एक नज़रिए के प्रति समर्पित लीडर द्वारा प्रेरित संस्थान निरंतर प्रगति की ओर उठता चला जाता है।

हर संस्थान को एक ऐसे स्वरूप का सपना देखना चाहिए जिसे प्रगति व उन्नति की दिशा में बढ़ते हुए पथ की परिभाषा दी जा सकती हो। ऐसा संस्थान, और उसके कर्मचारी तथा अन्य स्टेकहोल्डर भी हमेशा जीत के जश्न के मिजाज और माहौल में रहेंगे।

55

# जज़्बा और जुनून मूल मंत्र

सेवा क्षेत्र में चाहे वो सरकारी क्षेत्र या निजी क्षेत्र हो, हमें देश के आम नागरिक की सेवा करते हुए उसे सुख प्रदान करने का अभूतपूर्व अवसर प्रदान हुआ है। देश में यह अवसर लाखों में से एक व्यक्ति को प्राप्त होता है। इस अवसर को हम सामान्य रूप में न गंवाएं व अपने मनोभाव समर्पण तथा निरंतर लगनशीलता से जो सर्वोत्तम कर सकते हैं वह अपने-अपने कार्यक्षेत्र में करें।

जुनून से आशय है चुने गए कार्य के प्रति अपनी पूरी सार्मथ्य लगा देना जब तक कि वांछित परिणाम प्राप्त न हो जाए। हम सब इसे प्राप्त कर सकते हैं और उस जुनून को उत्पन्न करने के लिये हम अपने कार्य के प्रति प्रेम व लगनशीलता से अपने कार्य को प्रसन्नता से करते हुए सकारात्मक सोच विकसित कर सकते हैं और एक बड़ा व्यापक लक्ष्य जो हमारी संस्था या राज्य अथवा देश के सामने है, उसमें लघु रूप में अपना योगदान कर सकते हैं। लाखों करोड़ों कर्मचारियों के संगठित प्रयासों से ही हम बड़े व क्रांतिकारी परिणाम प्राप्त कर सकते हैं।

जज़्बा होना व जज़बाती होना दोनों में अंतर है। जज़बाती को एक प्रकार से नकारात्मक रूप में लिया जाता है व मानसिक चंचलता का प्रतीक माना जाता है, जबकि जज़्बा होना हमारी मनःस्थिति को दर्शाता है कि हम अपने कार्य में दिल व दिमाग़ दोनों को संगठित रूप से जोड़ते हुए अपने कार्य को कर रहे हैं।

जज़्बा और जुनून हम सब में प्रकृति का दिया हुआ एक स्वाभाविक गुण है व जिस भी कार्य में हम लगाएंगे सर्वोत्तम परिणाम अवश्य प्राप्त होंगे।

**स्वयं को या किसी अन्य को प्रेरित करने की प्रक्रिया के कुछ चरण होते हैं जिन पर चढ़ते हुए व्यक्ति अंततः एक प्रेरित व्यक्ति की मंज़िल तक पहुँच जाता है। इसमें सबसे पहले आता है सफलता का एक नज़रिया विकसित बनाना। इस विज़न के पीछे निष्ठा और विश्वास रहना चाहिए।**

56

# क्षमता वृद्धि – इसका लाभ सब लें

नेतृत्व करना कोई अस्पष्ट सा कार्य नहीं है। यह तो अपने सहकर्मियों और अधीनस्थों को नेतृत्व प्रदान करना है। सरकारी संस्थानों में लीडरशिप का अर्थ यह भी है कि आपके साथ काम करने वाले लोगों को दक्ष बनाया जाए। क्षमतावान प्रशासन होने का अर्थ केवल यह नहीं है कि काम पर फ़ोकस, बल्कि यह भी है कि जो लोग वह काम कर रहे हैं उनका काम पर अधिक फ़ोकस हो और उन्हें यह स्पष्ट हो कि वे क्या कर रहे हैं और उसे करने का कोई एक ख़ास तरीक़ा बेहतर क्यों है। कर्मचारियों का सक्षम होना संस्थान पर सकारात्मक प्रभाव डालता है – ख़ास तौर पर मानव-संसाधन पर जो कि उस संस्थान का आधार होता है। किसी भी कार्यस्थल के लिए, इसका अर्थ होता है कि क्या वह व्यक्ति वह सब कर सकता है जो कि उसके द्वारा किया जाना आवश्यक है और वह भी कार्य के अपेक्षित स्तर तक। इसका अर्थ होता है –

1. उस व्यक्ति की आवश्यक तकनीकी या उसके काम से संबद्ध ऐसी योग्यताएं जो उस काम के लिए अनिवार्य हों जैसे – उसकी शैक्षणिक योग्यता।
2. उसने कोई व्यावसायिक प्रशिक्षण लिया है जो उसे अन्य की अपेक्षा अधिक जानकार बनाता हो। जैसे उसने लेखा कार्य में, या बजट बनाने, आर्थिक विश्लेषण करने, प्रोजेक्ट बनाने इत्यादि का प्रशिक्षण लिया हो या कोई विशेष तकनीकी कार्यकुशलता हासिल की हो, जैसे एयर कंडीशनर को ठीक करना।
3. वह व्यक्ति अपनी इन कुशलताओं को अपने उन कामों में उपयोग करता हो जो दिन-प्रतिदिन उसे सौंपे जाते हैं।

## प्रशासनिक परिप्रेक्ष्य में इसका अर्थ है :

- वह व्यक्ति अपने काम से सम्बद्ध नवीनतम विधि-विधानों से भली-भाँति परिचित है (जैसे स्वास्थ्य संहिता, लोक निर्माण विभाग कार्य संहिता, इत्यादि)
- वह व्यक्ति प्रशासनिक कार्य के संबंध में जारी किए गए नवीनतम दिशानिर्देशों, पत्राचार तथा परिपत्रों से भली-भाँति परिचित है और उन्हें यथा समय प्रयोग करता है।

इन सब का प्रयोग प्रतिदिन के सामान्य कामकाज में करना चाहिए। यदि कोई इंजीनियर है तो उसके द्वारा विभिन्न वर्क्स मैनुअल पढ़ा जाना इस बात का प्रतीक है कि वह अपने काम से जुड़ी तकनीक के प्रति सजग रहता है। इसी प्रकार, जब कोई पदाधिकारी किसी समस्या को अपने हाथ में लेता है तो इसका अर्थ है कि वह क़ानून, नियम था अन्य संदर्भों में उसका अध्ययन कर रहा है। देखा यह गया है कि ब्यूरोक्रेसी में काम को एक सामान्य ढंग से निपटाने का रवैया रहता है, न कि क़ानून, नियमों, संहिताओं, दिशानिर्देशों या पूर्ववर्ती दस्तावेजों के अनुसार विश्लेषण करके किसी निष्कर्ष पर पहुँच कर। किसी की कार्यकुशलता उसके द्वारा किए काम में परिलक्षित हो जाती है। मुद्दों में उसकी गहरी समझ होने का प्रमाण इसी से मिल जाता है कि वह समस्याओं से कैसे निपटता है।

**प्रशासनिक दक्षता हम सब निरंतरता पर बढ़ा सकते हैं चाहे हमारी हो या कर्मचारियों की इससे समस्या के समाधान बाबत् कर्मचारियों का दृष्टिकोण सुव्यवस्थित और विधि सम्मत रहता है। पूरी तरह जाँचा–परखा और प्रमाणिक जैसे कोई कुशल डॉक्टर ओपन–हार्ट सर्जरी कर रहा हो या दुर्घटना के मामले का निदान कर रहा हो।**

किसी पद की कार्यकुशलता का दूसरा पहलू है पारस्परिक संबंधों में व्यवहार कुशल होना। हर समस्या और हर मुद्दे का एक मानवीय पहलू भी होता है। आख़िरकार हम इंसानों के साथ ही तो व्यवहार कर रहे हैं। व्यवहार कुशलता का यह कौशल विशेष प्रकार के व्यावसायिक प्रशिक्षण कार्यक्रमों द्वारा भी विकसित किया जा सकता है। कार्मिक या प्रबंधन समस्याएं कई बार ऐसे मुद्दों में उलझ जाती हैं जिनके लिए अलग प्रकार की कुशलता चाहिए होती है - मानव प्रबंधन की कुशलता। इसका प्रशिक्षण जितना जल्दी ले लिया जाए उतना ही अच्छा होगा।

सरकारी संस्थानों में हम लगातार प्रशासनिक क्षमता की बात सुनते हैं जो कि उपर्युक्त दृष्टिकोण को प्रशासनिक कामों में लागू करना ही है। अपने पेशे की क्षमता या कौशल विकसित करना एक ऐसी महत्वपूर्ण विद्या है जिसे हर व्यक्ति को विकसित करनी चाहिए। उसे ऐसे नए-नए प्रोफ़ेशनल और एकेडेमिक कोर्स करते हुए स्वयं को अपडेट करते रहना चाहिए जो उसे दूसरों के मुकाबले एक विशिष्ट पहचान देने के साथ-साथ उसके पद और शिक्षा के लिहाज़ से भी उसमें अभिवृद्धि कर उसे अलंकृत कर सके।

**प्रशासनिक दक्षता हम सब निरंतरता पर बढ़ा सकते हैं चाहे हमारी हो या कर्मचारियों की इससे समस्या के समाधान बाबत् कर्मचारियों का दृष्टिकोण सुव्यवस्थित और विधि सम्मत रहता है। पूरी तरह जाँचा–परखा और प्रमाणिक जैसे कोई कुशल डॉक्टर ओपन–हार्ट सर्जरी कर रहा हो या दुर्घटना के मामले का निदान कर रहा हो।**

# 57

# अपने किए की ज़िम्मेदारी लीजिए

सरकारी काम में कई बार ऐसी स्थिति आती है जब हमें अपने संस्थान को कीर्ति दिलाने वाले व्यक्ति की पहचान करनी पड़ती है। ऐसी पहचान करने में कोई कठिनाई नहीं होती क्योंकि किसी अच्छे काम का श्रेय लेने के लिए तो हर कोई तैयार हो जाता है। किंतु जब कोई समस्या खड़ी हो जाती है, तब उसकी ज़िम्मेदारी लेने के लिए कोई आगे नहीं आता। इसका सबसे अच्छा उदाहरण है किसी रेलगाड़ी का पटरी से उतर जाना या कोई और दुर्घटना हो जाना या पुलिस फ़ायरिंग होना  जिसमें कि कुछ लोगों की मृत्यु हो जाए। आप देखेंगे कि सरकारी दफ़्तरों में किसी दुर्घटना के लिए किसी व्यक्ति को सीधे ज़िम्मेदार ठहराया जाना बहुत ही कठिन होता है। **सच्ची लीडरशिप वह है कि जब परिणाम अच्छा रहा हो या बुरा व्यक्ति अपने किए की ज़िम्मेदारी ले। ऐसे अनेक अवसर आते हैं जब हमारे द्वारा लिए गए निर्णय वांछित परिणाम नहीं दे पाते। इसका अर्थ यह नहीं है कि आप उस निर्णय लेने वाले व्यक्ति को दंडित करें। अपनी ज़िम्मेदारी को स्वीकार करना विकसित लीडरशिप की ही पहचान है।** लीडर को देखना चाहिए कि निर्णय यदि बुरे या ग़लत इरादे से नहीं था और जल्दबाज़ी में लिया गया भी नहीं था तो उस ग़लती से क्या सीख ली जा सकती है। ऐसे भी लोग होते हैं जो सारा श्रेय तो ख़ुद बटोरने को तैयार रहते हैं किंतु यदि कोई गड़बड़ हो जाए, तो बलि का बकरा किसी और को बना देते हैं। इससे बचना चाहिए।

ज़िम्मेदारी लेना उन लोगों के लिए और भी महत्वपूर्ण हो जाता है जिनके पास अधिकार होते हैं, क्योंकि वह अधिकार ही तो होता है जो उस व्यक्ति को एक ख़ास तरीक़े से कुछ करने का मौका देता है।

*"मुझे कुछ करना चाहिए" हमेशा ही अधिक समस्याओं का हल बनता है बजाय इसके कि "कुछ किया जाना चाहिए।"*

– अज्ञात

*अपने जीवन की ज़िम्मेदारी को स्वीकार करना वह स्रोत है जहाँ से आत्म-सम्मान का झरना फूटता है।*

– जॉन डिडिऑन

*हमें 'कर्त्तव्य' का अर्थ पुनः और पूरी तरह समझने की आवश्यकता है। यह अधिकार का ही दूसरा पहलू है।*

– पर्ल बक

*अपने जीवन की बागडोर अपने हाथों में ले लीजिए, और देखें कि क्या होगा? एक गजब बात होगीः फिर कोई ऐसा नहीं होगा जिसे आप दोष दे सकें।*

– एरिका जौंग

*आपके जीवन के वे साल सबसे बेहतरीन होते हैं जिनमें आप यह निर्णय लेते हैं कि आपकी समस्याएं आपकी ही पैदा की हुई हैं, जब आप अपनी माँ को, वातावरण को, या फिर सरकार को दोषी नहीं ठहराते हैं, जब आप को यह भान हो जाता है कि आप अपने भाग्य विधाता स्वयं हैं।*

– एल्बर्ट एलिस

*ज़िम्मेदारी की स्थिति आम तौर पर दिखा देती है कि वह व्यक्ति जितना समर्थ समझा जा रहा था उससे कहीं अधिक समर्थ और सक्षम निकला।*

– विलियम जेम्स

*भगवान ने मुझे मेरी ज़िम्मेदारी सौंपी है।*

– एपिक्टिटस

*हम अपने अतीत को याद करते रहने से बुद्धिमान नहीं बन जाते बल्कि भविष्य की ज़िम्मेदारी लेने से बनते हैं।*

– जॉर्ज बर्नार्ड शॉ

सच्ची लीडरशिप वह है कि जब परिणाम अच्छा रहा हो या बुरा व्यक्ति अपने किए की ज़िम्मेदारी ले। ऐसे अनेक अवसर आते हैं जब हमारे द्वारा लिए गए निर्णय वांछित परिणाम नहीं दे पाते। इसका अर्थ यह नहीं है कि आप उस निर्णय लेने वाले व्यक्ति को दंडित करें। अपनी ज़िम्मेदारी को स्वीकार करना तो विकसित लीडरशिप की ही पहचान है।

## 58

# तड़प कितनी है?

एक व्यक्ति समाज में बदलाव ला सकता है, परिवेश बदल सकता है, और भी बहुत कुछ कर सकता है। महात्मा गाँधी, नेल्सन मंडेला, ली सुई, बाबा आमटे, सामाजिक और राजनीतिक क्षेत्र के उदाहरण हैं तो संगीत में ए.आर. रहमान, लता मंगेशकर और विज्ञान में एल्बर्ट आईंस्टाइन से लेकर ए.पी.जे. अब्दुल कलाम तक हज़ारों उदाहरण हैं। इन सबने असाधारण सफलता अपनी कड़ी मेहनत व लगन से पाई।

तड़प को पीड़ा से जोड़ कर देखा जा सकता है। यह तड़प साहित्य में जुनून के रूप में या प्रेम में अभूतपूर्व सार्मथ्य के रूप में अक्सर प्रदर्शित होती रहती है।

तड़प होना दर्शाता है

1. निरंतर सोच
2. निरंतर प्रयास
3. निरंतर समन्वय
4. नवीन संसाधन व तरीक़े
5. पूरी निष्ठा-लगन आदि
6. भावनात्मक रूप में जुड़ाव

यह तड़प ही हमें आम आदमी से अलग करती है। हमें यह समझना होगा कि जो ज़िम्मेदारी हम निभा रहे हैं, वह आम ज़िम्मेदारी नहीं है। वह आम इसलिए नहीं है, क्योंकि -

(क) उससे व्यापक सामाजिक हित जुड़े हैं

(ख) वह व्यापक सुविधा से जुड़ा है

(ग) प्रश्न लोगों के जीवन का है

(घ) राष्ट्र निर्माण का है।

जहाँ तड़प है वहाँ अपेक्षा से कही बेहतर परिणाम मिलेंगे यह गाथा प्रतिदिन दोहराई जाती है। हमारी तड़प हमारे कार्य को और बेहतर बनाने में बहुत महत्वपूर्ण भूमिका निभाती है।

"जहाँ चाह वहाँ राह"

तड़प की बात को ही एक दूसरे ढंग से कही गई बात है।

**लोकसेवक ही प्रशासन में महत्वपूर्ण कड़ी रहते हैं। उस हैसियत में लोकसेवक ही उत्तम रूप में कार्य को अमल करने के लिए ज़िम्मेदार रहते हैं और इसके साथ साथ यह भी महत्वपूर्ण है कि ब्यूरोक्रेट जवाबदेह होता है।**

# 59

# कार्य–स्थल को स्वच्छ व्यवस्थित रखें

सरकारी दफ़्तरों का एक जाना-पहचाना सा दृश्य होता है। सामान्य स्वच्छता व अन्य रखरखाव, अव्यवस्थित सी बिखरी फ़ाइलें। इस तरह का परिवेश न केवल कार्यालय की क़ीमती जगह घेरता है बल्कि जो जनता अपने कामों के लिए वहाँ आती है उनके मन में भी इनकी अच्छी छवि नहीं बनती। टूटा-फूटा फ़र्नीचर, फ़ाइलों के अंबार, बेतरतीब रखी गई नस्तियाँ, बहुत सारी पुरानी और बेकार हो चुकी चीज़ों का ढेर जगह-जगह देखा जा सकता है।

**एक साफ़–सुथरा कार्य–स्थल बिना बोले ही साफ़–सुथरे कामकाज के वातावरण की कहानी कह देता है। ऐसे वातावरण में काम करने वाले स्टाफ़ में भी वह सकारात्मक स्पंदन का संचार करता है। अधिक खुली–खुली जगह वाले और सूझ–बूझ से रख–रखाव किए जाने वाले स्थान में किसी काम को करना अधिक सरल रहता है।** काग़ज़ों, पुरानी फ़ाइलों, फ़र्नीचर, और अन्य कबाड़ को छाँट कर बाहर करना प्रत्येक कार्यालय का एक नियमित काम होना चाहिए। इसे करें और चेहरे पर एक प्रसन्नता के भाव को महसूस करें।

साफ़–सुथरे कार्यालय में व्यवस्था अपने आप आ जाती है - यानी कार्यालय के इतने सारे काग़ज़ों में भी कोई भी फ़ाइल ढूँढना बड़ा आसान हो जाता है। ख़ुद को और अपने कार्य-स्थल को भी सुव्यवस्थित रखने के लिए कचरा छाँट कर बाहर कर देना एक साधना जैसा है। कुछ सुझाव यहाँ दिए जा रहे हैं -

क. अपनी मेज़ पर केवल उसी प्रोजेक्ट की फ़ाइल आदि रखें जिस पर वर्तमान में आप काम कर रहे हैं।

ख. दिन के दौरान आपके पास आने वाली फ़ाइलों और काग़ज़ों को 'इन'

शेल्फ़ में ही रखें ताकि आपको पता रहे कि कितना काम आप का ध्यान चाह रहा है।

ग. फ़ाइलिंग सिस्टम को सुव्यवस्थित रखें।

घ. अपनी मेज़ इस तरह रखें कि आपका मुँह बाहर जाने वाले दरवाज़े की ओर न हो।

च. अपने कमरे में 3-4 कुर्सियों से अधिक न रखें। अनावश्यक कुर्सियाँ लोगों को बैठने के लिए बढ़ावा देती हैं।

छ अवांछित आगंतुकों को बढ़ावा न दें। ये लोग सबसे अधिक समय बरबाद करने वाले होते हैं।

**एक साफ़-सुथरा कार्य-स्थल बिना बोले ही साफ़-सुथरे कामकाज के वातावरण की कहानी कह देता है। ऐसे वातावरण में काम करने वाले स्टाफ़ में भी वह सकारात्मक स्पंदन का संचार करता है। अधिक खुली-खुली जगह वाले और सूझ-बूझ से रख-रखाव किए जाने वाले स्थान में किसी काम को करना अधिक सरल रहता है।**

60

# खेल भावना से काम करें

एक कहावत है -

*ख़ुद को ख़ुश रखने का सही तरीक़ा है अपने*
*काम से प्रेम करना और उसमें अपनी ख़ुशियाँ पा लेना।*

यह कहावत बड़े ख़ूबसूरत ढंग से नौकरी और कार्य के बीच के रिश्ते को दर्शाती है। वास्तव में, सभी कार्यालय प्रमुखों को ऐसा वातावरण बनाना चाहिए जिसमें लोग जो भी कार्य कर रहें हैं उसमें आनंद महसूस करें। जीवन की वास्तविक परिस्थितियों में ऐसा करना काफ़ी कठिन लग सकता है किंतु हम अपने संस्थान में तो ऐसा कर ही सकते हैं जहाँ नौकरी ऐसी हो जाए कि हम अपने काम में आनंद महसूस करें। ऐसा करने के कुछ तरीक़े निम्न हैं -

क. स्टाफ को और अधिक उनके काम के बारे में जागरूक बनाएं और कुल मिला कर उसका महत्व उन्हें समझाएं।

ख. उन्हें प्रशिक्षण दिलाएं ताकि वे अपने काम को और बेहतर ढंग से करने में और अधिक समर्थ हो जाएं।

ग. हर व्यक्ति को उसकी योग्यता व सामर्थ्य के अनुसार काम सौंपें।

घ. स्टाफ़ की जानकारी व ज्ञान लगातार बढ़ाते रहें ताकि उनके बेहतर कार्य-निष्पादन की क्षमता बढ़ती रहे।

च. जब भी कोई अच्छा काम करे तो उनकी प्रशंसा अवश्य करें। बार-बार मिलने वाली प्रशंसा उनमें अपने काम के प्रति लगाव और प्रेम को बढ़ाती है।

छ. यदि वे कोई उल्लेखनीय काम करते हैं तो उन्हें कोई पुरस्कार या अन्य प्रकार का प्रोत्साहन अवश्य दें।

जब हम अपने स्टाफ़ के काम को खेल में बदल देंगे तो हम पायेंगे कि अब वह उनके लिए कोई मशक्कत नहीं रह गया है, और इससे उन्हें अपने कार्य करने के वांछित स्तर को प्राप्त करने में मदद मिलती है। यह संस्थान में एक रचनात्मक वातावरण का भी निर्माण करता है।

*अधिकांश लोग आए हुए अवसर को खो देते हैं क्योंकि वह पूरी तरह कार्य का लिबास ओढ़ कर आता है।*

**– थॉमस एल्वा एडीसन**

*कोई भी व्यक्ति तब तक शायद ही सफल हो पाता हो जब तक कि वह अपना काम करने में आनंद महसूस न करने लगता हो।*

**– डेल कारनेगी**

*अपने कार्य में आनंद प्राप्ति का रहस्य एक शब्द में छिपा है और वह है- उत्कृष्टता। काम को उत्कृष्ट रूप में करने के लिए उसमें आनंद उठाएं।*

– पर्ल एस. बक

*हो सकता है कि लोग जितना काम करें उतने के बराबर उन्हें मेहनताना न मिले, किंतु जितना उन्हें मिलता है उतने के बराबर तो उन्हें करना ही चाहिए।*

– फ्रैडरिक डगलस

*ख़ुद को ख़ुशी देने का सही तरीक़ा है अपने कार्य से प्रेम करना और उसी में आनंद पाना।*

– फ्रैंसुआज़ दा मोटविले

## 61

# तत्काल सेवा

कुछ साल पहले भारतीय रेलवे ने एक अभिनव टिकट आरक्षण सेवा शुरू की जिसका नाम था तत्काल सेवा। इस सुविधा में पहले से आरक्षण न कराने वाले यात्री ऐन वक्त पर कुछ अतिरिक्त शुल्क देकर तुरंत आरक्षण पा सकते थे। आज यह योजना लाखों यात्रियों को व्यापक राहत दे रही है और साथ ही रेलवे को अतिरिक्त आय भी।

आज जब मोबाइल और इंटरनेट ने दो स्थानों के बीच की दूरी को मिटा दिया है तब तत्काल सेवा समय की आवश्यकता बन गई है। वह चाहे ई-सेवा हो या इंटरनेट आधारित कोई अन्य नई सेवा, इन सब के पीछे एक ही भावना है कि ग्राहक पर तुरंत ध्यान दिया जाए और उसका वह काम अविलंब कर दिया जाए जिसके लिए वह कार्यालय में आया है। सरकारी कार्यालयों में यह आवश्यक है कि हर व्यक्ति देखे कि अविलंब सेवा देने में वह अपना योगदान कैसे कर सकता है। कुछ काम तो तत्काल ही - सभी कार्यालयों में शुरू किए जा सकते हैं।

1. आने वाले की समस्या को धैर्यपूर्वक सुनना
2. उसके मसले को निपटाने के लिए आवश्यक फ़ोन कॉल करना
3. काम जहाँ अटका है वहाँ के लिए एक पत्र लिख देना और उस आगंतुक को वह पत्र खुले लिफ़ाफ़े में दे देना। इसका उस पर बड़ा सुखद प्रभाव होगा। उस काम को त्वरित कराने के लिए आप और भी जो कुछ कर सकते हैं वह करें।

याद रखिए - गति आज के युग की आवश्यकता है।

62

# बैठकें और उनका कार्य विवरण

सरकारी काम काग़ज़ पर ही होता है और किसी भी सरकारी अधिकारी का हर कार्य, एक बाक़ायदा लिखित कार्रवाई के रूप में होता है। तरह-तरह की बैठकें हर दफ़्तर के जीवन का अनिवार्य अंग होती हैं। मंत्रियों से लेकर उच्च स्तरीय अधिकारियों तक की विभिन्न प्रकार की बैठकें होती ही रहती हैं। ये बैठकें बहुत महत्वपूर्ण होती हैं क्योंकि इनमें कई नीतियों और महत्वपूर्ण कार्यक्रमों पर चर्चा होती है। अतः यह आवश्यक हो जाता है कि :

1. लिए गए निर्णयों को सही रूप में लिखित रूप दे दिया जाए।
2. लिए गए निर्णयों का शीघ्र अनुमोदन करा लिया जाए।
3. कार्रवाई हेतु शीघ्र संबंधितों तक बैठक विवरण पहुँचा दिया जाए।

**अक्सर देखा गया है कि अनेक अवसरों पर बैठक का कार्य–विवरण व्यवस्थित रूप में नहीं लिखा जाता, या किसी कनिष्ठ अधिकारी द्वारा लिख लिया जाता है, उसका प्रारूप लिखने में समय लगता है और जिनके लिए वह निर्णय लिया गया है उन तक उसे पहुँचाने में काफ़ी देरी कर दी जाती है। इन समस्याओं का प्रभावी हल यह है कि बैठक का कार्य–विवरण अध्यक्ष द्वारा बैठक के दौरान ही लिखा दिया जाए और बैठक का समापन होते ही उस कार्य–विवरण को अंतिम रूप देते हुए उसे ई–मेल या डाक/फैक्स से भेज दिया जाए।** लिए गए निर्णयों को त्वरित लिखने के निम्नलिखित लाभ होते हैं :

क. कार्य-विवरण अध्यक्ष द्वारा बोला जाता है और कंप्यूटर पर हाथों-हाथ टाईप कर दिया जाता है जिससे अस्पष्टता की गुंजाइश ना के बराबर रह जाती है।

ख. चूँकि कार्य-विवरण बैठक के दौरान ही लिखा जाता है, अतः उसमें

हिस्सा ले रहे लोग निर्णय से जुड़े किसी अन्य पहलू को भी प्रकाश में ला सकते हैं और कार्य विवरण में जुड़वा सकते हैं।

ग. इससे मुद्दे की तात्कालिकता और गंभीरता दिखाई पड़ती है।

घ. प्रासंगिक बातों को बोल्ड या अंडरलाइन से दर्शाया जा सकता है।

च. जब तक बैठक समाप्त होगी तब तक कार्य-विवरण तैयार हो जाता है।

छ. इसे बैठक में ही बाँटा जा सकता है या ई-मेल द्वारा भेजा जा सकता है।

समय मूल्यवान है, और यही सोच बैठक में लिए गए निर्णयों को उन्हें क्रियान्वित करने वालों तक अविलंब पहुँचाने में सहायक सिद्ध होती है। एक दशक से भी अधिक से मैं स्वयं इस तरीक़े पर चल रहा हूँ और मैंने पाया है कि यह आश्चर्यजनक रूप से कारगर रहता है।

**अक्सर देखा गया है कि अनेक अवसरों पर बैठक का कार्य–विवरण व्यवस्थित रूप में नहीं लिखा जाता, या किसी कनिष्ठ अधिकारी द्वारा लिख लिया जाता है, उसका प्रारूप लिखने में समय लगता है और जिनके लिए वह निर्णय लिया गया है उन तक उसे पहुँचाने में काफ़ी देरी कर दी जाती है। इन समस्याओं का प्रभावी हल यह है कि बैठक का कार्य–विवरण अध्यक्ष द्वारा बैठक के दौरान ही लिखा दिया जाए और बैठक का समापन होते ही उस कार्य–विवरण को अंतिम रूप देते हुए उसे ई–मेल या डाक/फैक्स से भेज दिया जाए।**

63

# कार्य के स्तर कम करें गति आएगी

सरकारी काम की एक बड़ी समस्या यह है कि इसमें बहुत चरण होते हैं। यह न केवल हाथ में लिए गए काम को निपटाने में संस्थान की गतिशीलता में जटिलताएं बढ़ाती हैं, बल्कि निर्णय लेने में देरी का कारक भी हाती है। यह देखा गया है कि सरकारी तंत्र में स्टाफ़ को अधिकार देने, सिस्टम को बेहतर बनाने, प्रशिक्षण देने और कार्य कुशलता को विकसित करने के परंपरागत तौर-तरीक़े बहुत समय लेते हैं।

**किसी महत्वपूर्ण और शीघ्रता वाले मसले पर निर्णय में लगने वाली देरी को कैसे कम किया जाए? निर्णय लेने में होने वाली देरी को हटाने के लिए कई तरीक़े अपनाए गए हैं। सरकारी तंत्र जैसे संस्थानों में जो तरकीब कारगर रही है वह है कार्य स्तरों की संख्या को कम करना। सीधे तौर पर कहें तो ऐसे लोगों की संख्या को कम करना जिनके हाथों से फ़ाइल निर्णय हेतु गुज़रती है।** स्वास्थ्य विभाग का ही उदाहरण ले लीजिए जहाँ ऊपर से नीचे या नीचे से ऊपर तक कितने सारे चरण है :

1. प्रमुख सचिव
2. सचिव
3. आयुक्त
4. निदेशक
5. संयुक्त निदेशक
6. चीफ़ मेडिकल ऑफ़िसर
7. ब्लॉक मेडिकल ऑफ़िसर

उपर्युक्त परिदृश्य में सबसे नीचे के दो अधिकारी वे हैं जो सचमुच उस क्षेत्र में काम करते हैं और ब्लॉक स्तर पर कार्यक्रम को लागू करते हैं जब कि बाक़ी लोग केवल नीति संबंधी कामकाज में लगे रहते हैं। इस प्रकार, निर्णयों को सबसे ऊपर वाले चरण से चल कर सबसे नीचे वाले तल तक सात स्तर से गुज़रना पड़ता है और यह भी पक्के तौर पर नहीं कहा जा सकता कि कोई निर्णय नीचे नं.1 तक पहुँचेगा भी या नहीं क्योंकि वह किसी भी चरण पर ठंडे बस्ते में डाला जा सकता है।

बड़े-बड़े प्रोजेक्ट या कार्यक्रम जो कि बड़े क्षेत्रों में और बड़े पैमाने पर शुरू किए जाने हैं, उनमें आवश्यक है कि ये तल कम से कम रखे जाएं, बस दो या

तीन। मध्यवर्ती तलों को हटा कर ऐसा किया जा सकता है। मैंने पाया है कि :

1. ऐसा करना कारगर रहता है
2. इससे नवाचार को प्रोत्साहन मिलता है
3. इससे टीम प्रेरित व उत्साहित होती है और अच्छे परिणाम देती है।

चरण कम करना लीडरशिप के कामों में आता है क्योंकि यह शीर्ष पर बैठे लोगों को तय करना होता है कि कौन से तल को इस क्रम से हटा दिया जाए। फ़ाइलों के चलने की गति में तेज़ी आने के साथ-साथ इससे टीम के लोगों के बीच विश्वास भी बढ़ता है।

**किसी महत्वपूर्ण और शीघ्रता वाले मसले पर निर्णय में लगने वाली देरी को कैसे कम किया जाए? निर्णय लेने में होने वाली देरी को हटाने के लिए कई तरीके अपनाए गए हैं। सरकारी तंत्र जैसे संस्थानों में जो तरकीब कारगर रही है वह है कार्य स्तरों की संख्या को कम करना। सीधे तौर पर कहें तो ऐसे लोगों की संख्या को कम करना जिनके हाथों से फाइल निर्णय हेतु गुज़रती है।**

64

# कार्यों को देखने से विश्वास बढ़ता है

सरकार में पदोन्नति के साथ-साथ हम संस्थान की ज़मीनी हक़ीक़त से दूर होते जाते हैं। दिन प्रतिदिन के काम का दबाव और अन्य रूटीन काम इतना समय ही नहीं छोड़ते कि यह देख सकें कि संस्थान और उसके कार्यालयों में वास्तव में क्या हो रहा है।

**सभी संस्थान प्रमुखों को महत्वपूर्ण स्तर पर उस संस्थान के भीतर चल रही गतिविधियों के संपर्क में रहना चाहिए, उसके लिए सौ–दो सौ किलोमीटर जाने की आवश्यकता नहीं है, बल्कि किसी भी निकटवर्ती गाँव या बस्ती में जाकर भी पता चल सकता है कि महत्त्वपूर्ण कार्यक्रमों के आम जन पर क्या प्रभाव पड़ रहे हैं।** ऐसे निरीक्षण के दौरान या लोगों के साथ बातचीत करने से चुनौतियों से निपटने के लिए नए विचार उभर कर आते हैं। ऐसे दौरे जितने अधिक हों उतने किए जाने चाहिए और उस दौरान काम के विभिन्न पहलुओं को देखा जाना चाहिए - चाहे वह संस्थान के किसी सपने को साकार करने की बात हो या काम को बेहतर ढंग से समझने-समझाने पर बातचीत करनी हो। बिजली, दूर संचार, डाक, जल आपूर्ति, राजस्व, हाउसिंग, जन स्वास्थ्य इत्यादि कुछ ऐसे विभाग हैं जो इस तरीके का बहुतायत से प्रयोग कर सकते हैं। सच तो यह है कि यह नीति सरकार के सभी विभागों के लिए कारगर रहती है। अपने कार्य क्षेत्र के निरीक्षण के दौरान ये काम किए जा सकते हैं :

## प्रश्न करें

कर्मचारी जब लोगों के साथ बातचीत कर रहें हों तो उन्हें समझने-देखने का यह अच्छा अवसर होता है। अपने कर्मचारियों से कहिए कि वे जिस प्रोजेक्ट पर वर्तमान में काम कर रहे हैं उसके बारे में कुछ बताएं।

## देखें और सुनें

कर्मचारियों को देखते और सुनते रहें। आपके कर्मचारी जब आपस में बात करें और जब आपसे बात करें तब उनके शब्दों को और उनकी टोन को ध्यान दें। इससे आप उनके उत्साह के बारे में बहुत कुछ जान जाएंगे, और उनकी संतुष्टि का स्तर भी। केवल देखने भर से आप बहुत कुछ समझ लेंगे।

## अपने सपने को उनके साथ बाँटें

उन्हें भावी विज़न के बारे में बताएं और यह भी कि उस 'बड़ी तस्वीर' में आपके अनुभाग के लिए आप किस प्रकार फ़िट बैठते हैं। उन लक्ष्यों और उद्देश्यों को खुलकर बताइए जो आप उनसे एक टीम के रूप में करने की अपेक्षा करते हैं। उनसे उनका विज़न पूछिए और खुली चर्चा करें।

## उनका काम करने की कोशिश करें

कंप्यूटर के सामने बैठ जाएं, टेलीफ़ोन सुनें, किसी प्रोजेक्ट फ़ाइल की समीक्षा करें। अपने साथियों के कुछ कामों को नमूने के तौर पर करें - उसमें अपनी रुचि दिखाने के लिए और यह समझने के लिए कि वह कार्य कैसे किया जाता है। फ़ील्ड स्टाफ़ से जुड़ने के किसी बढ़िया ढंग के बारे में सोचें। सही-सही जानें और समझें कि किसी भी दिन के काम के दौरान वे कैसे और क्या-क्या करते हैं।

## अच्छी ख़बर दें

हाल ही में हासिल की गई सफलता या रचनात्मक पहल के बारे में सूचना साथ लेकर चलें। उन्हें यह अच्छी ख़बर की तरह सुनाएं, इससे उनका विश्वास बढ़ेगा और उनके नज़रिए में निखार भी आएगा। कर्मचारियों को अक्सर उनका दिल डुबाने वाली बातें ही कही और सुनाई जाती हैं, अपने आशावाद से उनके निराशावाद को बेअसर कर दें।

## हास परिहास करें

वातावरण को कुछ हल्का करने के लिए, हास परिहास करें और सम्मानजनक स्थिति बनाए रखते हुए अपना कोमल रूप भी दिखाएं। ऐसा करके उन्हें यह दिखाएं कि काम करना भी मनोरंजक हो सकता है और यह भी कि आप भी काम को आमोद-प्रमोद के साथ करते हैं।

## उनके अच्छे कामों को भी पकड़ें

उनकी विफलताएं ही नहीं उनकी सफलताओं को भी देखें। जब आपको उनकी कोई विजयी स्थिति दिखाई दे तो तारीफ़ करें। अपनी साइट पर जब आपको अपने किसी अच्छे कर्मचारी का कोई ऐसा काम दिखाई दे जो प्रशंसा के योग्य तो था किंतु किसी की नज़र में नहीं आया, तो उसी समय शाबाशी के दो शब्द अवश्य कहें और ध्यान रखें कि प्रशंसा का कोई भी हक़दार अनदेखा न रह जाए।

## व्यक्ति की आलोचना न करें

जब आप किसी के कार्य-निष्पादन में कोई कमी देखें तो उस व्यक्ति की आलोचना न करें, बल्कि जो कुछ पुनः किया जा सकता हो, सुधारा जा सकता हो, उसे वह बताएं और वहीं बताएं।

## अपनी टीम में संख्या पूरी रखें

सरकार में सभी बड़े विभागों की एक विशिष्ट समस्या यह है कि विभिन्न स्तरों पर एक बड़ी संख्या में पद ख़ाली पड़े रहते हैं। यह समस्या गंभीर है क्योंकि आधे-अधूरे बल के साथ कोई अपना बेहतरीन काम कैसे दिखा सकता है। यह महत्वपूर्ण इसलिए भी है क्योंकि सरकारी क्षेत्र में रोजगार देना एक प्राथमिकता का क्षेत्र भी है।

सभी स्तरों पर संसाधन प्रबंधन एक अत्यंत महत्वपूर्ण कार्य है जिसे प्रमुख द्वारा समय समय पर देखते रहना चाहिए। इससे यह पता चलता रहेगा कि-

1. संस्थान में रिक्त स्थान कितने हैं।
2. उन्हें भरने के काम में क्या प्रगति हुई है।
3. ऐसे स्थानों को भरने में अड़चन क्या आ रही है।

यह ऐसा काम है जिसमें फ़ायदा ही फ़ायदा है। ख़ाली स्थानों को भर कर हम अपने संस्थान को सबल करते हैं जो कि बदले में बेहतर परिणाम देने में हमारी मदद करता है। नियमित पदोन्नति देते रहने से टीम को एक सकारात्मक संदेश भी जाता है।

**सभी संस्थान प्रमुखों को महत्वपूर्ण स्तर पर उस संस्थान के भीतर चल रही गतिविधियों के संपर्क में रहना चाहिए, उसके लिए सौ–दो सौ किलोमीटर जाने की आवश्यकता नहीं है, बल्कि किसी भी निकटवर्ती गाँव या बस्ती में जाकर भी पता चल सकता है कि महत्त्वपूर्ण कार्यक्रमों के आम जन पर क्या प्रभाव पड़ रहे हैं।**

65

# अपना शतप्रतिशत दें

जिस प्रकार चुनौती प्रत्येक कार्य क्षेत्र में प्रतिदिन हम सबके सामने आती है, उसे निर्वाह करते हुए हमें सबसे पहले यह देखना चाहिए कि इस कार्य में आप अपने आपको कितना संतुष्ट कर पा रहे हैं, जब तक आप अपने द्वारा किए गए कार्य से स्वंय पूरी तरह से संतुष्ट नहीं होंगे आप दूसरे को वांछित संतुष्टि नहीं दे सकते।

शतप्रतिशत समर्पण से आशय यह नहीं है कि जो नियत लक्ष्य संभव है, उसके अतिरिक्त घर परिवार व अन्य दायित्वों को त्याग दें वरन् इससे आशय यह है कि जितने समय आप अपने नियमित कार्य को कर रहे हैं, उसमें अपनी पूरी सार्मथ्य व शक्ति को केन्द्रित करते हुए सभी विकल्पों का उपयोग करें। शक्ति से आशय शारीरिक शक्ति मात्र नहीं है वरन् इससे आशय है कि हम अपने कार्य से जुड़े तकनीकी ज्ञान, अन्य जानकारियों को सूझबूझ के साथ प्रस्तुत करें, इसमें यह भी सम्मिलित है कि यदि सौंपे गए कार्य को करने हेतु आपको किसी प्रकार का अन्य व्यक्ति से सहयोग लिया जाना है, तो वह सहयोग प्राप्त करने हेतु मात्र पत्राचार से आगे बढ़कर कार्य करें।

66

# अभिनव कार्यप्रणाली विकसित करें

हर व्यक्ति विशिष्ट है और यह विशिष्टता उसकी कार्यशैली में दिखनी चाहिए। अभिनव कार्यप्रणाली से आशय है :-

- ऐसी कार्यप्रणाली जो आपकी आवश्यकता के अनुरूप हो।
- जो आपकी सोच को स्थान देती हो।
- ये विशिष्ट प्रणाली समग्र रूप में आपके कार्य को और बेहतर बनाती हो।

अभिनव कार्यप्रणाली किसी एक वस्तु या संसाधन से नहीं बनती वरन् इसमें कई तत्वों का समावेश रहता है। प्रत्येक व्यक्ति के कार्य की विशिष्टता या उसके बदलते हुए स्वरूप को देखते हुए ये सुनियोजित रूप में विकसित की जा सकती है। यह कार्य प्रणाली आकस्मिक रूप से नहीं बनेगी वरन् इसके लिए हमें अपने परिवेश व दायित्वों को समग्र रूप में देखना परखना होगा। ऐसी अनेकों बातें होंगी जो हमारे आचार विचार या व्यवहार में पूर्व से हैं, जैसे हमारा स्वभाव, हमें उन सबको अपनी कार्यप्रणाली में इस प्रकार ढालना होगा कि प्रत्येक व्यक्ति जो आपके पास किसी सेवा के लिए आता है वह उसे सर्वोत्तम रूप में मिल सके।

अभिनव कार्य प्रणाली विकसित करना कोई नया कार्य नहीं है वरन् हमें जो कुछ हमारे स्वाभाविक गुण हैं उन्हें अपने कार्य की आवश्यकताओं के अनुरूप बेहतर रूप में पैकेजिंग करना है।

67

# जम कर काम करें जम कर जश्न मनाएं

सरकारी कर्मचारी घंटों डट कर काम करने के लिए मशहूर हैं। इन्हीं कामों से कार्यालय को उत्कृष्ट परिणाम मिलते हैं और किसी क्षेत्र विशेष में उसे विशेष उपलब्धि या पुरस्कार भी मिल सकता है। देखा गया है कि ऐसी उपलब्धि या पुरस्कार उस संस्थान और व्यक्ति के स्तर पर उन कर्मचारियों के बीच बस यूँ ही और बिना ख़ुशी मनाए रह जाता है। **हम उत्सव नहीं मनाते, बल्कि सरकार में तो इससे परहेज़ ही किया जाता है। सफलता के, जीत के जश्न को हमेशा मनाते रहने से हम टीम में एक ऐसी संस्कृति विकसित कर सकते हैं जो उसमें सौहार्द और अपनत्व की भावना को बढ़ाने वाली होती है।** टीम के हर सदस्य को यह भान रहता है कि आज यदि वह श्री आदित्य के लिए जश्न मना रहा है तो कल यह जश्न उसके लिए भी मनाया जाने वाला है।

ऐसे उत्सव स्टाफ़ को तनाव मुक्त वातावरण देने के साथ-साथ उन्हें खुलने, निखरने और सफलता की यात्रा का आनंद लेने के अलावा, आगे और भी बड़ा उत्सव मनाए जाने की उम्मीद भरते हैं।

**हम उत्सव नहीं मनाते, बल्कि सरकार में तो इससे परहेज़ ही किया जाता है। सफलता के, जीत के जश्न को हमेशा मनाते रहने से हम टीम में एक ऐसी संस्कृति विकसित कर सकते हैं जो उसमें सौहार्द और अपनत्व की भावना को बढ़ाने वाली होती है।**

68

# कार्य–स्थल ऐसा हो जहाँ मन लगे

*"लोग तब तक शायद ही सफल होते हों जब तक कि जो काम वे कर रहे हैं उसमें वे आनंद न लेने लगें।"*

– डेल कारनेगी

अपने संस्थान और अपनी टीम के मुखिया होने के नाते यह आपका दायित्व है कि आप अपने कर्मचारियों के लिए सकारात्मक रूप से कार्य करने का वातावरण बनाएं और उसे बढ़ाते रहें। कार्यस्थल पर हल्के-फुल्के हास-परिहास से कुछ नहीं बिगड़ता। सच तो यह है कि कुछ बहुत सरल सी बातों से आप सकारात्मक ऊर्जा पैदा कर अपने लक्ष्य की ओर तेजी से बढ़ सकते हैं।

सहकर्मियों के बीच मैत्रीपूर्ण स्पर्धा पैदा करना उनके कार्य को रूचिकर बना सकता है। दिए जाने वाले पुरस्कार की लागत मात्र आवश्यक नहीं है। दरअसल, सर्वोत्तम पुरस्कार में समय और थोड़े प्रयास के अलावा कुछ ख़र्च ही नहीं होता। आप यह देख कर आश्चर्य चकित होंगे कि आपकी टीम के सदस्य चुनौती को कितनी गंभीरता से लेते हैं। यदि पुरस्कार न भी हो तो भी आपकी टीम अपने ग्रुप के लिए 'प्रशंसा पुरस्कार' तो जीतना चाहेगी ही।

लियो टॉल्सटॉय की कहानी 'वाईटवाशिंग ए फेन्स' में यही संदेश है कि हमारी सोच ही का रुझान है जो किसी काम को रामलाल के लिए काम और श्यामलाल के लिए खेल बना देता है। यह हमारी प्रवृत्ति और प्रयोजन ही हैं जिनके साथ हम काम करते हैं और ये ही बाद में इस बात का आधार बनते

हैं कि कार्य हमें कार्य लगे या आनंद। एक सूक्ति है :-

*"किसी को कोई ऐसा काम दीजिए जिसे वह प्रेम करता हो,*
*तो फिर उसे कभी कोई काम नहीं करना पड़ेगा।"*

यह बात हम सभी जानते हैं कि खेल हमें तनाव मुक्त करता है, हमें उल्लासित और जीवंत करता है, और बेहतर महसूस कराता है। यह देखा जा सकता है कि यदि किसी दिन आप दोपहर 1.00 बजे यह घोषित कर दें कि आज दफ़्तर 1.30 बजे बंद कर दिया जाएगा तो यह संदेश जंगल की आग की तरह पूरे दफ़्तर में फैल जाएगा और निकास द्वार पर लोगों की भीड़ लग जाएगी और 2.00 बजते-बजते कार्यालय ख़ाली हो जाएगा।

*कार्य वह है जिसे करने के लिए हम बाध्य हैं और खेल वह है जिसे करने के लिए शरीर बाध्य नहीं है।*

– मार्क ट्वेन

*कोई भी तब तक सफल नहीं हो सकता जब तक कि वह अपने काम से प्रेम न करने लगे।*

– डेविड सरनॉफ़

*जियो और काम करो किंतु खेल को कभी न भूलो, जीवन में आमोद-प्रमोद को साथ रखो और उसका सचमुच आनंद लो।*

– ईलीन कैडी

69

# लागत पर लगाम लगाइए

सरकारी काम में किसी भी आधारभूत ढाँचे के प्रोजेक्ट में लागत का और निर्धारित समय अवधि का बढ़ना एक ख़ास बीमारी है और समय की यह देरी कुछ महीनों की नहीं बल्कि बरसों की हुआ करती है। इससे राजकोष पर भार तो बढ़ता ही है, साथ ही आधारभूत सुविधा न मिल पाने के कारण नागरिकों को भारी असुविधा उठानी पड़ती है। ऐसा लगभग सभी विभागों में देखा जाता है कि किसी वर्ष विशेष या किसी प्रोजेक्ट विशेष के लिए आवंटित राशि को वे निर्धारित समय में पूरा उपयोग नहीं कर पाते हैं। लागत का बढ़ जाना एक ऐसा मुद्दा है जो उस विभाग के तौर-तरीक़े में बदलाव की आवश्यकता बताता है।

समय और लागत के बढ़ने के ऊपर लगाम लगाना कार्यालय प्रमुख का काम है। विभाग इसके लिए निम्न काम कर सकते हैं :

क. **ज़िम्मेदार ठहराएं :** कई बार देखा गया है कि ज़िला स्तर के अधिकारी या ब्लॉक स्तर के अधिकारी एक प्रोजेक्ट के रूप में उन्हें दी गई ज़िम्मेदारी को महसूस ही नहीं करते। किसी आधारभूत ढाँचे के निर्माण या किसी भी अन्य निर्माण प्रोजेक्ट को पूरा करने में - चाहे वह छोटा ही क्यों न हो - ज़मीन, सामग्री, बजट, स्वीकृति इत्यादि से जुड़े लोगों में एक तालमेल की आवश्यकता होती है, और इसके लिए ज़िम्मेदारी और जवाबदेही की भी। निचले स्तर तक यह संदेश जाना चाहिए कि यदि आप काम नहीं करते, परिणाम नहीं देते तो आपको बख्शा नहीं जाएगा।

ख. **राशि की कमी नहीं है :** मैंने देखा है कि कार्यों हेतु राशि का मिलना कभी कोई गंभीर समस्या नहीं होती। बल्कि बात इससे उलट है। चुस्त विभाग सुस्त विभागों द्वारा प्रयुक्त न की गई निधि को भी

प्राप्त कर लेते हैं और इसी रूप में अपने बेहतर कार्य-निष्पादन का बोनस पा जाते हैं। जब तक बजट उपलब्ध है तब तक उसे अच्छी तरह प्रयोग करते हुए काम को तेज़ी से कराते हुए समय से पहले ही पूरा किया जा सकता है।

ग. **मॉनिटरिंग** : साप्ताहिक, पाक्षिक या मासिक अंतराल पर यह मॉनिटर करते रहना कि बजट किस प्रकार ख़र्च किया जा रहा है, विभाग के कामकाज की साफ़ तस्वीर दिखा सकता है। कार्यालय प्रमुख होने के नाते हमें समीक्षा के आधार पर जो कमियाँ सामने आई हैं उनको सही करने के लिए बात करनी चाहिए और आवश्यकतानुसार परामर्श भी देना चाहिए।

मॉनिटरिंग में बजट एक बहुत ही महत्वपूर्ण स्थान रखता है और संस्थान को दिशा देने में सहायक सिद्ध होता है।

70

# सफलता का परिधान

अंग्रेज़ी में एक कहावत है 'ड्रेस टू किल'। निश्चित रूप से यह एक अतिशयोक्ति है किंतु यह भी निश्चित है कि आपके संपर्क में आने वाले लोगों पर आपकी वेशभूषा आपके बारे में प्रभाव डालती है, एक छाप छोड़ती है। **कहा जाता है कि किसी बैठक में आपके पहुँचने पर प्रथम 15 सेकेंड सबसे अधिक महत्व रखते हैं क्योंकि ये ही वे पल होते हैं जब वहाँ उपस्थित लोग आपके बारे में अपनी पहली राय बनाते हैं।**

अतः दूसरों पर अपनी सही छाप छोड़ने के लिए - आप कैसे लगते हैं, इस पर - ध्यान दिए जाने की आवश्यकता है। इस बारे में कुछ नियम हैं -

क. आमतौर से अपने कार्य स्थल पर काला, नीला अथवा स्लेटी जैसे परंपरागत रंग का सूट ही पहनें।

ख. वेशभूषा के साथ ही अपनी अन्य परिवेश के रंग का भी तालमेल रखें। जैसे जूते, बेल्ट आदि।

ग. कार्यालय के लिए निकलने से पहले स्वयं पर शीशे में एक नज़र अवश्य डाल लें कि आप कैसे लग रहे हैं, आपके बाल, जूते, आफ़्टर शेव लोशन और बाक़ी सब ठीक-ठाक तो हैं!

घ. स्थान की संस्कृति और अपनी जीवन शैली का सामंजस्य अपने कपड़ों में करें। अवसर के अनुकूल आप भारतीय अचकन, जाकेट अथवा परंपरागत कुर्ता भी पहन सकते हैं।

च. शरीर को हमेशा स्वच्छ, तरोताज़ा और हल्का सा सुगंधमय रखें। दिन में जितनी बार शेव करने की आवश्यकता लगे उतनी बार शेव कर सकते हैं।

अच्छा दिखाना एक स्वतः और स्वाभाविक प्रक्रिया है और इसमें कोई बड़ी

रकम ख़र्च नहीं होती है, किंतु निश्चित रूप से यह आपमें ऊर्जा, प्रसन्नता और ख़ुशमिज़ाजी का संचार करती है।

अगर आपने मुस्कुराहट नहीं ओढ़ी है तो समझिए कि आप अपनी पूरी वेशभूषा में नहीं हैं।

*कपड़े ही आदमी को आदमी बनाते हैं।*

**– लेटिन कहावत**

*खाओ मन भाया, पहनो जन भाया।*

**– बेंजामिन फ्रैंकलिन**

*किसी का परिधान ही उसके जीवन की एक शैली होता है।*

**– येस सेंट लॉरेंट**

*भाषा विचारों का लिबास होती है।*

**– सैमुअल जॉन्सन**

*मुझे उस के चरित्र के बारे में कुछ भी ज्ञान नहीं था। किंतु, जब मुझे उसकी ड्रेस पहनाई गई तो उन कपड़ों ने और मेक-अप ने मुझे एहसास कराना शुरू कर दिया कि वह कैसा रहा होगा। जैसे मैं उसे जानने लगा था, और जब तक मैंने मंच पर पाँव रखा तब तक जैसे वह मुझमें जी उठा था।*

**– चार्ली चैपलिन**

*व्यक्ति दो तरह से जाना जाता है - जैसे वह कपड़े पहने होता है और जैसी वह बातें कर रहा होता है।*

**– हरबर्ट हरोल्ड व्रीलेंड**

**कहा जाता है कि किसी बैठक में आपके पहुँचने पर प्रथम 15 सेकेंड सबसे अधिक महत्व रखते हैं क्योंकि ये ही वे पल होते हैं जब वहाँ उपस्थित लोग आपके बारे में अपनी पहली राय बनाते हैं।**

# 71

# परिणाम दें बहाने नहीं

सरकार में एक ख़ास दिक्कत यह है कि किसी अनर्थ या ग़लत निर्णय के लिए किसी को ज़िम्मेदार ठहराना हो तो आपको इसके लिए नियम और क़ायदों का जटिल जंगल छानना होगा और फिर भी आवश्यक नहीं कि आपके हाथ कुछ लग ही जाए। हम नियमों व प्रक्रियाओं की भूल-भुलैया में अक्सर भटकते रह जाते हैं और अंतिम लक्ष्य से चूक जाते हैं। हमें अपना फ़ोकस नियमों के साथ-साथ परिणामों पर भी करना चाहिए। नियम बनाए गए हैं परिणाम देने के लिए, न कि कार्य की राह में अड़चन करने के लिए। नियम जब अड़चनों वाले पत्थर बन जाएं तो समझिए समय आ गया है कि उन्हें बदल दिया जाए और उनके स्थान पर अधिक सरल, अधिक स्पष्ट और अधिक गतिशील कुछ लाया जाए।

लोगों का स्वभाव है कि वे अपने कार्य को अपेक्षा के अनुकूल न कर पाने पर नियमों का उद्धरण देने लगते हैं। ऐसे लोगों पर नज़र रखी जाए और उन्हें पुनः प्रोत्साहित किया जाए ताकि वे लक्ष्य प्राप्ति की लय में स्वयं को ढाल लें।

*रणनीति कितनी भी अच्छी क्यों न हो, बीच-बीच में परिणामों पर भी नज़र डालते रहना चाहिए।*

– विंस्टन चर्चिल

*विफलता जैसी कोई चीज़ नहीं होती, केवल परिणाम होता है।*

– टोनी रॉबिंस

*किसी काम को बार-बार एक ही तरह करते रहना किंतु भिन्न परिणाम की आशा करना यही तो है पागलपन।*

– अल्बर्ट आईंस्टाइन

*आप यदि सफल होना चाहते हैं तो उस व्यक्ति की तलाश करें जिसने वे परिणाम प्राप्त किए हों जो आप चाहते हैं और जो कुछ उसने किया हो उसका अनुकरण कीजिए, आपको वे ही परिणाम प्राप्त होंगे।*

– टोनी रॉबिंस

*मेरा तो यही विश्वास रहा है कि यदि आप काम में मग्न हो जाएंगे तो परिणाम मिल ही जाता है।*

– माइकल जॉर्डन

*किसी संस्थान की उपलब्धियां उसके हर कर्मचारी द्वारा किए गए संयुक्त प्रयास का ही परिणाम होती हैं।*

– विंस लोम्बार्दी

*आप लोगों को यह तो बताएं कि कहाँ जाना है, परंतु यह न बताएं कि कैसे जाना है, परिणाम देखकर आप स्वयं चकित रह जाएंगे।*

– जॉर्ज एस. पैटन

*जो परिणाम आप पाते हैं वह प्रयास के ठीक उसी अनुपात में होता है जो आपने किया होता है।*

– डेनिस वैटले

72

# बेकार के काग़ज़ – उन्हें तुरंत नष्ट कर दें

सरकारी दफ़्तरों में ऐसे काग़ज़ बहुत आते हैं जो आपके लिए बेकार हों, जैसे-

क. बिन बुलाई यानी बिन मंगाई स्थानीय पत्रिकाएं।

ख. किसी एजेंसी द्वारा प्रेषित प्रचार सामग्री।

ग. आपके संस्थान के साथ काम करने की इच्छुक कंपनियों के पत्र।

घ. गुमनाम शिकायत पत्र।

च. आपके कामकाज से असंबद्ध संस्थानों की वार्षिक रिर्पोट।

ऐसे काग़ज़ पहले स्तर पर ही नष्ट कर दिए जाने चाहिए। ये न केवल आपका बल्कि नीचे वाले स्टाफ़ के समय को भी बरबाद करते हैं। इन्हें दूर कर देने से इन्हें सुरक्षित रखने या फ़ाइल करने के झंझट से भी बचा जा सकता है।

कार्यालय में घुसपैठ करने वाले। ऐसे बे मतलब की सामग्री के अलावा कुछ अल्पावधि वाले पत्र भी आते हैं, जैसे –

- जॉइनिंग रिपोर्ट की पावती
- वीआईपी के दौरे के लिए प्रबंध
- कुछ और महत्वहीन पत्र

हर व्यक्ति को समय-समय पर ऐसे पत्रों को अपने डेस्क से छंटनी कर देना चाहिए ताकि फ़ोकस साफ़ तौर पर और प्रमुखता से केवल मुख्य पत्रों पर ही रहे।

# 73

# परिवर्तन – बस यही स्थाई है

हर दिन, हमेशा ही कुछ नया होता रहता है। स्थानीय स्तर पर भी और वैश्विक स्तर पर भी, सब कुछ परिवर्तनशील रहता है, और यह हमारे सामने नए-नए अवसर और ख़तरे लेकर आता है। लेकिन यदि सरकारी अमले को देखें तो उनमें जैसे हैं वैसे ही बने रहने की प्रवृत्ति अधिक मिलती है, परिवर्तन के प्रति उनमें एक प्रतिरोध रहता है। सच कहा जाए तो वे अपनी निष्क्रियता के चलते, इस प्रतिस्पर्धा के दौर में पिछड़ जाते हैं। हम में से हर एक को परिवर्तन को स्वीकार करने के लिए मानसिक रूप से तैयार रहना चाहिए। चाहे वह राजनैतिक, प्रशासनिक, तकनीकी, समाजिक हो या कुछ और। सरकारी तंत्र जैसे विशाल आकार वाले संस्थानों में दशकों तक कई बातों को अनदेखा किया जाता रहा है और परिवर्तन बावत् सुनियोजित नहीं सोचा जाता।

**सरकारी तंत्र जैसे गतिशील और क्रियाशील संस्थानों को सदैव ही स्वयं में नए–नए विचारों को आते रहने देना चाहिए। लाखों कर्मचारियों की एक साझी सोच संस्थान को एक अद्भुत स्थान बना सकती है। हर कर्मचारी की एक कल्पना तो रहती ही है कि वह अपने कार्य–स्थल में किस परिवर्तन को चाहता है। हो सकता है वह परिवर्तन उसके बूते की बात न हो और इसके लिए उसे अपने वरिष्ठ अधिकारियों के समर्थन व सहयोग की आवश्यकता हो।** अपने अधिकार सीमा और क्षमता के अंतर्गत जो-जो बदलाव कोई कर्मचारी कर सकता है उसे तुरंत कर देना चाहिए, और अन्य बदलावों के लिए अपने वरिष्ठ अधिकारियों का सहयोग लेना चाहिए।

भारतीय प्रशासन तंत्र को विश्व की विशालतम व्यवस्थाओं में शुमार किया जाता है। अतः इसमें समान रूप से और एक साथ लाया गया परिवर्तन भी

विश्व का विशालतम परिवर्तन माना जाएगा। परिवर्तन की ऐसी प्रक्रिया जिसमें हर कर्मचारी अपना योगदान कर रहा हो, अंततः एक ऐसा वातावरण बना सकती है जिसमें हर विभाग अपने-अपने क्षेत्र में ऊँची पायदान पर पहुँच रहा हो, ऐसे परिवर्तन को पूरे संस्थान में ओर से छोर तक देखा और महसूस किया जा सकता है। सरकारी संस्थान में लीडर की भूमिका यही तो होती है। कर्मचारी को साथ में लेते हुए किए गए परिवर्तन आज की आवश्यकता हैं।

*यदि आपको कोई स्थिति अच्छी नहीं लग रही है तो उसे बदल दीजिए; किंतु यदि आप उसे बदल नहीं सकते तो उसके प्रति अपना रवैया बदल लीजिए।*

**– मैरी एंजलब्रेट**

*जो प्रसन्नता और प्रज्ञा में लगातार बने रहना चाहते हैं, उन्हें ख़ुद को अक्सर बदलते रहना चाहिए।*

**– कंफ़्यूशियस**

*जो बचा रहता है वह वो नहीं होता जो सबसे अधिक शक्तिशाली हो या बुद्धिमान बल्कि वह होता है जो कि बदलाव के प्रति सबसे लचीला रूख रखता है।*

**– चार्ल्स डार्विन**

*जो बदलाव आप दुनिया में लाना चाहते हैं उसे पहले स्वयं में लाइए।*

**– महात्मा गाँधी**

*परिवर्तन का पहिया चलता रहता है, जो कभी नीचे थे वे ऊपर पहुँच जाते हैं और जो ऊपर थे वे नीचे आ जाते हैं।*

**– जवाहरलाल नेहरू**

*निरंतरता हमें जड़ें देती है, परिवर्तनशीलता हमें शाखाएँ देती है ताकि हम विस्तार ले सकें, बढ़ सकें और नई ऊँचाइयों को छू सकें।*

**– पौलिन आर. केज़र**

*हे ईश्वर, मुझे वह शक्ति दे कि जिन लोगों को मैं बदल नहीं सकता उन्हें स्वीकार कर सकूँ, वह साहस दे कि जिस एक व्यक्ति को बदल सकता हूँ उसे बदल डालूँ, और वह सूझबूझ दे कि पहचान सकूँ कि वह एक व्यक्ति मैं ही हूँ।*

– अज्ञात

*मेरी जानकारी में केवल एक ही ऐसा व्यक्ति है जो विवेक वाला है, समझदार है, और वह है मेरा दर्जी; मैं जब भी उसके पास जाता हूँ वह नए सिरे से मेरा नाप लेता है। बाक़ी लोग मेरे पुराने नाप को ही लिए रहते हैं और आशा करते हैं कि मैं उसमें फ़िट बैठ जाऊँ।*

– जॉर्ज बर्नार्ड शॉ

*जिस नज़रिए से आप चीज़ों को देखते हैं यदि.आप उसे बदल दें, तो जिन चीज़ों को आप देखते हैं वे बदल जाती हैं।*

– वेन डायर

*परिवर्तन के बिना प्रगति संभव नहीं है, और जो अपनी सोच नहीं बदल सकते वे कभी कुछ नहीं बदल सकते।*

– जॉर्ज बर्नार्ड शॉ

**सरकारी तंत्र जैसे गतिशील और क्रियाशील संस्थानों को सदैव ही स्वयं में नए–नए विचारों को आते रहने देना चाहिए। लाखों कर्मचारियों की एक साझी सोच संस्थान को एक अद्भुत स्थान बना सकती है। हर कर्मचारी की एक कल्पना तो रहती ही है कि वह अपने कार्य–स्थल में किस परिवर्तन को चाहता है। हो सकता है वह परिवर्तन उसके बूते की बात न हो और इसके लिए उसे अपने वरिष्ठ अधिकारियों के समर्थन व सहयोग की आवश्यकता हो।**

## 74

# मोबाइल फ़ोन से चलता प्रशासन

राज्य के अधिकारियों की एक समीक्षा बैठक में एक मुद्दा था खाद मंत्रालय नई दिल्ली द्वारा अपर्याप्त रेलवे रेक प्रदान करना। अधिकारियों ने ज़ोर देकर कहा कि वे मंत्रालय को चिट्ठी भेजते रहे हैं किंतु कुछ नहीं हुआ। जिस समय इस मुद्दे पर चर्चा चल ही रही थी, मैंने उस मंत्रालय के निदेशक को एक एस.एम.एस. भेजा जो इस प्रकार था :

> कृपया इन स्थानों पर डीएपी उपलब्ध कराएं – दतिया, हरदा, हरपालपुर, ग्वालियर, सतना, मुरैना, दमोह, नरसिंहपुर। कृपया इसे महत्वपूर्ण समझें
>
> मदन मोहन उपाध्याय, भोपाल
>
> समय 1710 बजे

यह एस.एम.एस. भेजने के बाद मैं उस बैठक के अगले एजेंडे पर चर्चा करने में व्यस्त हो गया। कोई नहीं जानता था कि मैंने क्या संदेश भेजा था और किसको। 1717 बजे नई दिल्ली से उस संदेश का यह उत्तर मेरे मोबाइल पर प्राप्त हुआ :

"महोदय, कृपया डी.ए.पी. सप्लायर्स से बात करें और उसे स्थानबार प्लान बताएं।"

मैंने तुरंत यह बात उस अधिकारी को बताई जिसने वह मुद्दा उठाया था। उसने बताया कि डेस्टीनेशन प्लान कंपनियों को पहले ही भेजा जा चुका है। नई दिल्ली वाले उस निदेशक को मैंने एस.एम.एस. द्वारा ही तत्काल उत्तर भेजा जो इस प्रकार था :

> कृभको/चंबल और आई.पी.एल. द्वारा इन जगहों के लिए माँग–पत्र

पहले ही भेजा जा चुका है। उन्हें मुंदरा/कांधला और काकीनाड़ा से डी.ए.पी. के लिए रेक नहीं मिल रहे हैं। कृपया उन्हें हिदायत दें।

मदन मोहन उपाध्याय, भोपाल

समय: 1720 बजे

तीन मिनट में ही यानी 1723 पर संदेश आ गया :

"ओ.के सर"

1710 और 1723 के बीच मैंने दो संदेश भेजे और दो जवाब पाए और दोनों ही तरफ़ की स्थिति स्पष्ट हो गई।

जैसा कि मंत्रालय के अधिकारी द्वारा वादा किया गया था, डी.ए.पी. रेक्स भेजे जाने में गति आ गई। दो संदेशों की लागत केवल दो पैसे आई किंतु 13 मिनटों में ही दोनों तरफ़ की स्थिति स्पष्ट हो गई और राज्य सरकार का वांछित कार्य हो गया।

इस घटना का उल्लेख करके मैं मोबाइल द्वारा भेजे जाने वाले छोटे-छोटे संदेश के बड़े कमाल की ओर आपका ध्यान आकर्षित करना चाह रहा हूँ। मोबाइल-संदेश के कुछ विशेष लाभ हैं, जैसे -

1. यह संदेश त्वरित भेजा जा सकता है, यानी पत्र, फ़ैक्स या ई-मेल की तरह इसे भेजने में देर नहीं लगती।
2. इसके पहुँचने में रेल या सड़क की 'रूकावटें बाधा नहीं बनती। इसकी भाषा और शैली का भी सारा काम आपके हाथ में रहता है न कि कार्यालय के स्टाफ़ के भरोसे।
3. आप एक फोल्डर बना कर संदेश को सुरक्षित रख सकते हैं।
4. यह संदेश सीधे उस व्यक्ति को पहुँचता है जिसे आप पहुँचाना चाहते हैं, जब कि आवश्यक नहीं है कि पत्र/फ़ैक्स/ई-मेल इत्यादि सही व्यक्ति के पास ही पहुँचें। मैसेज प्राप्ति की घंटी प्राप्त होते ही व्यक्ति उसे तत्काल पढ़ता है।

सरकारी कार्यालयों में जिम्मेदारियाँ बढ़ती जा रही हैं और हर स्तर पर यह अपेक्षा की जाती है कि हम सरकार की संतुष्टि के अनुरूप कार्य करें व परिणाम दें।

आज मोबाइल अनेकों काम करता है सरकारी अधिकारियों के लिए एस.एम.एस. भेजना उनमें से एक है। एक पैसे प्रति संदेश की लागत तो नगण्य है किंतु काम कराने में यह बड़ा कारगर रहता है - वह भी तत्काल। आप कल्पना कर सकते हैं कि किसी बैठक के लिए केवल 7 लोगों को सूचित करने जैसे एक छोटे से काम को पुराने ढर्रे से करने में समय और लागत कितनी बैठेगी - स्टाफ़, काग़ज़ी कार्रवाई, औपचारिक पत्र लिखना, डिस्पैच करना, डाक ख़र्च, पत्र के प्राप्तकर्ता तक पहुँचने में लगने वाला समय, और फिर प्राप्तकर्ता के छोर पर उस तक पत्र पहुँचाने के लिए अपनाई जाने वाली प्रक्रिया में लगने वाला समय।

मोबाइल बैंकिंग, जिसे आमतौर पर पॉकेट बैंकिंग भी कहा जाता है आज लाखों मोबाइल प्रयोगकर्ताओं की पसंद बन चुका है। ऐसे बहुत से लोगों के लिए मोबाइल पैसे के लेनदेन का एक सुविधाजनक साधन बन चुका है जो पुराने तौर-तरीक़ों की बैंकिंग कभी कर ही नहीं पाते थे। सितम्बर 2012 तक देश में 70 करोड़ मोबाइल धारक थे और इस संख्या में हर महीने वृद्धि हो रही है।

मोबाइल में गत दो वर्षों में अनेक नवीन तकनीकें जुड़ती जा रही हैं जो हमारे कार्य को ज़्यादा सुगम व प्रभावी बना रही हैं। आज जब मोबाइल ग्राम स्तर तक पहुँच चुका है तो इसका उपयोग प्रशासन को प्रभावी बनाने में बेहतर ढंग से किया जा सकता है।

एक और सफल व उत्कृष्ट उदाहरण में मध्य प्रदेश सरकार ने गेहूँ उपज पर 2012 में किसानों से समर्थन मूल्य पर गेहूँ ख़रीदने में 85 लाख टन का कीर्तिमान स्थापित किया। इस प्रक्रिया की खूबी यह थी कि 10.26 लाख लोगों को मोबाइल नेटवर्क से जोड़ा गया और किस किसान को गेहूँ कब बेचने आना है इसकी सूचना एस.एम.एस. से दी जाती थी। इससे क्रय केंद्रों पर लम्बी कतारों में कई किसानों को मुक्ति मिली व अन्य अव्यवस्थाएं भी प्रभावी रूप में कम हुई।

# 75

# छोटी–छोटी पहल करें और सतत बढ़ते रहें

किसी भी विभाग के प्रमुख से पूछिए कि विभागीय योजनाएं कैसी चल रही हैं तो वह आपको उन तमाम कारणों और परेशानियों की एक लंबी सूची बता देगा जो संस्थान के पिछड़ने का कारण बने हुए हैं या उसके कार्यक्रमों व अभियानों की गति में आड़े आ रहे हैं। आए दिन स्थानांतरण हो जाना, बाबा आदम के ज़माने के क़ायदे-क़ानून, सुस्त मिज़ाज कार्य शैली, अनुशासन का अभाव इत्यादि - उस लंबी सूची में से कुछ उदाहरण हैं जिनकी वह शिकायत करेगा। **इन तमाम समस्याओं के बावजूद सरकारी तंत्र में मुखिया की यह ज़िम्मेदारी रहती ही है कि वह निर्धारित काम को करे, जो परिणाम देने हैं उन्हें दे, और जो परिवर्तन लाया जाना है उसे लाए, संस्थान की गति बनाए रखे और यथाशीघ्र लक्ष्य प्राप्त करे। कर्मचारियों की टीम आगे बढ़ने और लक्ष्य को पाने के प्रति उदासीन हो सकती है यदि समय–समय पर उसे प्रोत्साहित ना किया** जाए। रणनीति के रूप में मैंने पाया है कि दो बातें हैं जो कारगर और सहायक हैं वे हैं -

क. **छोटी–छोटी पहल करें :** आपको सौंपे गए किसी भी ऐसे काम में जिस में कि काफ़ी समय से कुछ नहीं किया गया है, जैसे पुरानी बैंक वसूली या सरकारी ज़मीन से अतिक्रमण हटाना, ऐसे मामलों में अच्छा यही है कि पहली तिमाही में उनमें थोड़ी शुरुआत कर दी जाए, उदाहरण के लिए साल के लक्ष्य का केवल 20 प्रतिशत नियत करें, और फिर इस थोड़े काम के लक्ष्य को पूरा करने में जुट जाएं। इस लक्ष्य को पा लेने से हमारा आगे बढ़ने का विश्वास लौट आता है। संस्थान अथवा विभाग द्वारा हासिल की गईं ये छोटी–छोटी प्रगति

कार्य करने के हमारे कौशल को फिर से जगा देती हैं और इस तरह हमारी कार्य की गाड़ी पटरी पर आकर रफ़्तार पकड़ लेती है।

ख. **थमना नहीं है :** कई बार ऐसा होता है कि छोटी-मोटी बाधाएं उस गति को ठप कर देती है जो किसी कार्यक्रम ने पकड़ ली थी। कार्यालय प्रमुख के लिए यह आवश्यक हो जाता है कि ऐसे हालात में वह आगे बढ़ कर कमान अपने हाथ में ले लें और अपने नेतृत्व तथा प्रशासनिक कौशल का प्रयोग करते हुए संस्थान को उस बाधा से निकाल कर आगे ले जाए। सफलता का सूत्र यह है कि ऐसा भटकाव हमें हमारे लक्ष्य से न डिगाए। हम अपनी मंज़िल की तरफ़ उसी तेज़ी से बढ़ते रहें। इन छोटी-छोटी सफलताओं को प्रयासों का प्रवाह बनाए रखने के लिए प्रेरणा के रूप में उपयोग किया जाना चाहिए।

*यह आवश्यक नहीं है कि हमेशा आपको अच्छे पत्ते ही मिले, फिर भी आपको मुस्कुराते हुए ताश खेलने में अपनी चाल चलनी ही होगी।*

– टॉम जैक्सन

*सही निर्णय लेना और आगे बढ़ना, यही तो है जीवन।*

– जोस

*अपने जीवन के लिए आप स्वयं ज़िम्मेदार हैं। अपनी कमज़ोरियों के लिए आप दूसरों को ही दोष नहीं दे सकते। जीवन तो आगे बढ़ते रहने का ही नाम है।*

– ओप्राह विनफ्रे

*भय का न होना साहस नहीं है, बल्कि उस भय के बावजूद गरिमा के साथ सहज रूप से आगे बढ़ते रहना साहस है।*

– पैट रिले

*जीवन साइकिल की सवारी करने जैसा है। अपना संतुलन बनाए रखने के लिए आपको उसकी गति बनाए रखनी होगी।*

– अल्बर्ट आईंस्टाइन

*युद्ध की कला बिल्कुल सीधी-सरल है। पता करें कि आपका शत्रु कहाँ है, जितनी जल्दी हो सके उसे पकड़ लें, उस पर जितना जोरदार वार कर सकते हैं कर दें और आगे बढ़ें।*

**– यूलिसेस एस. ग्रांट**

*सफलता का संबंध क्रियाशील होते जाने के साथ जुड़ा है। सफल व्यक्ति हमेशा क्रियाशील रहते हैं। वे ग़लतियाँ करते हैं किंतु मैदान नहीं छोड़ते।*

**– कोनराड हिल्टन**

*किसी काम का यदि आप सपना देख सकते हैं तो उसे कर भी सकते हैं। याद रखिए कि यह (डिज़्नी लैंड का) सारा खेल बस एक सपने और एक चूहे के साथ शुरू हुआ था।*

**– वाल्ट डिज़नी**

*जब हम आगे बढ़ते हैं, तो नए द्वार खुलते जाते हैं और हम नए-नए काम करते जाते हैं क्योंकि हम जिज्ञासु हैं, उत्सुक हैं और यही जिज्ञासा व उत्सुकता हमें हमेशा कुछ न कुछ नया खोजने की ओर ले जाती रहती है।*

**– वाल्ट डिज़नी**

*यदि हर व्यक्ति साथ-साथ आगे बढ़ रहा है तो सफलता निश्चित है।*

**– हेनरी फ़ोर्ड**

**इन तमाम समस्याओं के बावजूद सरकारी तंत्र में मुखिया की यह ज़िम्मेदारी रहती ही है कि वह निर्धारित काम को करे, जो परिणाम देने हैं उन्हें दे और जो परिवर्तन लाया जाना है उसे लाए, संस्थान की गति बनाए रखे और यथाशीघ्र लक्ष्य प्राप्त करे। कर्मचारियों की टीम आगे बढ़ने और लक्ष्य को पाने के प्रति उदासीन हो सकती है यदि समय-समय पर उसे प्रोत्साहित ना किया जाए।**

# 76

# नवाचार द्वारा निरंतर उत्कृष्टता की खोज

सरकार में हम इसलिए हैं कि सरकारी योजनाओं व कार्यक्रमों को साकार कर, वांछित परिणाम दें। प्रबंधन के विविध अंग, जैसे योजना बनाना, निर्देश देना, प्रोत्साहन देना, आपस में चीज़ों का तालमेल बिठाना और नियंत्रण करना - इन सब का एक ही लक्ष्य है और वह है परिणाम मूलक काम करना। हर प्रमुख को यह देखना होगा कि उसकी टीम के सदस्य 'सही काम कर रहे हैं या कार्य को सही कर रहे हैं'। मुखिया को केयरटेकर की भूमिका के बजाय बिल्डर, रचयिता की भूमिका में आना होगा। यह भूमिका वह जितनी बेहतर निबाहेगा उतना ही आगे बढ़ेगा।

सरकारी दफ्तर तरह-तरह के कामों और भौगोलिक रूप से अलग-अलग जगहों पर स्थित विभागों के विशाल समूह होते हैं। उसके प्रमुख की भूमिका में आवश्यक है कि हर स्तर पर आपके द्वारा नवाचार का संचार किया जाए। इसके बिना तो प्रबंधन निर्जीव है। प्रबंधन की समस्त प्रक्रिया को नवाचार उत्साहित बनाए रखता है। यदि हम किसी सफल कार्यक्रम पर नज़र डालें तो उसके केंद्र में परिणाम केन्द्रित नवाचार प्रबंधन पाएंगे। इस ललक के बिना तो प्रबंधन निष्फल और निरर्थक है।

नवाचार है ऐसी नई शुरुआत करना जो एक पहल का परिणाम हो। प्रशासन में होने वाले नवाचार में जो प्रमुख घटक रहते हैं वे हैं -

क. एक नया हितकर विचार।

ख. आगे बढ़ कर पहल करने से उपजा विचार।

ग. विचार अमल किया गया हो।

घ. उसके क्रियान्वयन से सकारात्मक परिवर्तन हुआ हो।

च. इससे संस्थान की कार्यक्षमता में वृद्धि हुई हो।

विचार का क्रियान्वयन सबसे ख़ास बात है। यह किन्हीं दो विद्यमान विचारों का संयोजन भी हो सकता है। नवाचार की संख्या कितनी भी हो सकती है और शासन-प्रशासन के किसी भी कार्य के बारे में हो सकती है - आदतन देरी से आने वाले कर्मचारियों के साथ निपटने से लेकर कर्मचारियों की राज्यव्यापी हड़ताल से निपटने जैसे जटिल मुद्दे तक इसमें आ सकते हैं। नवाचार का स्वरूप कुछ भी हो सकता है - महर्षि महेश योगी का भावातीत ध्यान, टाटा द्वारा बनाई गई नैनो कार, या आई-पॉड - आदि।

नवाचार के सभी मामलों में यह देखा गया है कि नवाचार करने वाले व्यक्ति की निगाहें चारों तरफ़ अवसर की तलाश करती हैं और उसे अमल में लाती हैं। विशेष रूप से ध्यान में रखने वाली यह बात है कि जो चल रहा है उसी को सही मानकर संतुष्ट हो बैठना, नवाचार का सबसे बड़ा शत्रु है।

*काम करने में आनंद कार्य को उत्कृष्ट बनाता है।*

**– अरस्तू**

*उत्कृष्टता कोई कौशल नहीं है, यह तो स्वभाव होता है।*

**– राल्फ़ मॉर्स्टन**

*हम वही हैं जो हम निरंतर करते हैं। उत्कृष्टता कोई काम नहीं बल्कि स्वभाव बन जाता है।*

**– अरस्तू**

*श्रेष्ठ व्यक्ति वाणी में संकोची होता है किंतु कार्य करने में गतिशील रहता है।*

**– कंफ़्यूशियस**

*उत्कृष्टता है साधारण से काम को भी असाधारण रूप से अच्छा करना।*

**– जॉन डब्लू गार्डनर**

*कोई भी व्यक्ति अपने किसी भी काम में उत्कृष्टता तब तक नहीं पाता जब तक वह उसके सीखने और तैयारी करने की धीमी व पीड़ाप्रद प्रक्रिया से न गुज़रा हो।*

**– होरेस**

77

# प्रत्येक व्यक्ति सृजनशील बन सकता है

हर व्यक्ति सृजनशील हो सकता है। यह एक जन्मजात गुण है जो हर व्यक्ति में मौजूद रहता है, भले ही वह कोई आम आदमी हो, छोटा किसान या आपके दफ्तर का कर्मचारी। जो भी उसके चारों ओर चले आ रहे तौर-तरीक़ों पर प्रश्न उठा सकता है और बदलाव की इच्छा रखता है, उसमें यह क्षमता है। सृजनशीलता सब के लिए है, बस ज़रूरत है :

» लक्ष्य प्राप्ति की ललक
» आवश्यक ज्ञान और कौशल
» निरंतर प्रयास करने का जज़्बा
» आंतरिक शक्ति से उपजा आत्म-विश्वास।

सरकार में प्रशासक व मुखिया के रूप में हमारा यह दायित्व है कि संस्थान में ऐसा वातावरण बनाएं जिसमें खुलापन हो, विश्वसनीयता हो, सहयोगिता हो और खुले रूप में विचारों का आदान-प्रदन हो। अपने कर्मचारियों के मन में इस लौ को जलाए रखने की आवश्यकता है और सृजनशील व्यक्ति को पुरस्कृत करने की भी। यहीं पर मुखिया को अपनी महत्वपूर्ण भूमिका निभानी होती है। उसे ऐसे वातावरण का पोषण करते रहना होगा जो इसमें प्रेरक बनें। सृजनात्मकता कुछ विशेष गुणों पर आधारित रहती है, जैसे :

1. **अंदर से एक ललक :** यह गुणों में सर्वोपरी है, बाक़ी सब तो इसके पीछे-पीछे आ ही जाते हैं। यह वह आग है जो व्यक्ति के मन में यदि है तो फिर बुझती नहीं है। यह उसे कुरेदती रहती है और आगे बढ़ाती है।

2. **परिणाम–उन्मुखी :** व्यक्ति और संस्थान की गतिविधियों से परिणाम आना चाहिए। यह परिणाम समूचे संस्थान को प्राप्त होना चाहिए। अतः नवाचारी को संस्थान के लक्ष्यों को ही अपनी चुनौती मान कर चलना चाहिए।
3. **अडिगता :** शुरुआती कठिनाई के बावजूद भी नवाचारी को हथियार नहीं डालने चाहिए। अपनी पूरी दृढ़ता और धुन के साथ पूर्वनिर्धारित लक्ष्यों पर नज़रें टिकाए अपना प्रयत्न जारी रखना चाहिए।
4. **पारस्परिक व्यक्तिगत क्षमता :** अपने प्रमुख, सहकर्मियों या अधीनस्थों को साथ लेकर बढ़ना सफल लीडर के लिए अत्यंत महत्वपूर्ण रहता है।
5. **लचीलापन :** परिस्थिति के अनुसार कार्य की गति बदलना या कोई दूसरा ढंग अपनाए जाने के प्रति रूख में लचीलापन ताकि परिणाम प्राप्त हो सके।
6. **सृजनात्मकता :** यह कुछ बनाने, निर्माण करने की लगन लग जाना या बेहतर को बेहतरीन करने की लगन लगातार लगाए रहना है। यह किसी समस्या से निपटने के लिए नए-नए विचारों और तरीक़ों को खोजने की योग्यता होना जिससे नवाचारी का वास्तविक स्वरूप प्रकट हो और वह भीड़ को लीड कर सके।
7. **निष्ठा व ईमानदारी :** यह निष्ठा और ईमानदारी ही है जिसे साथ लेकर हमें सफल होना चाहिए और केवल ऐसी सफलता ही श्रेयस्कर होती है।

*सृजनात्मकता है आविष्कार करना, प्रयोग करना, जोखिम लेना, लीक तोड़ना, ग़लतियाँ करना और यह सब आनंदित होते हुए करना।*

**– मैरी लू**

*प्रेरणा, प्रोत्साहन और चुटकी भर सृजनात्मकता से भरा जोश - ही उत्साह है।*

**– बो बेनेट**

*नवाचार ही एक लीडर और अनुयायी में अंतर करता है।*

– स्टीव जॉब्स

*समस्याओं का समाधान उसी स्तर पर नहीं हो सकता जिस पर वे पैदा हुई हैं।*

– अल्बर्ट आईंस्टाइन

*हमारे उत्साह का स्वाभाविक विस्तार ही सृजनात्मकता है।*

– अर्ल नाइटिंगल

**सरकार में प्रशासक व मुखिया के रूप में हमारा यह दायित्व है कि संस्थान में ऐसा वातावरण बनाएं जिसमें खुलापन हो, विश्वसनीयता हो, सहयोगिता हो और खुले रूप में विचारों का आदान–प्रदान हो। अपने कर्मचारियों के मन में इस लौ को जलाए रखने की आवश्यकता है और सृजनशील व्यक्ति को पुरस्कृत करने की भी।**

78

# अपनी टीम को सबल और सक्षम बनाएं

*सरकार का 90 प्रतिशत अमला अधीनस्थ अधिकारियों/कर्मचारियों का है। दरअसल ये ही हमारी नीतियों को वास्तविक रूप देते हैं। इस को सक्षम करने से होने वाले परिवर्तन को हमें पहचानना होगा, क्योंकि वे ही तो हैं जो हमारी योजना को सफल या विफल कर सकते हैं।*

सरकारी तंत्र में अजीब अवस्थाएं हैं, उच्च स्तर और मध्य स्तर समुचित रूप से अधिकार प्राप्त नहीं होते। इस पिरामिडनुमा संरचना में, सबसे अजीबोगरीब अवस्था मध्यवर्ती और निम्नवर्ती कर्मचारियों की है। उन्हें न कभी कोई प्रशिक्षण दिया जाता है और न ही कोई अन्य मार्गदर्शन मिलता है जिससे वे अपनी उस योग्यता व कार्यक्षमता को बढ़ा सकें जो कि सरकारी कार्यालयों के विकास के लिए आवश्यक हैं।

टीम को सक्षम बनाने से आशय है वह कृत्य जिसके द्वारा वह यह निर्णय ले सके कि वह अपना काम कैसे करे और बिना किसी के हस्तक्षेप के उसे कैसे पूरा करे। एक सक्षम टीम किसी भी प्रणाली या पद्धति में बदलाव को और टीम की सृजनात्मक संभावनाओं का बेहतर इस्तेमाल करती है। यह कई बातों से मिलकर आती है जैसे :

1. सदस्यों को अपने महत्व का ज्ञान रहता है।
2. परिणाम को पाने के लिए अधिकार व ज़िम्मेदारी दी जाती है।
3. एक ऐसा वातावरण बनने दिया जाता है जो ईमानदारी से हुई ग़लती को स्वीकार कर लेने के विश्वास पर आधारित रहता है।

**सबलता व सक्षमता सभी संस्थानों में एक सतत चलने वाली प्रक्रिया होनी चाहिए। यह स्पष्ट दिखना चाहिए कि स्टाफ़ अपना काम करने में आनंद महसूस करता है। उन सरकारी कार्यालयों में यह और भी महत्त्वपूर्ण हो जाता है जहाँ काम केवल एक दोहराया जाने वाला ढर्रा होता है या नीरस होता है। वहाँ उनकी क्षमता को इस बात से आँका जा सकता है कि वे काम में कितनी पहल करते हैं, सुधार की बात पर अपनी क्या राय देते हैं और टीम के अन्य सदस्यों को काम करने व सीखने में कैसी सहायता करते हैं।** इसके लिए हो सकता है कि टीम को सहयोग करने के लिए सदस्यों को आराम तलबी छोड़ कर आगे आना पड़े।

टीम को सक्षम बनाने में वरिष्ठ प्रबंधन अथवा मुखिया को काफ़ी समय और प्रयास लगाना पड़ सकता है। यह काम सारी टीम को एक साथ बिठाकर किया जा सकता है कि आखिर वह क्या कारण है कि वे वर्तमान स्थिति में अपना बेहतरीन परिणाम नहीं दे पा रहे हैं। यह उन ब्लॉक, ज़िले व राज्य स्तरीय कार्यालयों के लिए बहुत महत्वपूर्ण हो जाता है जो विभिन्न मुद्दों में उलझे हैं। यहाँ सबसे पहले एक बेहतर कार्य-स्थल बनाकर और फिर कार्यशील वातावरण बनाकर उन मुद्दों से आसानी से उबरा जा सकता है। सलाह मशवरा कर कार्य में उपजे समाधान आसानी से स्वीकार कर लिए जाते हैं और इनको कार्य में ढालना भी सुगम रहता है।

फ़ील्ड स्तर के सरकारी कार्यालयों में टीम बहुत छोटी रहती है, इस बात को देखते हुए कार्यालय प्रमुख कुछ रणनीतियाँ अपना सकते हैं जैसे :

1. **उनके सुझाव माँगिए :** स्टाफ़ सदस्य लागू करने योग्य कई मूल्यवान सुझाव दे सकते हैं क्योंकि इनका जनता से रोज़ाना सीधा-सीधा वास्ता पड़ता है और वे जानते हैं कि क्या करने से, अंदर और बाहर सभी को ख़ुशी होगी।
2. **सकारात्मक फ़ीडबैक :** अच्छे काम के लिए पीठ थपथपाया जाना हर कोई पसंद करता है। यह ध्यान रखा जाना चाहिए कि प्रशंसा जितनी जल्दी की जाए उतनी ही कारगर रहती है। सरकारी तंत्र में हम नकारात्मक पहलुओं पर तो अपना फ़ीडबैक देते रहते हैं जो हतोत्साहित करने का ही काम करता है। जब कि, सकारात्मक फ़ीडबैक से कर्मचारी में निष्ठा का भाव विकसित होता है, अतः यह हमेशा जारी रहना चाहिए।
3. **काम सौंपें तो अधिकार भी दें :** यह महत्वपूर्ण है कि दूसरों को जब

भी काम सौंपा जाए तो उन्हें तत्संबंधी अधिकार भी दिया जाए। यह उस कर्मचारी के महत्व को बढ़ाता है। अच्छा कार्य-निष्पादन करने वाले कर्मचारियों को अतिरिक्त ज़िम्मेदारी भी दी जा सकती है। इससे प्रमुख का काम कुछ हल्का हो जाएगा और उस कर्मचारी को बेहतर प्रर्दशन का अवसर भी मिल जाएगा।

4. **कर्मचारी के विकास को बढ़ावा दें** : सरकारी तंत्र में मुखिया को चाहिए कि वह सरकारी ढर्रे के पार देखे और अपना कुछ समय अपने कर्मचारियों को विकसित करने में लगाए। उनकी मदद वह व्यक्तिगत करियर के लक्ष्यों को प्राप्त करने में कर सकता है जैसे कि उसे ऐसे ट्रेनिंग प्रोग्राम को ज्वाइन करने देना जो कि उसको अगली पदोन्नति जल्दी दिला सके। उनके साथ समय बिताना और यह जानना कि 5 साल बाद वे अपने निजी करियर में कहाँ तक पहुँचना चाहते हैं और उन्हें अपने उस लक्ष्य तक पहुँचने में आवश्यक सहायता करना यह भी उनके विकास का एक तरीक़ा है।

5. **खुली बातचीत प्रोत्साहित करें** : कार्यालय प्रमुख को चाहिए कि वह लक्ष्यों और विचारों के बारे में खुलकर बातचीत करे और दूसरे कार्यालय प्रमुखों को भी ऐसा ही करने के लिए प्रोत्साहित करे। इससे एक ऐसा वातावरण बन जाएगा जिसमें कर्मचारी अपना दृष्टिकोण व्यक्त करने में और नए-नए विचारों को आज़माने में सहज महसूस करेंगे। ब्रेन स्टौर्मिंग सैशन में कर्मचारियों को अपनी बात रखने के लिए प्रोत्साहित किया जाना चाहिए और टीम का जो साथी नए व बढ़िया विचार बताए उसकी न केवल प्रशंसा की जाए बल्कि एक सीमा तक उस विचार को लागू भी करें।

कर्मचारियों में ऐसी क्षमता बढ़ाने का काम निरंतर चलते रहना चाहिए ताकि भावी लीडर की पहचान की जा सके और उसके इस गुण को विकसित किया जा सके। कार्यालय स्तर पर साप्ताहिक/पाक्षिक बैठक और वरिष्ठ अधिकारियों के साथ होने वाली मासिक समीक्षा बैठक इसके लिए आदर्श अवसर हैं। इन बैठकों में कार्यालय संबंधी चर्चा और ब्रेन स्टौर्मिंग के लिए कुछ समय निश्चित रखा जा सकता है। वहीं इस विचार-विनिमय के द्वारा कुछ चयनित कामों के लिए छोटी-छोटी टीमें भी गठित की जा सकती हैं।

*यदि हम आने वाली सदी को देखें तो पाएंगे कि लीडर वही होगा जो दूसरों को सक्षम बनाएगा, उन्हें विकसित करेगा।*

**– बिल गेट्स**

*दूसरों को सक्षम करने में अच्छी बात यह है कि इसमें आपकी अपनी क्षमता पर कोई आँच नहीं आती।*

**– बारबरा कोलोरोज़**

**सबलता व सक्षमता सभी संस्थानों में एक सतत चलने वाली प्रक्रिया होनी चाहिए। यह स्पष्ट दिखना चाहिए कि स्टाफ़ अपना काम करने में आनंद महसूस करता है। उन सरकारी कार्यालयों में यह और भी महत्वपूर्ण हो जाता है जहाँ काम केवल एक दोहराया जाने वाला ढर्रा होता है या नीरस होता है। वहाँ उनकी क्षमता को इस बात से आँका जा सकता है कि वे काम में कितनी पहल करते हैं, सुधार की बात पर अपनी क्या राय देते हैं और टीम के अन्य सदस्यों को काम करने व सीखने में कैसी सहायता करते हैं।**

79

# नई रणनीति दीजिए

किसी युद्ध की तरह, लीडर को अपनी चुनौतियों से एक क़दम आगे रहना चाहिए। 21वीं सदी की लड़ाई को 20वीं सदी के हथियारों से नहीं लड़ा जा सकता। हमारे दफ़्तरों में कार्य को बेहतर और ज़्यादा उत्पादक बनाने के साधन ही हमारे हथियार हैं जैसे -

क. संचार के नए साधन जैसे मोबाइल, फ़ैक्स, इंटरनेट इत्यादि।

ख. व्यक्तित्व विकास के नए कोर्स।

ग. नई पुस्तकें।

घ. नया फ़र्नीचर।

च. नयी स्टोरेज व्यवस्था।

छ. कार्य करने के नए तौर तरीक़े आदि।

यह स्पर्धा का युग है, विशेष रूप से कॉरपोरेट जगत में तो बाज़ार की प्रतिस्पर्धा विलय और अधिग्रहण की हद तक चली जाती है। स्पर्धा में टिके रहने के लिए यह आवश्यक है कि पूरा संस्थान नई रणनीति और नए हथियारों से लैस रहे। किंतु, सरकारी क्षेत्र में हमें ऐसी स्थिति का सामना करना नहीं पड़ता क्योंकि सरकारी कार्यालयों के बीच ऐसी कोई स्पर्धा नहीं है। फिर भी, इसका अर्थ यह नहीं निकाला जाना चाहिए कि सरकारी कार्यालयों को स्वयं को नवीनतम बनाए जाने की आवश्यकता नहीं है। वास्तव में व्यक्ति, कार्य और संस्थान प्रत्येक स्तर पर लगातार नवीनतम संसाधनों से संपन्न करने से ही निरंतर विकास प्राप्त किया जा सकता है।

हमें यह आकलन करना चाहिए कि संस्थान तथा व्यक्ति के स्तर पर सामने आने वाली समस्या से निपटने के लिए हमारे पास कौन से साधन उपलब्ध हैं? तेज़ी से बदलते परिदृश्य में हर देश आधुनिकतम बनता जा रहा है।

**21वीं सदी की लड़ाई 20वीं सदी के हथियारों और रणनीतियों से नहीं लड़ी जा सकती।** कुवैत-इराक युद्ध में यह बात साफ़तौर पर देखी जा चुकी है कि किस प्रकार आधुनिक मिसाइलों ने ज़मीन पर युद्ध का चेहरा ही बदल दिया और जिस पक्ष ने खुद को आधुनिक नहीं बनाया था उसे मुहँ कि खानी पड़ी।

संस्थान के स्तर पर इसका स्वरूप निम्नलिखित हो सकता है :

1. **मानसिक** – आमतौर पर देखा जाता है कि सरकारी तंत्र में चयनित हो जाने के बाद लोकसेवक स्वयं के विकास की गति पर विराम लगा देता है। चयन किए जाने तक तो वह स्पर्धा का भाव रखता है किंतु चयन हो जाने के बाद वह शिथिल और उदासीन हो जाता है। उसे पता है कि उसकी सरकारी नौकरी तो सुरक्षित है। यही सोच उसमें मानसिक ठहराव ले आती है। यह अत्यंत महत्वपूर्ण है कि हर स्तर का हर कर्मचारी पढ़ते हुए, लिखते हुए और नई-नई कुशलताएं सीखते हुए अपने दिमाग़ को कुशाग्र और ताज़ा बनाए रखे। खूब पढ़ने से दिमाग़ के सामने नए-नए विचारों का आकाश खुलता जाता है जो व्यक्ति में सृजनशील विचारों का संचार करते रहते हैं।

वरिष्ठ स्तर पर, बौद्धिक उन्नयनता के प्रति गंभीरता रहनी चाहिए जिसमें ऐसे प्रयत्न शामिल रहें जो कि नए-नए कौशलों को सीख कर उन्हें आत्मसात् कराते रहें। अध्ययन अवकाश लेकर कोई नई डिग्री हासिल करना, या समय निकाल कर 3-4 सप्ताह का कोई ऐसा विशेष कोर्स करना जो आपके काम को विकास दे - जैसे नए एकाउंटिंग सिस्टम का कोई कोर्स करना, ऑरेकल या डेटाबेस सिस्टम का कोई कोर्स करना इत्यादि। स्वयं को नई विधाओं से सुसज्जित करना ऐसा ही है जैसे अपने कंप्यूटर में सॉफ़्टवेयर का नवीन वर्जन डाल लेना। लीडर को हमेशा ऐसे नए-नए और बेहतर लीडरशिप साधनों व संसाधनों की तलाश में रहना चाहिए जो उसके मूल्य व महत्व को बढ़ा सकें। ये साधन ऐसे हों जो उस लीडर व उसकी टीम को प्रभावित करने वाले हों।

हम अपने स्वभाव के चार आयामों की समीक्षा-समालोचना करके अपना काम तेज़ी से कर सकते हैं, किंतु हमे अपने दृष्टिकोण में प्रोएक्टिव रहना चाहिए। ये चारों आयाम हैं -

**शारीरिक पहलू :** आपकी शारीरिक संरचना से जुड़ी बातें, जैसे सही प्रकार का भोजन करना, आवश्यक विश्राम करना और नियमित व्यायाम करना इसमें आएंगे। नियमित व्यायाम हमें कार्य संबंधी तनावों से निपटने के लिए पर्याप्त शक्ति

प्रदान करता है। एक सक्रिय और ऊर्जावान व्यक्ति किसी बैठे रहने वाले व्यक्ति की तुलना में शारीरिक रूप से अधिक आत्म विश्वास से ओतप्रोत रहता है।

**आध्यात्मिक पहलू :** अध्यात्म हमारे मूल्यों संबंधी विचारों का केंद्र बिंदु है। यह हमें मानवता के शाश्वत सत्य की ओर ले जाता है। इस बात को अध्ययन करते हुए कि आख़िर जीवन है क्या और हमारी लीडरशिप इसमें कैसे फ़िट बैठती है, हम अपने मिशन में पुनः प्राण फूँकते हैं, उसे पुनः जीवंत करते हैं।

**मानसिक पहलू :** मस्तिष्क को स्वाध्याय, लेखन, और योजना बनाकर कुशाग्र बनाए रखा जा सकता है। हर दिन कम से कम एक घंटा अपने शारीरिक, मानसिक और आध्यात्मिक विकास के लिए देने से हम चैतन्यता बनाए रख सकते हैं।

**सामाजिक पहलू :** हमारा भावनात्मक जीवन मूल रूप से दूसरों के साथ हमारे संबंधों से ही विकसित होता है और उसी में प्रकट भी होता है। संबंधों में ताज़गी बनाए रखने के लिए हमें दूसरों के साथ अपने व्यवहार पर फ़ोकस रखने की आवश्यकता होती है।

*तानाशाही का सबसे अच्छा हथियार है गोपनीयता, किंतु लोकतंत्र का सबसे अच्छा हथियार होना चाहिए उसका खुलापन।*

**– निल्स बोह्र**

*शिक्षा सबसे शक्तिशाली हथियार है जिससे आप दुनिया बदल सकते हैं।*

**नेल्सन मंडेला**

*प्रत्येक राज्य का, मुख्य आधार होता है अच्छे क़ानून और अच्छे हथियार - अच्छे हथियारों के बिना आप अच्छे क़ानून नहीं रख सकते, अगर हथियार अच्छे हैं तो अच्छे क़ानून निश्चित रूप से आ ही जाएंगे।*

**– निकोलो मैक्यावेली**

*कोई भी औज़ार हथियार बन सकता है, बशर्ते आप उसे सही तरह से पकड़ें।*

**– एनी डीफ्रांको**

हमें यह आकलन करना चाहिए कि संस्थान तथा व्यक्ति के स्तर पर सामने आने वाली समस्या से निपटने के लिए हमारे पास कौन से साधन उपलब्ध हैं? तेज़ी से बदलते परिदृश्य में हर देश आधुनिकतम बनता जा रहा है। 21वीं सदी की लड़ाई 20वीं सदी के हथियारों और रणनीतियों से नहीं लड़ी जा सकती।

# 80

# पुरस्कार एवं पारितोषिक

*एमबीए करते समय मैंने अपने शोध का विषय रखा था 'संस्थान का विकास' (ऑर्गनाइजेशनल डवलपमैंट)। इसका एक पहलू था उन पाँच बातों का अध्ययन करना जिन्हें ज़िलों के प्रमुख अधिकारी लोकसेवा में प्रोत्साहन के रूप में देखते हैं। इसके परिणाम आश्चर्यजनक रहे। 100 से अधिक ने अपने उत्तर भेजे, उन में से अधिकांश ने आर्थिक के बजाय गैर वित्तीय पारितोषिकों को अधिकतम अंक दिए।*

**प्रोत्साहनों का महत्व :** कुल मिलाकर सरकारी तंत्र में पुरस्कारों और पारितोषिकों का कम ही इस्तेमाल किया जाता है। जहाँ कहीं इनका इस्तेमाल होता भी है वहाँ वे अधिकांशतः छोटे-मोटे कामों के लिए ही दिया जाता है जो किसी गिनती में नहीं आते और उस व्यक्ति को चुनने में राजनैतिक प्रभाव तो हमेशा रहता ही है। सरकारी तंत्र में किए गए अच्छे काम को आँकने व पुरस्कृत करने की कोई सतत व निरंतर क्रियाविधि नहीं है। 'अधिक काम तो अधिक लाभ' वाले दर्शन को सरकारी तंत्र में नहीं अपनाया जाता है।

**पारितोषिक महत्वपूर्ण है कुल मिलाकर सरकारी तंत्र में पुरस्कारों और पारितोषिकों का कम ही इस्तेमाल किया जाता है। सरकारी सिस्टम में इनाम तो अब एक दुर्लभ चीज़ हो गई है। इसका कारण यह अवधारणा है कि यह तो इनका कार्य है कि वे शत प्रतिशत, या इससे भी अधिक समर्पण भावना के साथ काम करें क्योंकि उन्हें इसका वेतन मिलता है, इसलिए कुछ अधिक करने पर उसे किसी पारितोषिक की इच्छा नहीं करनी चाहिए। कई बार देखा गया है कि किसी कर्मचारी के लिए भेजा गया इनाम का प्रस्ताव कार्यालयों द्वारा केवल इस आधार पर अमान्य कर दिया गया कि जब वह अपना सामान्य कर्त्तव्य निभा रहा**

**था तो फिर इनाम किस बात का? इस प्रकार की सोच केवल ऐसे औसत या उससे भी कम स्तरीय लोगों को पैदा करती है जो बस 7 या 8 घंटे का काम करने को आते हैं न कि किसी वृहत उद्देश्य की प्राप्ति हेतु।** यह कहना ग़लत नहीं होगा कि हमने लगभग हर सरकारी कर्मचारी का समुचित प्रेरणा-प्रोत्साहन जितना किया जाना चाहिए वह नहीं किया है। पुरस्कार और पारितोषिक अच्छा काम करने वाले को प्रेरित रखने का सबसे अच्छा तरीक़ा है।

संस्थान में अच्छा काम करने वाले के रूप में पहचान दिए जाने के अलावा इनाम सभी कर्मचारियों को स्टेकहोल्डर बना देता है। इसलिए पुरस्कारों को सौ गुना बढ़ाए जाने की आवश्यकता है। यह ग़लतफ़हमी है कि सभी पुरस्कार, पारितोषिक और प्रोत्साहन पैसा ख़र्च कराते हैं। एक प्रशस्ति पत्र या मान्यता सूचक प्रमाण पत्र देना भी चमत्कार पैदा कर देता है।

निजी या कॉरपोरेट क्षेत्र में यह नापने के स्पष्ट पैमाने होते हैं कि किसी कर्मचारी ने क्या-क्या किया है और खुली स्पर्धा को देखते हुए प्रमुख ख़ुद यह सुनिश्चित करने का जोखिम लेता है कि उसकी टीम निर्धारित लक्ष्यों से हमेशा आगे रहे। वहाँ लक्ष्य प्रायः नापे जा सकते हैं। सरकारी तंत्र में कार्य-निष्पादन को नापना कठिन होता है। आमतौर पर किसी लोकसेवक द्वारा किए गए किसी एक दिन या एक सप्ताह के काम का मूल्यांकन कर पाना वाक़ई मुश्किल है। दरअसल, ऐसा उसके काम की प्रकृति के कारण है, न कि इसलिए कि उसका मूल्यांकन किया ही न जा सकता हो।

पुरस्कार या प्रोत्साहन वाली बात ने भारत सरकार द्वारा गठित छठे वेतन आयोग का भी ध्यान अपनी ओर खींचा। मार्च 2008 में प्रस्तुत अपनी रिपोर्ट में आयोग ने 'कार्य-निष्पादन से जुड़ी प्रोत्साहन योजना' का उल्लेख किया है। इस योजना के अंतर्गत कर्मचारी अपने वेतन से अलग और अलावा भी आर्थिक पुरस्कार पाने के पात्र होंगे। इस पुरस्कार योजना का बजट से कुछ लेना-देना नहीं होगा। भारत सरकार द्वारा उठाया गया यह क़दम स्वागत योग्य है। हम आशा कर सकते हैं कि यह योजना सरकारी कर्मचारियों के प्रेरणा स्तर में एक बड़ा परिवर्तन पैदा करेगी।

**अधिक काम तो अधिक लाभ :** सरकारी तंत्र में किए गए अच्छे काम को आँकने व पुरस्कृत करने की कोई सतत व निरंतर क्रियाविधि नहीं है। देश आज एक ऐसे समय और ऐसी स्थिति में आ पुहँचा है जहाँ हमे चीन जैसे देश के साथ स्पर्धा करनी पड़ रही है। समय आ गया है कि हम पुरस्कार-प्रोत्साहन वाली

प्रणाली को अपनाएं। हर कर्मचारी दिए गए परिणामों के अनुपात में पुरस्कृत किया जाए। इस दृष्टिकोण से निम्न परिवर्तन आ सकता है :-

★ प्रोजेक्ट समय में पूरे होंगे

★ प्रोजेक्ट की लागत नहीं बढ़ेगी

★ हर स्तर पर एक स्वस्थ स्पर्धा का वातावरण बनेगा

★ हर कोई अपने कार्य-निष्पादन के आधार पर अतिरिक्ति राशि पा रहा होगा

★ कर्मचारी सर्मपण भाव से कार्य कर रहा होगा, अतः गुणवत्ता के साथ-साथ परिमाण में भी वृद्धि होगी

★ केवल काम करने के बजाय उपलब्धि पर भी फ़ोकस रहेगा

★ चूँकि कर्मचारियों का फ़ोकस उत्पादन/परिणाम पर रहेगा अतः वे उसे कुछ अधिक करने या उसके लिए अधिक समय देने के लिए ख़ुशी-ख़ुशी तैयार रहेंगे।

## पुरस्कार के अन्य स्वरूप :

यद्यपि कार्य-निष्पादन को बढ़ावा देने का एक तरीक़ा वित्तीय प्रोत्साहन है किंतु यह एकमात्र तरीक़ा नहीं है। कर्मचारियों को कुछ और तरह से भी पुरस्कृत किया जा सकता है, जैसे -

1. **उसे कोई विशेष कार्य सौंपें :** किसी कर्मचारी को कोई नया व चुनौतीपूर्ण कार्य सौंपा जा सकता है और इस प्रकार उसे दर्शाया जा सकता है कि आप उसे कितना महत्व देते हैं। यह बात उसे बहुत प्रोत्साहित करेगी।
2. **उसे सब की नज़र में ऊँचा उठाएं :** आजकल की पीढ़ी इसे पसंद करती है। अपने अच्छे काम के लिए हर कोई प्रशंसा चाहता है। आपको बस इतना ही करना है कि उसकी प्रशंसा सबके सामने करें, स्टाफ़ मीटिंग में करें या उच्च अधिकारियों को उसकी उपलब्धियों के बारे में ई-मेल करें। यह करना मुफ़्त है, आसान है और हर कोई इसका स्वागत करता है।
3. **उन्हें उनकी पसंद के प्रशिक्षण कार्यक्रम में भेजें :** कर्मचारी की कार्यकुशलता और क्षमता को उसे छोटे-मोटे प्रशिक्षण कार्यक्रमों में

भेज कर बढ़ाया जा सकता है, वह भी उसकी पसंद के संस्थान में और उसकी पसंद के विषय में। ऐसा कार्यक्रम यदि किसी बाहर के स्थान पर हो तो यह उस कर्मचारी का मनोबल और बढ़ा देगा। विभिन्न प्रकार के वर्गों के साथ वार्तालाप करना बहुत प्रेरक रहता है, और ऐसा कर्मचारी प्रशिक्षण से लौट कर संस्थान के लिए एक महत्वपूर्ण संसाधन सिद्ध होता है।

4. **उन्हें फ़ीडबैक दीजिए :** कर्मचारियों के किए यह जानना बहुत महत्व रखता है कि वे अपने काम को कैसा अंजाम दे रहे हैं। हम उन्हें लंच में आमंत्रित कर सकते हैं और उनसे पूछ सकते हैं कि क्या उनके काम के संबंध में उनके मन में कोई प्रश्न है या उसके बारे में कोई मदद चाहते हैं। यह अवसर उन्हें उनके कार्य-निष्पादन के बारे में फ़ीडबैक देने के लिए इस्तेमाल किया जा सकता है। अच्छे काम के लिए उनकी प्रशंसा कीजिए। ऐसे सभी अवसर उन्हें यह बताने के लिए इस्तेमाल किए जाने चाहिएं कि वे कैसा कर रहे हैं ताकि वे आपकी तथा विभाग की आवश्यकताओं के लिए बेहतर कार्य कर सकें।

5. **उनकी सफलताओं पर खुशी मनाइए :** जब कभी कोई कर्मचारी या ग्रुप किसी उपलब्धि को हासिल करे तो उस ख़ुशी को मनाया जाना चाहिए। वह ग्रुप इस तरह की मान्यता को पसंद करेगा और आप उस कर्मठता को पसंद करेंगे जो इसके बदले में आपको उससे मिलेगी।

कर्मचारियों को मान-सम्मान देना केवल लोगों को एक अच्छा एहसास देने वाला ही काम नहीं है बल्कि यह संवाद का भी एक साधन है जो कर्मचारियों के ऐसे व्यवहार को प्रेरित करता है जिसे आप बार-बार चाहते हैं। कर्मचारियों को मान्यता देने का यह तरीक़ा सीधा-सरल और जबरदस्त प्रभाव डालने वाला है।

*मैं सर्वोत्तम की आशा करता हूँ, जीवन में एक बार भी सम्मान के लिए नामांकित होना बड़ी बात है।*

– क्रिस्टीना अगुइलेरा

*यदि आपके काम की कदर नहीं की गई है तो चिंता न करें, किंतु फिर भी कदर किए जाने लायक़ काम करने में जुटे रहें।*

– अब्राहम लिंकन

*जीवन की रणभूमि में सम्मान व पुरस्कार उन लोगों को मिलते हैं जो कर्मठता में अपनी गुणवत्ता का प्रदर्शन करते हैं।*

**– अरस्तू**

*कार्य कोई सज़ा नहीं होता है। यह तो उस व्यक्ति का पारितोषिक है, उसकी शक्ति है, उसका आनंद है।*

**– जॉर्ज सैंड**

*मैं विफलता तो स्वीकार कर सकता हूँ किंतु कोशिश न करना मुझे स्वीकार्य नहीं है।*

**– माइकल जॉर्डन**

*आज और हर दिन, जितना काम करने की तनख्वाह तुम्हें मिलती है उससे अधिक काम करो। सफलता का मैदान तब आधे से अधिक जीत लिया समझो जब तुम यह सूत्र समझ लोगे कि जितना तुम से अपेक्षित है तुम उससे अधिक कर रहे हो। अपने काम के लिए स्वयं को इतना मूल्यवान बना दो कि तुम उनके लिए अपरिहार्य व अनिवार्य हो जाओ। कुछ अतिरिक्त करने के अपने अधिकार का प्रयोग करो और जो इनाम तुम्हें मिले उसका आनंद लो, तुम उसके सुपात्र हो, अधिकारी हो!*

**– ऑग मैंडिनो**

*लोग उतने ही धनी हैं जितना वे देते हैं। जो महान सेवा देता है, वह महान पुरस्कार पाता है।*

**– अल्बर्ट हब्बार्ड**

*विफलता के दौरान कहे गए प्रोत्साहन के दो शब्द, सफलता के बाद की गई एक घंटे की प्रशंसा की तुलना में अधिक मूल्यवान होते हैं।*

**– अज्ञात**

*प्रशंसा कमाल की चीज़ होती है। यह दूसरों की उत्कृष्टता को हमारी भी उत्कृष्टता बना देती है।*

**– वॉल्टेयर**

*आप मेरी तारीफ़ों के पुल बाँध देंगे तो शायद मैं विश्वास ही न करूँ। मेरी आलोचना करेंगे तो शायद मैं आपको पसंद न करूँ। मुझे अनदेखा कर देंगे तो शायद मैं आपको माफ़ न करूँ। यदि आप मुझे प्रोत्साहित करेंगे तो शायद मैं आपको कभी न भूल पाऊँ।*

– विलियम आर्थर

पारितोषिक महत्वपूर्ण है कुल मिलाकर सरकारी तंत्र में पुरस्कारों और पारितोषिकों का कम ही इस्तेमाल किया जाता है। सरकारी सिस्टम में इनाम तो अब एक दुर्लभ चीज़ हो गई है। इसका कारण यह अवधारणा है कि यह तो इनका कार्य है कि वे शत प्रतिशत, या इससे भी अधिक समर्पण भावना के साथ काम करें क्योंकि उन्हें इसका वेतन मिलता है, इसलिए कुछ अधिक करने पर उसे किसी पारितोषिक की इच्छा नहीं करनी चाहिए।

# 81

# परिणाम दें

सरकार काम करने और परिणाम देने के लिए है इसलिए सभी स्तर पर यह आवश्यक है कि काम हो बहाने न बताए जाएँ। इसलिए यह ज़रूरी है कि **हर लीडर अपने कार्य की गुणवत्ता को सुधारना अपना लक्ष्य बना ले। केवल किया गया काम ही आम आदमी के दिलोदिमाग़ में इज्ज़त पैदा करता है और किया गया काम ही विकास की ओर ले जाता है। नेतृत्व के सारे गुण और गुर किसी काम के नहीं हैं यदि वे ठोस काम करके न दिखाएं और विकास न कर सकें।** ये बढ़ी हुई उत्पादकता या अधिक लाभ या कोई अन्य मापने योग्य काम के रूप में देखा जा सकता है। सरकार को दिए महत्वपूर्ण कामों को बेहतरीन ढंग से कराना – यही है लीडरशिप।

सरकार में लीडर को अनेक रूप में कार्य-निष्पादन करना होता है, जैसे –

1. राजस्व अधिकारी द्वारा ज़िले में अनेक राजस्व और सरकारी कामों के लिए न्यायाधीश के रूप में अपने अधिकारों के अंतर्गत निर्णय लेकर।
2. थाना प्रभारी द्वारा पुलिस स्टेशन में दर्ज कराए गए मामलों पर अविलंब जाँच-पड़ताल शुरू कर के।
3. ज़िला कृषि अधिकारी द्वारा खेती संबंधी सामग्री, जैसे बीज, खाद, कीटनाशक आदि को रबी व खरीफ़ की फ़सलों के दौरान किसानों को सही समय पर और पर्याप्त मात्रा में उपलब्ध करा कर ताकि उन्हें इनके लिए भाग-दौड़ न करनी पड़े।
4. ज़िला आपूर्ति अधिकारी द्वारा सरकारी सस्ते अनाज की दुकानों पर आम जन के लिए राशन सामग्री का स्टॉक उपलब्ध करा कर।
5. इंजीनियर द्वारा निर्माण कार्य समय पर पूरा कर।

6. इंजीनियर द्वारा सिंचाई की नहर से किसानों के खेत को पानी समय पर दिलाना और यह सुनिश्चित करना कि किसानों के बीच पानी के बँटवारे को लेकर कोई टकराव न हो।
7. स्थानीय पुलिस द्वारा ट्रैफ़िक नियमों का पालन करना और यह सुनिश्चित करना कि लोग जाम में न फंसें।

ये उदाहरण बताते हैं कि सरकारी तंत्र में ठोस काम करने की अपार संभावनाएं हैं जिन्हें करते हुए हम लाखों नागरिकों के जीवन में ख़ुशहाली ला सकते हैं।

सरकार में काम करना परस्पर निर्भर रहने वाली गतिविधि है। यह अन्य गतिविधियों पर भी बहुत असर डालती है। उदाहरण के लिए, बिजली घर द्वारा अधिक बिजली उत्पादन का अर्थ है कि गाँवों के लिए बिजली की कटौती कम करनी पड़ेगी। इसका यह भी अर्थ है कि पंपों से खेतों को अधिक पानी मिल पाएगा, जिसका परिणाम अधिक उपज और किसानों को अधिक लाभ मिलना होगा। इस सिलसिले का अन्य सभी स्तर पर असर पड़ता है।

बेहतर कार्य का एक और उदाहरण पुलिस विभाग का हो सकता है। बेहतर पुलिस का परिणाम यह होगा कि यातायात के नियमों का बेहतर पालन होगा, सड़क दुर्घटनाओं की कमी और अंततः शहर में बेहतर अनुशासन। शांतिपूर्ण माहौल वाले क्षेत्र में नए उद्योगों हेतु अनूकूल वातावरण रहता है। यह मान्य तथ्य है कि उद्योग उस क्षेत्र में जाने से कतराते हैं जहाँ क़ानून व्यवस्था अच्छी न हो। सरकार चुपचाप काम करती हुई भी लोगों के जीवन में कितनी महत्वपूर्ण भूमिका निभाती है, इसे विदेश जाने के लिए वीज़ा जारी करने की प्रक्रिया से समझ सकते हैं। आवेदन इन स्थितियों से गुज़रता है -

1. पासपोर्ट कार्यालय या वेबसाइट से फ़ार्म प्राप्त करना।
2. फ़ार्म अपने प्रमुख के पास अनापत्ति (नो ऑब्जैक्शन) के लिए भेजना।
3. नोडल डिपार्टमैंट/मंत्रालय को सहमति के लिए भेजना।
4. आर्थिक मामलों के मंत्रालय से अनापत्ति प्राप्त करना।
5. विदेशी मामलों के मंत्रालय से राजनैतिक सहमति प्राप्त करना।
6. दूतावास में काग़ज़ात जमा करना।
7. जाकर वीसा प्राप्त करना।

ऐसे ही चक्र से ज़िला मजिस्ट्रेट कार्यालय से बंदूक लाइसेंस पाने के लिए या विदेश में इलाज कराने की अनुमति प्राप्त करने के लिए गुज़रना पड़ता है। दरअसल ऐसे असंख्य उदाहरण हैं जहाँ सबसे पहले स्तर के प्रशासन का काम सीधे तौर पर देखा जा सकता है। यदि कोई अधिकारी अपने पास आने वाले ऐसे कामों को करने में तत्परता दिखाता है तो वह आवेदक को संतुष्टि प्रदान करने के साथ-साथ सरकार की साख भी बढ़ा देता है।

सरकार का काम है अपने नागरिकों के जीवन को सरल बनाना। सेंकड़ों कार्यालयों में आने वाले और लाखों लोगों के जीवन को प्रभावित करने वाले ये छोटे-मोटे काम ही बताते हैं कि सरकारी तंत्र सफल है या विफल। यही सरकार का सार्वजनिक चेहरा होता है। एक आम आदमी या तो सरकारी प्रणाली को सुस्त और निकम्मा पा सकता है और सरकार के लिए मन में अनादर भर सकता है, या फिर किसी भी कार्यालय में त्वरित और सुविधापूर्वक काम करने वाले कर्मचारी पा सकता है जो उसका काम समय में ही, मुस्कुराकर करने को तैयार रहते हों। हमें ऐसे ही अधीनस्थ अधिकारियों/कर्मचारियों की कर्मठ टीम तैयार करनी चाहिए और उनके माध्यम से सरकार की योजनाओं का संदेश फैलाना चाहिए।

एक आम रवैया है कि औद्योगिक परिदृश्य की तुलना अक्सर सरकारी कार्यालयों के कार्य निपटारे की प्रणाली से की जाती है, जैसे कि ज़िला कोषागार, नगर पालिका के महापौर के कार्यालय, कृषि विकास कार्यालय, पुलिस अधीक्षक के कार्यालय या डाकपाल के कार्यालय से। ये सभी कार्यालय ऐसे कार्यालय हैं जहाँ उत्पादन, भारी मशीनों या कंप्यूटर नियंत्रित कार्य प्रणालियों जैसा कुछ नहीं होता, बल्कि वहाँ तो 5 से 12 आदमियों की टीम रहती है जो उन फ़ाइलों पर काम करती रहती है जो एक मेज़ से दूसरी मेज़ की ओर खिसकती रहती हैं, और कभी-कभी तो शाम को उनके साथ घर तक, या यदि वह दूर पर जा रहा है तो उसके साथ-साथ चली जाती हैं। सरकार कहे जाने वाले इस विशाल तंत्र में मुखिया को छोटे से छोटे अंश पर भी ऐसे ही ध्यान देना पड़ता है जैसे किसी विशाल और भारी मशीन के चलते रहने में हर नट-बोल्ट पर। इसलिए इस बात का भी बहुत महत्व है कि सरकारी कार्यालयों में जो कुछ हो रहा है उसे मापा जा सके। आज हम ऐसे साधन विकसित कर सकते हैं जो लगभग हर चीज़ को माप सकते हों, वह चाहे सरकारी काम हो या कुछ और।

*किसी काम का फल नहीं बल्कि उस काम का किया जाना महत्वपूर्ण होता है। आपको वही करना है जो सही है। हो सकता है कि फल का प्राप्त होना आपके अधिकार में न हो या आपके काल में न हो। किंतु इसका अर्थ यह कदापि नहीं है कि आप सही काम करना बंद कर दें। आपके काम करने का क्या परिणाम होगा यह आप भले ही न जानते हों, किंतु आप के कुछ न करने का परिणाम तो शून्य ही रहने वाला है।*

– महात्मा गाँधी

*अभ्यास इस तरह करें जैसे आप सबसे निचले स्तर पर हैं, लेकिन काम इस तरह करें जैसे आप सबसे ऊपर हैं।*

*कार्य-निष्पादन तक पहुँचने के लिए अपनी अपेक्षा को कम मत कीजिए बल्कि अपनी अपेक्षा तक पहुँचने के लिए अपने कार्य-निष्पादन को ऊँचा कीजिए। स्वयं द्वारा अपना सर्वोत्तम करने की अपेक्षा कीजिए और फिर उसे वास्तविकता बनाने के लिए जो आवश्यक हो वह कीजिए।*

– राल्फ़ मॉर्सटन

*चुटकी भर काम भारी भरकम भाषण से अच्छा होता है।*

– अल्बर्ट हब्बर्ड

*जब हमारा कार्य प्रर्दशन आकांक्षा से अधिक हो जाता है तो यह ही सफलता कहलाती है।*

– कलेन हाइटावर

*लीडरशिप एक प्रभावशाली व्यक्तित्व रखना नहीं है - यह काम तो धारा प्रवाह में बोलने वाली जीभ भी कर सकती है। यह मित्र बनाना और लोगों को प्रभावित करना भी नहीं है - ऐसा करना तो खुशामद करना होगा। लीडरशिप है किसी की दृष्टि को ऊँचा उठाना, किसी के कार्य-निष्पादन को और ऊँचाइयों तक ले जाना या किसी व्यक्ति को उसकी कूपमंडूकता से बाहर निकालना।*

– पीटर एफ. ड्रकर

हर एक लीडर अपने कार्य की गुणवत्ता को सुधारना अपना एक लक्ष्य बना ले। केवल किया गया काम ही आम आदमी के दिलोदिमाग़ में इज्ज़त पैदा करता है और किया गया काम ही विकास की ओर ले जाता है। नेतृत्व के सारे गुण और गुर किसी काम के नहीं हैं यदि वे ठोस काम करके न दिखाएं और विकास न कर सकें।

82

# उत्साह बढ़ाते रहें

यह हर कार्यालय मुखिया की शिकायत रहती है कि कर्मचारियों में जुझारुपन की कमी है और जो उनके आसपास हो रहा है या जो करने की उनसे अपेक्षा की जाती है उसके प्रति वे उदासीन रहते हैं। **एक मुखिया होने के नाते यह महत्वपूर्ण हो जाता है कि हमारे अधीनस्थ अधिकारी/कर्मचारी प्रेरित और समर्पित हों। प्रेरणा एक ऐसा तरीका है जो विकसित किया जा सकता है और हर कर्मचारी के लिए प्रयुक्त किया जा सकता है। जब कर्मचारी प्रेरित होकर काम करते हैं केवल तब ही कार्यालय उत्तम परिणाम दिखा सकता है। प्रेरणा हर व्यक्ति में रहती है मुखिया को तो बस इतना करना होता है कि कर्मचारी सर्वोत्तम क्या चाहता है।** प्रबंधकों, प्रशासकों या सुपरवाइज़रों, सभी को इसकी आवश्यकता पड़ती है और यह भी कि संस्थान के कुल विज़न और लक्ष्यों के साथ वे ताल से ताल मिलाकर काम करें। लीडर होने के नाते हमें यह भी देखना होगा कि कर्मचारी अपने काम में क्या तलाश रहे हैं, वह क्या है जो उन्हें गति देता है या जिसके प्रति उनमें लगन है। यह पहचान करने और काम को उस अनुवार बाँट कर एक ऐसी टीम तैयार हो जाएगी जो अपना काम पूरी तरह प्रेरणा और समर्पण के साथ करे।

उदाहरण के लिए, किसी सरकारी अस्पताल के 50 वरिष्ठ डाक्टरों में कुछ ऐसे होंगे जो अनुसंधान करना पसंद करते होंगे, कुछ उपचार पसंद करते होंगे और कुछ को कार्मिक मामले निपटाने में आनंद आता होगा। जो जिस काम में माहिर हो उसे वह काम देकर हम एक ऊर्जा से संपन्न, प्रेरित और समर्पित टीम का गठन कर सकते हैं। वह फिर ऐसा काम होगा जो संबंधित व्यक्ति अपनी संतुष्टि के लिए कर रहे होंगे। उन्हें कुछ विशिष्ट प्रकार का प्रशिक्षण देकर उनकी क्षमता को और निखारा जा सकता है। इससे वह और प्रेरित होंगे। यही बात सरकारी कार्यालयों के विभिन्न स्तरों पर आज़माई जा सकती है। यह हमेशा तो संभव नहीं हो पाएगा कि आप कोई ख़ास काम किसी ख़ास आदमी

को ही सौंप सकें, किंतु यदि आप ऐसा 40 से 60 प्रतिशत मामलों में भी कर पाएं तो यह एक उत्तम स्थिति कही जाएगी। हर कर्मचारी की छिपी हुई क्षमता व योग्यता को जान पाना एक समय खपाने वाली प्रक्रिया है और इसे करने का सबसे अच्छा तरीक़ा है सबको एक साथ बिठाकर इस बारे में थोड़ा बताना और फिर जो काम वे कर रहे हैं उसके बारे में पूछी गई प्रश्नावली पर उनका फ़ीडबैक लेना।

प्रेरणा एक झटके में पा लेने वाली या एक बार में पूरी कर ली जाने वाली गतिविधि नहीं है। यह तो ऐसी गतिविधि है जो बार-बार और लगातार की जानी पड़ती है - आंतरिक रूप से भी और बाहरी तौर पर भी। आंतरिक प्रेरणा के लिए व्यक्ति को स्वयं को रीचार्ज करने के प्रयास करने की आवश्यकता होती है, जब कि बाहरी प्रेरणा संस्थान द्वारा की जाती है। यह उसे किसी रिफ्रेशर कोर्स में भेजने या उसके द्वारा किए गए किसी उत्कृष्ट काम के लिए पुरस्कृत करते हुए भी हो सकती है।

जिस टीम को संस्थान की बेहतरी में नए विचार या नए तरीक़े लागू करने की स्वतंत्रता हो, निश्चित रूप से वहाँ प्रेरित लोग नवाचार वाले विचारों को सोचने और लाने की ओर आकर्षित होते हैं। उत्साही सुपरवाइज़र, मुखिया द्वारा उस संस्थान में उन्हें लागू करने से नवाचार वाले लोग रिचार्ज हो जाते हैं। नवाचार एक ऐसी चीज़ है जो हर संस्थान के हर स्तर पर निरंतर रहनी चाहिए, और जब सभी संस्थानों की उत्साही टीम में ऐसा नवाचार उभर कर आता है तो वह एक प्रेरित कर्मचारी वर्ग पैदा करता है। ऐसी टीम हमेशा बेहतर परिणाम देने वाली होती है - चाहे वह फ़ाइलें निपटाना हो, काम समय पर करना हो, या फिर किसी प्रोजेक्ट के कुछ फ़ील्ड-ट्रायल करने हों।

प्रेरणा एक सकारात्मक पहल है और इसके लिए संस्थान द्वारा सकारात्मक प्रयास किए जाने की आवश्यकता है, जैसे -

1. कार्यस्थल पर बेहतर सुविधाएँ देना।
2. बेहतर वेतन व अन्य सुविधाएँ देना।
3. कार्य से संबद्ध पुरस्कार देना।
4. अच्छा काम करने वालों को नियमित रूप से बधाई देना

पिछले 30 वर्षों के दौरान हज़ारों कर्मचारियों के साथ बातचीत में मैंने पाया है कि वे सरकार से कोई ख़जाना नहीं चाहते हैं। जिस चीज़ से वे अधिक

कर्मठ और जुझारू बन सकते हैं, वह बड़ी सरल और बिना ख़र्च वाली है - बस एक प्रशंसा पत्र या एक ऐसा फ़ोन कॉल जो उन्हें प्रसन्न कर दे। इतने से ही वे कमाल के कर्मचारी बन सकते हैं।

*सोचना सबसे कठिन काम है, शायद इसीलिए बहुत कम लोग इसे करते हैं।*

**– हेनरी फ़ोर्ड**

*सबसे अच्छी प्रेरणा है स्वप्रेरणा। कोई कहे 'मैं चाहता हूँ कि कोई आकर मुझे 'ऑन' कर दे", तो यदि कोई न आए तब क्या होगा? आपको अपने जीवन की बेहतर योजना स्वयं बनानी होगी।*

**– जिम रॉन**

*एक तो होता है काम जो काम की तरह किया जाता है और एक होता है खेल जो खेल की तरह खेला जाता है; एक होता है खेल जो काम की तरह खेला जाता है और एक होता है काम जो खेल की तरह किया जाता है। और इनमें से केवल एक में ही प्रसन्नता प्राप्त होती है।*

**– जिलेट बर्ज़िस**

*किसी से भी कोई भी काम कराने का एक ही तरीक़ा है और वह है उस व्यक्ति को उस काम को करने का इच्छुक बना देना।*

**– डेल कार्नेगी**

*कठिन परिश्रम का कोई विकल्प नहीं है।*

**– थॉमस एडीसन**

*छोटे-छोटे अवसर ही अक्सर बड़े उद्योग की शुरुआत होते हैं।*

**– डेमोस्थनीज़**

*सफलता शायद कर्मठता से जुड़ी होती है। सफल लोग रूकते नहीं हैं। उनसे गलतियाँ तो होती हैं किंतु वे प्रयास करना नहीं छोड़ते।*

**– कोनरॉड हिल्टन**

*सफल लीडर एक्शन लेने का साहस रखता है जब कि दूसरे लोग इसमें हिचकते हैं।*

**– जॉन सी. मैक्सवेल**

**एक मुखिया होने के नाते यह महत्वपूर्ण हो जाता है कि हमारे अधीनस्थ अधिकारी/कर्मचारी प्रेरित और समर्पित हों। प्रेरणा एक ऐसा तरीका है जो विकसित किया जा सकता है और हर कर्मचारी के लिए प्रयुक्त किया जा सकता है। जब कर्मचारी प्रेरित होकर काम करते हैं केवल तब ही कार्यालय उत्तम परिणाम दिखा सकता है। प्रेरणा हर व्यक्ति में रहती है मुखिया को तो बस इतना करना होता है कि कर्मचारी सर्वोत्तम क्या चाहता है।**

83

# आरामगाह से बाहर आएं

**आरामतलबी मानवीय स्वभाव है ऐसा कुछ भी करने के लिए जो उसकी परिस्थिति को बदल दे उसे मेहनत करनी पड़ती है। चाहे अधिक काम करने की बात हो या कुछ और, हम सभी जानते हैं कि आदमी वह रास्ता पकड़ता है जिसमें कम से कम मेहनत करनी पड़े। यह हमारा स्वभाव है – आरामतलब रहना, कुछ नया न सोचना, कुछ नया न करना।**

संस्थानों में बदलाव लाने में यह आरामतलबी नहीं पाली जा सकती। सरकारी संस्थानों के मुखिया को टीम के ऊपर यह नज़र रखनी होगी, यह सुनिश्चित करना होगा कि टीम के लोग आरामतलबी की ओर प्रवृत्त न हो जाएं। यदि लीडर स्वयं इस ओर प्रवृत्त हो जाता है तो फिर निश्चय मानिए कि पूरे कार्यालय को एक आरामगाह बनने में देर नहीं लगेगी। सरकारी तंत्र को इस प्रवृत्ति के बारे में सजग व सचेत रहना होगा।

**सरकारी संस्थाएं ऐसी हैं जो कभी नहीं सोतीं।** सरकारी तंत्र कभी नहीं सोता क्योंकि उनके कंधों पर यह ज़िम्मेदारी होती है कि हर नागरिक रात को चैन से सो सके। ख़ास तौर से निम्नलिखित विभागों को तो आप दिन-रात काम करते पा सकते हैं -

» बिजली बोर्ड

» पुलिस विभाग

» सुरक्षा बल

» रेलवे, वायुयान और जलयान सेवाएं

» जल आपूर्ति और स्वास्थ्य विभाग आदि

इनमें आरामतलबी की अनुमति दे दी जाए तो गाँव से लेकर शहर तक हर नागरिक बड़े कष्ट में पड़ जाएगा।

कर्मचारियों और संस्थान में शिथिलता न आए इसके लिए लक्ष्यों को थोड़ा बढ़ाकर रखा जाए। ये बढ़े हुए (किंतु संभव) लक्ष्य टीम को नीचे तक यह सोचने को और उन नए तरीक़ों को खोजने को प्रेरित करते हैं कि बढ़े हुए लक्ष्यों को प्राप्त कैसे किया जाए। सरकारी सिस्टम में शिथिलता और आरामतलबी की प्रवृत्ति इस सिस्टम या संस्थान के लिए कभी-कभी बड़ी भारी पड़ जाती है। ऐसे अनेक उदाहरण हमें अपने आसपास देखने को मिलते रहते हैं।

*जिस छात्र को आरामतलबी पसंद हो वह शिक्षार्थी होने योग्य नहीं है।*

**– लाओत्ज़ा**

*हमारे आने वाले हालात में कोई बेहतरी नहीं होगी यदि हम आज के हालात में संतुष्ट रहेंगे।*

**– थॉमस एडीसन**

*एक सपना आपके भविष्य को रचने वाला रचनात्मक दृष्टिकोण होता है। अपने आज के आराम के प्रति असहज होकर उठ जाएं और आने वाले अपरिचित और अनजान के प्रति सहज बनें।*

**– डेनिस वैटले**

*यदि आप अपने आरामगाह में ही रहेंगे तो फिर आप कहीं आगे नहीं जा पाएंगे।*

**– कैथरीन पल्सिफ़र**

*यदि हम जो हैं वही बने रहते हैं तो जो हम होना चाहते हैं वह कभी नहीं बन पाएंगे।*

**– मैक्स डीप्री**

*आरामतलबी को छोड़ देने से कभी कोई नहीं मरा है, किंतु आराम के नाम पर पड़े रहने ने जितने अधिक विचारों को, अवसरों को, कुछ करने को और विकास को मारा है उतना किसी और चीज़ ने नहीं। आरामतलबी मारती है!*

**– टी. हार्व एकर**

*यदि आप अपनी लीक पर ही चलते रहते हैं और उससे निकल कर नई राह पर चलने में डरते हैं तो याद रखिए कि जो लोग कुछ कर सके हैं, शुरू में वे भी संदेहों से भरे थे।*

– अज्ञात

*यदि हम आरामतलबी में ही पड़े रहते हैं तो आपका जीवन अपना मूल्य खो देता है।*

– एम.के.सोनी

**ऐसा कुछ भी करने के लिए जो उसकी परिस्थिति को बदल दे उसे मेहनत करनी पड़ती है। चाहे अधिक काम करने की बात हो या कोई और बात, हम सभी जानते हैं कि आदमी वह रास्ता पकड़ता है जिसमें कम से कम मेहनत करनी पड़े। यह हमारा स्वभाव है – आरामतलब रहना, कुछ नया न सोचना, कुछ नया न करना।**

84

# अपना मूल्यांकन कीजिए

कार्यालयों के कार्य संपादन का निरंतर मूल्यांकन किया जाना चाहिए। कॉरपोरेट जगत में तो हर औद्योगिक इकाई में यह आँकने का एक निर्धारित सिस्टम होता है कि वहाँ क्या हो रहा है किंतु यह सवाल बार-बार उठता है कि सरकारी तंत्र में कार्य का मूल्यांकन करने के लिए अभी तक कोई ठोस तरीक़ा क्यों नहीं अपनाया गया। निजी क्षेत्र में लाभ-हानि तथा बैलेंस शीट उसकी स्थिति स्पष्ट करते रहते हैं किंतु सरकारी सेवाओं में ऐसा कुछ नहीं होता। हमारे अधिकांश कार्यालय सेवा प्रदान करने वाले होते हैं यह सेवा भली-भाँति किए जाने की आवश्यकता होती है। अतः जो भी सेवा हमें देनी है उसमें गुणवत्ता का ख़याल रखा जाना चाहिए। इसका अर्थ यह हुआ कि नीतियों के और परिणामों के प्रभाव को मॉनीटर किया जाना चाहिए।

**किसी भी कार्यक्रम का मूल्यांकन करने के लिए उस कार्यक्रम के गत वर्ष के परिणाम को या किसी अन्य संदर्भ को आधार बनाया जाना चाहिए ताकि उसकी तुलना वर्तमान स्तर से की जा सके। इस प्रक्रिया में कोई मानक निर्धारित करते समय दिए गए लक्ष्यों को ध्यान में रखा जाना चाहिए क्योंकि यह बजट आवंटन से जुड़ा होता है। वर्ष के आरंभ में या कभी–कभी बीच में भी उनका आकलन कर पुनर्निर्धारण करना मूल्यांकन करने में मदद करता है।** उनके आधार पर लक्ष्य-प्राप्ति के लिए आवश्यक सुधारात्मक क़दम उठाए जा सकते हैं। लक्ष्य-निर्धारण संस्थान के अंदर संवाद को भी बढ़ावा देता है और अन्य संस्थानों के साथ प्रतिस्पर्धा को भी। आंतरिक तौर पर यह स्टाफ़ को बताता है कि उनसे क्या अपेक्षाएं की जा रही हैं और बाहरी तौर पर वे जान सकते हैं कि दूसरों से उन्हें क्या-क्या सहयोग लेने की आवश्यकता पड़ेगी।

इस प्रकार कार्य का मूल्यांकन -

1. लक्ष्यों को फ़ोकस में रखता है।
2. अन्य संस्थानों के साथ संवाद का तरीक़ा बनता है।
3. शीर्ष नेतृत्व को रणनीतियाँ सोचने का अवसर देता है।

सरकार से नागरिकों द्वारा जवाबदेही की उम्मीद की जाती है। कार्य को मॉनीटर करने से हमें सफलता और विफलता के बीच अंतर पहचानने की कसौटी पता चलती है। यह संस्थाओं के अनावश्यक खर्चों में भी बचत करता है क्योंकि हम लक्ष्य को बेहतर पहचान सकते हैं अतः परिणाम पर बेहतर फ़ोकस कर सकते हैं। कार्य को मॉनीटर करने का परिणाम होता है बेहतर निर्णय और इस प्रकार संस्थान के प्रति आंतरिक ज़िम्मेदारी और जनता के प्रति बाहरी ज़िम्मेदारी में सुधार लाना। साथ ही, यह रणनीति निर्धारण के लिए भी एक साधन बन जाता है।

*अनिश्चित, जोखिम वाली और विरोधाभासी सूचना के मूल्यांकन करने में ही असल प्रतिभा पता चलती है।*

**– विंस्टन चर्चिल**

*हर वह चीज़ जिसे नापा-तौला जा सकता है, ज़रूरी नहीं है कि वास्तव में महत्वपूर्ण हो; और हर वह चीज़ जो महत्वपूर्ण है, ज़रूरी नहीं कि उसे नापा-तौला जा सकता हो।*

**– अल्बर्ट आईंस्टाइन**

*नीतियों और कार्यक्रमों को उनके परिणामों के बजाय उनके इरादों के आधार पर आकलन करना एक भारी भूल है।*

**– मिल्टन फ्रैडमैन**

*सबसे पहले तथ्यों को प्राप्त करें, उसके बाद आप आराम से उन्हें तोड़-मरोड़ सकते हैं।*

**– मार्क ट्वेन**

किसी भी कार्यक्रम का मूल्यांकन करने के लिए उस कार्यक्रम के गत वर्ष के परिणाम को या किसी अन्य संदर्भ को आधार बनाया जाना चाहिए ताकि उसकी तुलना वर्तमान स्तर से की जा सके। इस प्रक्रिया में कोई मानक निर्धारित करते समय दिए गए लक्ष्यों को ध्यान में रखा जाना चाहिए क्योंकि यह बजट आवंटन से जुड़ा होता है। वर्ष के आरंभ में या कभी–कभी बीच में भी उनका आकलन कर पुनर्निर्धारण करना मूल्यांकन करने में मदद करता है।

# 85

# अपनी छिपी प्रतिभा को जानें

रामायण और हनुमान की कथा से हम परिचित हैं। हनुमान असंभव काम को भी करने की अपार क्षमता से संपन्न थे पर वे अपनी इन आंतरिक शक्तियों से अनभिज्ञ थे। किंतु, जब उन्होंने अपनी क्षमता को जान लिया और उसे एक मिशन पर फ़ोकस कर दिया तब लंका विजय की गाथा सर्वविदित है। सरकारी तंत्र भी हनुमान की ही तरह हैं, उनमें ऐसी अनेक क्षमताएं हैं जो उन्होंने ख़ुद में पहचानी ही नहीं हैं। यह मुखिया का काम है कि वह उन क्षेत्रों को पहचाने जहाँ अतिरिक्त ऊर्जा की आवश्यकता है और साथ ही उन लोगों को भी जिनमें हनुमान जैसा 'पावर हाउस' निहित है।

**लाखों सरकारी कर्मचारियों में यह 'पावर हाउस' जैसी शक्ति कहाँ छिपी है और कौन उस शक्ति को पहचानेगा और चैनलाइज़ करेगा? लीडर को यही करना होता है – सही 'पावर हाउस' को पहचानना और उसे समुचित जगह लगाना।** यद्यपि इसका कोई प्रमाणिक अध्ययन शायद अभी तक नहीं हुआ है, फिर भी अपने अनुभव से मैं यह कह सकता हूँ कि लोकसेवक अपनी केवल 15 से 20 प्रतिशत क्षमता से ही परिचित हैं। तो बाक़ी क्षमता कहाँ गई? क्या वह अनिवार्यतः 7 घंटे प्रतिदिन काम नहीं कर रहा है? इसका उत्तर है कि महत्वपूर्ण बात यह नहीं है कि कोई कितने घंटे काम करता है, महत्वपूर्ण और विशेष बात यह है कि काम किसलिए कर रहा है? क्या वह बस काम करने के लिए काम कर रहा है या उसका करना कोई परिणाम भी दे रहा है? क्या वह ठीक काम कर रहा है या काम को ठीक तरह कर रहा है? लीडर का ध्येय होना चाहिए एक कार्यसाधक टीम पैदा करना - एक ऐसी टीम जो कार्य को सिद्ध कर ले।

संस्थान के लीडर को यह सुनिश्चित करना होता है कि कर्मचारियों की

उर्जा का अपव्यय न्यूनतम रहे और साथ ही जो उपलब्ध है उसको एकजुटता और सामंजस्यता द्वारा अधिकतम उपयोग किया जाए। एकजुटता की हर संस्थान को आवश्यकता है, यह बात सरकारी संस्थानों पर तो और भी अधिक लागू होती है क्योंकि वहाँ एजेंसियों की बहुलता होने से तालमेल होना और आवश्यक रहता है। विभाग की भीतरी गतिविधियों को सशक्त करने के द्वारा ही उसके परिणामों और उपलब्धियों को कई गुना बढ़ाया जा सकता है। निहित क्षमताओं की पहचान करना व उपयोग करना एक ऐसा काम है जो अनवरत चलते रहना चाहिए। जैसे-जैसे हम बढ़ते हैं वैसे-वैसे हनुमान भी बढ़ते जाते हैं, इस प्रकार, सही मायनों में अंतराल जस का तस रहता है और उन्हें प्रसन्न करने के लिए अधिक से अधिक करने की संभावना बनी ही रहती है।

पूर्ण क्षमताओं का दोहन करने का काम मुखिया का होता है। परिवर्तन उसे करना होता है और वह भी नाममात्र में न हो वरन ऐसा हो कि हर स्तर पर परिवर्तन हो जाए। अप्रयुक्त क्षमता को प्रयोग करने में सबसे दिलचस्प बात यह है कि वह सदा उपलब्ध रहती है, आपको तो बस उससे पर्दा हटाना होता है। इस क्षमता के पूर्ण उपयोग के लिए अतिरिक्त संसाधन की आवश्यकता नहीं पड़ती, केवल सोच में बदलाव ही यह काम पूरा कर देता है। उदाहरण के रूप में :-

*एक फ़सल चक्र में उत्पादन को 100 प्रतिशत वृद्धि करना*

एक ऐसा उदाहरण है जिसमें फ़सल में डाली जाने वाली सामग्री की सही मात्रा तौर-तरीक़े और वैज्ञानिक ढंग से सही समय पर देखरेख करने से ही फ़सल का उत्पादन दोगुना हो सकता है। मध्य प्रदेश में ऐसा किया जा चुका है। मिट्टी में उर्वरा शक्ति होती ही है, आवश्यकता तो केवल इसकी थी कि :-

» सही समय पर खेत की तैयारी
» सही बीज का चयन
» सही समय पर बुवाई
» वैज्ञानिक तरीक़े से और सही मात्रा में खाद और कीटनाशकों का उपयोग
» मिश्रित फ़सल
» किसानों को प्रशिक्षण
» समुचित सिंचाई

दिलचस्प बात यह है कि यह सब करने में बहुत लागत नहीं आती, यह तो मानसिकता और प्रवृत्ति से जुड़ा मामला है। यह एक ऐसा उदाहरण है जहाँ किसानों ने दिखा दिया कि उनमें एक छिपी क्षमता है और सरकार ने उनकी इस क्षमता का अधिकतम उपयोग करने के लिए उनसे हाथ मिलाया है।

मुखिया का ये दायित्व है कि वह स्वाभाविक स्वरूप से कार्य-निष्पादन करने के लिए लक्ष्यों को ध्यान में रखकर कार्य करने की मानसिकता टीम में लाएं और उनमें यह भावना भरें कि वे लक्ष्य प्राप्त कर सकते हैं। लक्ष्यों के पीछे पड़ना एक बाहरी लगन है जब कि अपने स्वाभाविक स्वरूप से कार्य करना भीतरी लगन है। ऐसे अनेक उदाहरण हैं कि एक सटीक रणनीति का प्रयोग करके असंभव को भी संभव कर दिया गया। ये तथ्य बताते हैं कि आदमी क्या नहीं कर सकता। कुछ लोग लेने के पाले में खड़े होते हैं और कुछ देने के पाले में। मैंने देखा है कि जब दोनों तरफ़ के लोग इस निश्चित जीत की स्थिति को समझ लेते हैं तब उनके द्वारा प्राप्त होने वाले परिणाम चौंकाने वाले होते हैं।

हर व्यक्ति के अंदर एक सुखद समाचार रहता है! और वह सुखद समाचार यह है कि आप यह जानते ही नहीं हैं कि आप कितना महान बन सकते हैं, आप कितना अधिक प्रेम कर सकते हैं, आप क्या-क्या उपलब्धि प्राप्त कर सकते हैं और आपकी क्षमता क्या है!

*हमारी शक्ति आमतौर पर उसी अनुपात में बढ़ती है जितनी कि हमारे सामने आने वाली बाधाएं।*

**– पॉल दे रेपिन**

*हमारी क्षमताओं का भरपूर उपयोग करना ही आनंद है।*

**– विल शुल्ट्ज़**

*संसार का सबसे बड़ा पाप है अपनी क्षमता का विकास न करना। जो आप करते हैं उसे जब आप बेहतरीन करने लगते हैं तब आप केवल अपना ही नहीं बल्कि संसार का भी भला कर रहे होते हैं।*

**– रोजर विलियम्स**

*विजयी बनने का संकल्प, सफल होने की कामना, अपनी पूर्ण क्षमता तक पहुँचने की ललक... वे कुंजियाँ हैं जो हमारी व्यक्तिगत उत्कृष्टता का मार्ग खोल देती हैं।*

**– एडी रॉबिंसन**

*ज्ञान ही एकमात्र सक्षम शक्ति है।*

**– नेपोलियन हिल**

*जो आपने पाया है वह महत्वपूर्ण नहीं है, महत्वपूर्ण यह है कि आपने उसे कैसे पाया है।*

**– ज़िग ज़िगलर**

*संभव की सीमाओं को जानने का एक ही उपाय है और वह है उनके पार असंभव में चले जाना।*

**– आर्थर सी क्लार्क**

**लाखों सरकारी कर्मचारियों में यह 'पावर हाउस' जैसी शक्ति कहाँ छिपी है और कौन उस शक्ति को पहचानेगा और चैनलाइज़ करेगा? लीडर को यही करना होता है – सही 'पावर हाउस' को पहचानना और उसे समुचित जगह लगाना।**

# 86

# परिणाम देने वाले सही लोगों को चुनना

सभी संस्थानों की तरह सरकारी कार्यालयों में भी सही प्रकार के कर्मचारियों का चयन किए जाने और उन्हें सही जगह लगाए जाने की आवश्यकता होती है। कॉरपोरेट जगत से उलट, सरकार में स्टाफ़ को चुनने का बड़ा सीमित दायरा है। इसके कुछ कारण योग्यता, प्रशिक्षण और रवैया हो सकते हैं। किसी भी विभाग में यद्यपि कर्मचारियों की खासी संख्या हो सकती है किंतु कौशल के अनुसार उन्हें तैनात करने हेतु चयन करने का काम हमेशा आसान नहीं होता। संस्थान फिर भी रवैये, प्रशिक्षण और कौशल की दृष्टि से मिलीजुली एक मिशन-टीम तैयार कर सकता है। इस काम में समय लग सकता हैं किंतु कभी-कभी तो सही ज़रूरत के लिए सही आदमी मिल ही नहीं पाता और फिर जैसे लोग उपलब्ध होते हैं उन्हीं से काम चलाना पड़ता है। कार्यालय प्रमुख का यह विवेकाधिकार होता है कि वह किस व्यक्ति को क्या काम सौंपे। जिन लोगों में काम करने की लगन और ललक होती है और जो काम को तेज़ी से निपटा सकते हैं, उन्हें महत्वपूर्ण कार्य सौंपे जा सकते हैं।

**व्यक्ति का चयन उस काम की आवश्यकता और रणनीति के अनुरूप किया जाना चाहिए। वह व्यक्ति कार्यालय के लक्ष्यों को समझने और स्वीकार करने वाला होना चाहिए। टीम को कार्य-निष्पादन के अनुसार पुरस्कार-प्रोत्साहन दिया जा सकता है ताकि वे काम के प्रति हमेशा तत्पर रहें। हर कार्यालय को उन लोगों के लिए पुरस्कार-प्रोत्साहन की लगातार व्यवस्था करनी चाहिए जो अपना काम अच्छा करते हैं।**

टीम का चयन करना और उन्हें सही जगह लगाना कार्यालय प्रमुख का काम है और इसे गंभीरतापूर्वक किए जाने की आवश्यकता है। हो सकता है कि

इसमें कुछ समय लगे, किंतु यह काम उतने समय और उतने धैर्य के योग्य तो है ही। ध्यान में रखने की बात यह है की वह टीम काम करने में क्षमता व दक्षता रखने वाली हो और उसमें वे लोग हों जिनमें काम करने का जुनून हो।

*अलग-अलग तो हम बूंद हैं, किंतु मिलकर हम समुद्र बन जाते हैं।*

**– रिउनोस्यूके**

*एकजुट होना एक शुरुआत है, एकजुट रहना प्रगति है, एकजुटता से काम करना सफलता है।*

**– हेनरी फ़ोर्ड**

*निपुणता से खेल जीता जा सकता है किंतु टीमवर्क और बुद्धिमत्ता से चैंपियनशिप जीती जाती है।*

**– माइकल जॉर्डन**

*टीमवर्क : सरल शब्दों में - मैं को घटाना और हम को बढ़ाना है।*

**– अज्ञात**

**व्यक्ति का चयन उस काम की आवश्यकता और रणनीति के अनुरूप किया जाना चाहिए। वह व्यक्ति कार्यालय के लक्ष्यों को समझने और स्वीकार करने वाला होना चाहिए। टीम को कार्य–निष्पादन के अनुसार पुरस्कार–प्रोत्साहन दिया जा सकता है ताकि वे काम के प्रति हमेशा तत्पर रहें। हर कार्यालय को उन लोगों के लिए पुरस्कार–प्रोत्साहन की लगातार व्यवस्था करनी चाहिए जो अपना काम अच्छा करते हैं।**

# 87

# हम विलक्षण हैं

प्रत्येक व्यक्ति विरला है, उस जैसा न तो पूर्व में कभी पृथ्वी पर जन्मा है और न ही भविष्य में कोई आएगा। हमारे कार्य स्थल का लाभ हमारी विलक्षण प्रतिभा से मिलना चाहिए। आपकी विलक्षता क्या है इसका सर्वोत्तम आकलन आप स्वंय ही कर सकते हैं। कुछ गुण जो सेवा क्षेत्रों में पाए जाते हैं वे निम्न हैः-

1. समय की पाबन्दी
2. अपनी शत-प्रतिशत उर्जा देना
3. विशिष्ट तकनीक या वित्तीय योग्यता
4. उत्साह व उमंग से लबरेज सेवा क्षेत्र में हज़ारों में से इक्के-दुक्के को कार्य करने का अवसर मिलता है।

ऐसे में हम सामान्य व्यक्ति नहीं है। हम चाहें तो प्रदेश का भविष्य बदल सकते हैं, परन्तु इससे पूर्व यह आवश्यक है कि हम अपनी इस क्षमता को पहचाने। आज का समय आपका है, अवसर आपका है, तो क्यों न उस अवसर का सर्वोत्तम उपयोग करें और समाज में सकारात्मक परिर्वतन लाने में अपनी सहभागिता दें।

हमें केवल नौकरी नहीं करनी है। दिन के 24 घंटों को व्यापक हित में कैसे उपयोग करें इस पर सतृत सोचते रहना व सहयोगियों से चर्चा कर नए रास्ते विकसित करना हमारी सोच बननी चाहिए।

इस अवसर को न गवाएं।

88

# जवाबदेही सभी के लिए है

अक्सर लोगों को लोकसेवकों में जवाबदेही की कमी के बारे में बात करते सुना जा सकता है। महत्वपूर्ण योजनाओं में समय और लागत बढ़ना किंतु जनता के पैसे की बरबादी की ज़िम्मेदारी किसी के द्वारा न लिए जाने की चर्चा अक्सर होती है। जवाबदेही की ये स्थिति हर सरकारी कार्यालय में दिखती है, जैसे –

- रूका हुआ कोई निर्माण कार्य
- कई वर्षों तक चल रही जाँचें
- अनेक न्यायिक, अर्ध-न्यायिक तथा प्रशासनिक संस्थाओं में वर्षों से लंबित पड़े मुकदमें जिनमें कोई निर्णय नहीं हो रहा।

लोग उन लोकसेवकों की जवाबदेही की बात कर रहे हैं जिन्हें काम दिया गया होता है और जिसके लिए वे वेतन भी लेते हैं।

जवाबदेही का मतलब है किसी काम के करने, या न करने से जो परिणाम आया है, उस बावत् जवाब देना। इसका यह भी अर्थ है कि :

1. किसी के अधिकार क्षेत्र में जो कुछ अच्छा या बुरा हो रहा है उसके लिए ज़िम्मेदार होना।
2. विभाग में जो कुछ सकारात्मक हुआ है उसके लिए आगे बढ़कर उसका श्रेय लेना।

**सरकारी विभागों जैसे विशाल संस्थानों में यह आवश्यक हो जाता है कि उच्च, मध्यम और कनिष्ठ कर्मचारियों को कुछ ऐसे लक्ष्य सौंपे जाएं जो उन्हें पूरे करने अनिवार्य हों। उनके वरिष्ठ अधिकारियों द्वारा काम की साप्ताहिक या**

मासिक समीक्षा उन मुद्दों को आगे बढ़ाते रहने के लिए प्रेरित व प्रोत्साहित कर सकती है। एक प्रेरित टीम सबसे अधिक जवाबदेह होती है। नियमित समीक्षा करते हुए यह भी पता चल सकता है कि समस्या कहाँ है और काम न करने वाले लोग कौन हैं। वे यदि स्वयं में सुधार नहीं लाते तो उन्हें उस काम से हटाया जा सकता है।

उत्तरदायित्वपूर्ण होना प्रशासन की नींव का पत्थर है। काम न करने वालों के प्रति खुली नाराज़गी दिखाना और ऐसा वातावरण बनाना जो स्टाफ़ को प्रोत्साहित करे - प्रशासन को गतिशील कर सकता है। सरकार का वृहत आकार होने के कारण ये ज़रूरी है कि लक्ष्यों का निर्धारण लिखित रूप में किया जाए। कुछ समय से स्वास्थ्य एवं परिवार कल्याण विभाग और शिक्षा विभाग ने भी कार्य-निष्पादन से जुड़े प्रोत्साहन-पुरस्कार देना आरंभ किया है जिसमें कार्य को निर्धारित सेवा के स्तर से तुलना कर मापा जाता है। सरकारी प्रक्रिया को और पारदर्शी बनाकर इसे और सशक्त किया जा सकता है। उत्तरदायी प्रशासन और पारदर्शिता दोनों एक दूसरे के पूरक होते हैं। संस्थान के अंदर और बाहर, सूचनाओं का प्रवाह भी भ्रष्टाचार को कम करने में सहायक होता है।

सरकारी कामकाज के तौर-तरीक़ों को सार्वजनिक छानबीन करने देने से हम यह सुनिश्चित कर सकते हैं कि सभी संस्थानों में दुरुपयोग के विरुद्ध अंकुश रहे। गत कुछ वर्षों से भारत में सरकारी कामकाज की प्रक्रिया को जनता के लिए खुला कर देने में काफ़ी तेज़ी आई है। सूचना के अधिकार का अधिनियम 2005 महत्वपूर्ण दस्तावेज़ों तक पहुँचने के लिए बहुत ही कारगर रहा है और जनता ने अनेक सरकारी कार्यप्रणालियों को सार्वजनिक रूप से उपलब्ध हुए दस्तावेजों के आधार पर बदलवा दिया है।

21वीं सदी आने तक हमारे देश में ऑफ़िशियल सीक्रेट एक्ट 1923 लागू था जिसने हर सरकारी काग़ज़ को गोपनीय दस्तावेज़ बना रखा था। ऐसे अनेक उदाहरण मौजूद हैं जिसमें किसी व्यक्ति को किसी महत्वहीन काग़ज़ की प्रति रखने के कारण ही दंडित कर दिया गया था, भले ही वह उससे संबंधित भी थी या नहीं थी। सरकारी कार्यालयों और उनके अधिकारियों की गोपनीयता की यह प्रवृत्ति इक्कीसवीं सदी के आने तक नगण्य जवाबदेही का कारण बनी रही। सरकारी दफ्तरों में जनता से जानकारी छिपाने का ये रवैया सभी स्तर पर चलता रहा। नए कानूनों और अन्य प्रकार से अब सभी प्रमुख राज्यों के सरकारी कार्यालयों में पारदर्शिता आ गई है। सूचना के अधिकार का अधिनियम 2005 और सिटीजन चार्टर इसके लिए बहुत सहायक सिद्ध हुए हैं।

*जवाबदेही से ज़िम्मेदारी आती है।*

**– स्टीफ़न आर. कोवी**

*हम केवल उसके लिए ही जवाबदेह नहीं हैं जो हमने किया है, बल्कि उसके लिए भी हैं जो हमने नहीं किया है।*

**– मोलियार्**

*जब हम अपने व्यक्तिगत जीवन में अपने निर्णयों के प्रति जवाबदेह रहते हैं तो फिर उसी तरह अपने कार्य-क्षेत्र में जवाबदेह क्यों नहीं हो सकते ?*

**– कैथरीन पल्सिफ़र**

*अपने कार्यों, अपने निर्णयों और अपने जीवन के लिए केवल आप ही जवाबदेह हैं; दूसरा कोई नहीं।*

**– कैथरीन पल्सिफ़र**

*ईश्वर हमसे असाधारण काम नहीं कराना चाहता; वह तो हमसे साधारण काम को बस असाधारण रूप से अच्छा कराना चाहता है।*

**– बिशप गोर**

*अच्छी सोच रखना समझदारी है; योजना बनाना उससे बड़ी समझदारी है; अच्छा करना सबसे बड़ी समझदारी है, और यह इन सब में सर्वोत्तम भी।*

**– पारसी कहावत**

*सफलता तब अधिक स्थाई होती है जब आप उसे अपने सिद्धांतो की बलि चढ़ाए बिना हासिल करते हैं।*

**– वाल्टर क्रॉन्काइट**

*यदि आपमें निष्ठा और ईमानदारी है तो फिर किसी और बात का महत्व नहीं रह जाता; और यदि आपमें निष्ठा और ईमानदारी नहीं है तो फिर किसी और बात का महत्व नहीं रह जाता।*

**– एलन सिम्पसन**

सरकारी विभागों जैसे विशाल संस्थानों में यह आवश्यक हो जाता है कि उच्च, मध्यम और कनिष्ठ कर्मचारियों को कुछ ऐसे लक्ष्य सौंपे जाएं जो उन्हें पूरे करने अनिवार्य हों। उनके वरिष्ठ अधिकारियों द्वारा काम की साप्ताहिक या मासिक समीक्षा उन मुद्दों को आगे बढ़ाते रहने के लिए प्रेरित व प्रोत्साहित कर सकती है। एक प्रेरित टीम सबसे अधिक जवाबदेह होती है। नियमित समीक्षा करते हुए यह भी पता चल सकता है कि समस्या कहाँ है और काम न करने वाले लोग कौन हैं।

# 89

# स्वस्थ रहिए

एक पुरानी कहावत है धन गया है तो कुछ नहीं गया किंतु यदि स्वास्थ्य गया तो सब कुछ चला गया। इसमें स्वास्थ्य के महत्व को बड़ी अच्छी तरह कह दिया गया है। 21वीं सदी के अच्छे वेतन और सुविधाओं भरे इस प्रतिस्पर्धात्मक परिदृश्य में यह बहुत आवश्यक हो गया है कि हम न केवल धन कमाएं बल्कि स्वास्थ्य को अच्छा रखते हुए अपने कड़े परिश्रम के फल का आनंद भी उठाएं। मोटापा, उच्च रक्तचाप, मधुमेह, हृदय रोग आदि कुछ ऐसे रोग हैं जो भागदौड़ में लगे 'ए' टाइप व्यक्तित्व वाले व्यक्तियों से जुड़े हुए हैं। हर एक को अपना स्वास्थ्य अच्छा रखना चाहिए क्योंकि केवल तभी वह अपने काम को सर्वोत्तम स्वरूप दे सकता है और अपनी टीम से भी सर्वोत्तम काम ले सकता है।

अच्छा स्वास्थ्य और फ़िटनेस कोई बहुत कठिन काम नहीं है और हम सभी बड़ी आसानी से इसे कर सकते हैं। हमने अनिल अंबानी को अपनी टीम के साथ 10 कि.मी. की जॉगिंग करने की बात पढ़ी है। अच्छा स्वास्थ्य केवल आपके हित के लिए ही नहीं होता बल्कि आपके चारों ओर एक सकारात्मक उर्जा प्रसारित करता है। अच्छा स्वास्थ्य आपके शरीर और आत्मा में एक सामंजस्य स्थापित किए रखता है जिसके चलते नवाचारों की सरिता बहती रहती है। प्रतिदिन 30 से 50 मिनट स्वयं के स्वास्थ्य को देने से आपमें नवजीवन का संचार होता है और आपका स्वास्थ्य, प्रशासन के मकड़जालों में बिना उलझे तेज़ी से आगे बढ़ने के लिए आपको चुस्त-दुरुस्त बनाए रखता है।

अपने शरीर का यदि आप समुचित ध्यान व रखरखाव नहीं करेंगे तो किसी फैक्ट्री की मशीन के मुकाबले इसका क्षरण अधिक तेज़ी से होने लगता है। प्रमुख होने के नाते हमें न केवल अपने स्वास्थ्य का ध्यान रखना है बल्कि अपने उन सभी कर्मचारियों के स्वास्थ्य का भी ध्यान रखना है जो हमारे साथ काम करते हैं। जैसे अच्छी मशीन को नियमित रूप से सर्विसिंग की आवश्यकता होती

है वैसे ही हमें अपने शरीर की गाड़ी को लगातार फ़िट रखने की आवश्यकता है। इसके लिए किसी भी स्तर पर किसी के भी द्वारा शुरू किए जाने योग्य कुछ सरल सी बातें यहाँ दी जा रहीं हैं -

1. सुबह-सवेरे या शाम आधा घंटे तेज़ गति से टहलें।
2. 15-20 मिनट ध्यान या योगासन करें, यह सचमुच आपमें उर्जा का संचार करेगा।
3. अपने शरीर की क्षमता के अनुसार कोई हल्का या गतिशील खेल खेलें। टेबल टेनिस, लॉन टेनिस, बिलियर्ड, बैडमिंटन कुछ ऐसे क्लब गेम हैं जो दूसरों के साथ नियमित रूप से खेले जा सकते हैं। अपने शरीर के अनुकूल खेल चुनें और खेलें।
4. हल्का और फ़ाइबरयुक्त भोजन करें।
5. रात में 6-7 घंटों की नींद नियमित रूप से लें।
6. 2-3 घंटों के काम के बाद 10-15 मिनट का ब्रेक लेना चाहिए।
7. काम के दौरान आवश्यकतानुसार यथा संभव पैदल चलें, जैसे दो भवनों के बीच की दूरी तय करना, निचले तल से ऊपर के तल पर जाना।
8. कार्य-योजना इस प्रकार बनाएं कि कार्यालय में समय को लेकर आपको तनाव न रहे।
9. अपने वज़न, रक्तचाप और रक्त की पूरी स्थिति पर नज़र रखने के लिए नियमित अंतराल पर पूरी स्वास्थ्य जाँच कराएं और उस अनुसार दवा लें।

कभी ऐसा हो सकता है कि आपकी जाँच रिपोर्ट से पता चले कि किसी एक या अधिक जाँच में कोई गड़बड़ पाई गई है। ऐसी अवस्था में तुरंत चिकित्सक की सलाह लेकर रक्तचाप, रक्त व वसा कि मात्रा आदि को सामान्य व स्वस्थ किया जा सकता है। तनाव पर सही समय पर ध्यान देने से बाद में होने वाली किसी जटिलता से अभी ही बचाव किया जा सकता है, जैसे अवसाद, नींद न आना, सरदर्द, कमर दर्द आदि।

टहलने जाने या खेल खेलने में अपनी पत्नी या परिवार के किसी अन्य सदस्य को साथ लेना अच्छा रहता है। इससे एक स्वस्थ पारिवारिक जीवन के लिए आवश्यक निजी प्रगाढ़ता तो बढ़ती ही है, साथ ही इससे तन-मन पर भी बहुत ही सकारात्मक प्रभाव पड़ता है।

फ़िटनेस बस एक बार कर दिया जाने वाला काम नहीं है। यह तो नित्य रूप से आजीवन किया जाने वाला अभ्यास है। यह भोजन, पानी और नींद लेने की तरह हर दिन किया जाना चाहिए। आज ऐसा बहुत सारा साहित्य उपलब्ध है जो हमारे जीवन के विभिन्न चरणों के अनुसार हमारे स्वास्थ्य के विभिन्न पहलुओं पर प्रकाश डालता है। प्रतिष्ठित लेखकों द्वारा लिखित ये पुस्तकें हमारी बहुत सहायता कर सकती हैं, अतः पढ़ने की अन्य सामग्री में इन्हें भी शामिल कर लिया जाना चाहिए।

स्वस्थ रहना कोई कठिन काम नहीं है। केवल खान-पान के कुछ अनुशासन और नियमित व्यायाम आश्चर्यजनक लाभ पहुँचा देते हैं। स्वस्थ रहिए और अपने कठिन परिश्रम के फल का आनंद लेते रहिए।

*काम करना तनाव मुक्त होने का सबसे प्राकृतिक तरीक़ा है।*

– डैगोब्रट डी. रूंस

*किसी बीमारी की अपेक्षा आपका दुखी मन आपको कहीं जल्दी मार सकता है।*

– जोन स्टाइनबेक

*प्रेम दोनों को सुख देता है - देने वाले को भी और पाने वाले को भी।*

– डॉ. कार्ल मेनिंजर

*स्वास्थ्य सबसे बड़ी संपदा है।*

– वर्जिल

*जिसके पास स्वास्थ्य है उसके पास आशा है और जिसके पास आशा है उसके पास सब कुछ है।*

– अरबी कहावत

*एक उन्मुक्त हंसी और लंबी व गहरी नींद स्वास्थ्य के लिए सबसे अच्छे नुस्ख़े हैं।*

– आइरिश कहावत

*जब सही खान-पान और व्यायाम की बात हो तब "मैं कल से शुरू करूँगा" कहना नहीं चलेगा। कल तो एक बीमारी है।*

– टेरी गिलमेट्स

*स्वास्थ्य और ख़ुशमिज़ाजी एक दूसरे के जनक होते हैं।*

– जोसेफ़ एडीसन

फ़िटनेस बस एक बार कर दिया जाने वाला काम नहीं है। यह तो नित्य रूप से आजीवन किया जाने वाला अभ्यास है। यह भोजन, पानी और नींद लेने की तरह हर दिन किया जाना चाहिए। आज ऐसा बहुत सारा साहित्य उपलब्ध है जो हमारे जीवन के विभिन्न चरणों के अनुसार हमारे स्वास्थ्य के विभिन्न पहलुओं पर प्रकाश डालता है। प्रतिष्ठित लेखकों द्वारा लिखित ये पुस्तकें हमारी बहुत सहायता कर सकती हैं, अतः पढ़ने की अन्य सामग्री में इन्हें भी शामिल कर लिया जाना चाहिए।

## 90

# कार्य में निपुणता

सरकारी कार्यालयों के बारे में अक्सर यह शिकायत रहती है कि वे कछुए की चाल से काम करते हैं और उनमें भ्रष्टाचार व्याप्त रहता है। दरअसल ये दोनों चीज़ें परस्पर गुंथी रहती हैं। कुछ लोग कहते हैं कि पूरी प्रशासनिक प्रणाली अपने ही लक्ष्यों की प्राप्ति के लिए चलाई जाती है। हमारे देश में लोकसेवकों को सेवा से निकाले जाने के विरुद्ध दिए गए संवैधानिक संरक्षण में लोकसेवाओं को गैर-राजनैतिक रखने का प्रावधान किया गया है, अन्यथा तो हम यही नज़ारा देखते कि जब भी कोई सरकार बदलती तो उसके साथ ही हज़ारों कर्मचारी भी हटा दिए जाते और नए राजनैतिक कर्मचारी नियुक्त कर दिए जाते। देश में लोकसेवा प्रशासन को स्थायित्व और निरंतरता प्रदान करती है। छठे वेतन आयोग की रिपोर्ट की सिफ़ारिशों में लोकसेवकों के वेतन में वृद्धि के कारण उनकी कार्य, कार्य-क्षमता और त्वरितता का महत्व और अधिक बढ़ गया है। जनता जानना चाहती है कि इन कर्मचारियों को वेतन किस काम का मिलता है? आज हमें ऐसे अनेक साधन प्राप्त हो गए हैं जिनके चलते कार्यालयों में काम करना कुछ दशक पहले की अपेक्षा बहुत सरल हो गया है। डाटा मैनेजमेंट सिस्टम, कंप्यूटर तथा समीक्षा व मॉनिटरिंग के अन्य साधन काम को बेहतरी से करने के लिए उपयोग किए जा रहे हैं।

कार्यालय प्रमुख को चाहिए कि वह यह देखे कि क्या कार्यालयों में उन सब आधुनिक साधनों का प्रयोग किया जा रहा है जिनसे नागरिक सेवा को शीघ्र, विश्वसनीय और अधिक पारदर्शी किया जा सके। इससे कार्यालयों द्वारा दी जा रही सेवा की गुणवत्ता बेहतर होने के साथ-साथ उनका सामर्थ्य भी बढ़ेगा। अनेक सरकारी कार्यालयों में अब इनका व्यापक प्रयोग होने लगा है। कार्य-क्षमता को बढ़ाने वाले कुछ सफल सिस्टम ये रहे हैं –

1. ड्राइविंग लाइसेंस के लिए स्मार्ट कार्ड

2. आंध्र प्रदेश में दी जा रही ई-सेवा, जिसमें एक ही खिड़की पर कई काम कराने की सुविधा उपलब्ध रहती है।
3. रेलवे और हवाई यात्रा के लिए ई-टिकट।
4. आयकर विभाग की ई-रिटर्न।

कंप्यूटर और इंटरनेट काम को पलक झपकते कर देने में बड़ी अहम भूमिका निभा रहे हैं। संस्थान के भीतर भी और बाहर भी इनका भरपूर प्रयोग किया जाना चाहिए और स्टाफ़ को इन्हें सीखने के लिए प्रेरित किया जाना चाहिए। जब अधिक कर्मचारी इन आधुनिक साधनों का प्रयोग करेंगे, तो कार्य-क्षमता भी उतनी ही बढ़ती जाएगी। इनका प्रयोग केवल कार्य-क्षमता बढ़ाने वाला ही नहीं होता बल्कि कार्य-कुशलता बढ़ाने वाला भी होता है।

*प्रबंधन सफलता की सीढ़ी पर ऊपर चढ़ते जाने की क्षमता है; और लीडरशिप का काम यह देखना होता है कि वह सीढ़ी सही दीवार से लगी है या नहीं।*

– स्टीफ़न कोवी

*जहाँ कार्य में दक्षता है वहीं बचत है।*

– बेंजामिन डिज़रायली

*कार्य-क्षमता चीज़ों से निपटने में होती है। कार्य-कुशलता का संबंध व्यक्तियों से होता है। परिस्थितियों का हम प्रबंधन करते हैं, लोगों का हम नेतृत्व करते हैं।*

*साफ़ तौर पर, सबसे ऊँची कार्य-निपुणता वह होती है जिसमें हम उपलब्ध साधनों का अधिकतम लाभ उठा सकें।*

– जवाहरलाल नेहरू

91

# सामर्थ्य बढ़ाना

भारत जैसी तेज़ी से बढ़ती अर्थव्यवस्था में एक साथ कई स्तरों पर परिवर्तन करना आवश्यक है। ये परिवर्तन ऐसे हों जो एक दूसरे के सहयोगी व पूरक हों। इसमें विभिन्न प्रकार की पहल आती हैं जिन्हें रणनीति का अंग बनाकर करना होता है, जैसे -

» सभी सरकारी प्रक्रियाओं में पारदर्शिता बढ़ाए जाने की रणनीति।

» आवश्यक पद्धतियों के साथ विकसित की गई ऐसी रणनीतियों के लक्ष्य और ध्येय।

» ब्यूरोक्रेटिक तंत्र के सामर्थ्य को बढ़ाना।

बदलाव के इस चरण में और उसके बाद भी सभी संस्थानों को अपने कर्मचारियों का सामर्थ्य बढ़ाने का एक स्पष्ट दृष्टिकोण रखे जाने की आवश्यकता है। इसमें निम्नलिखित कार्यकलाप किए जाने की आवश्यकता होगीः

क. कर्मचारियों को उनके क्षेत्र से संबंधित नवीनतम जानकारियों से अवगत रखना

ख. अन्य कर्मचारियों के साथ होने वाला उनका विचार-विमर्श उनकी शिथिलता को दूर करता है और उनकी कल्पना को पंख देता है।

ग. यह निरंतर प्रगति के पथ पर बढ़ने के लिए उन्हें प्रेरित करता है।

यहाँ यह प्रश्न खड़ा होता है कि सामर्थ्य वृद्धि का यह काम कौन करेगा, किस पहलू पर करेगा, कब तक करेगा और कहाँ करेगा। अनुभव बताता है कि कर्मचारी नए-नए क्षेत्रों में प्रशिक्षण के लिए जाने के इच्छुक रहते हैं और सबसे अच्छी जगहों पर सबसे अच्छी योग्यता वाले व्यक्ति से प्रशिक्षण लेना पसंद करते हैं। आज राज्यों में बड़ी संख्या में निजी और सार्वजनिक क्षेत्र की संस्थाएं मौजूद

हैं, जैसे आईआईटी, आईआईएम, आईआईपीए, एलबीएसएनएए इत्यादि तथा अनेक विशेष संस्थान भी। अधिकांश राज्यों में लोकप्रशासन के अपने राज्य स्तरीय संस्थान हैं जो भिन्न-भिन्न विभागों के विशेष विषयों पर प्रशिक्षण दे सकते हैं। यहाँ कर्मचारी अपना फ़ील्ड अनुभव चुने हुए प्रशिक्षकों के साथ बाँट सकते हैं और प्रशिक्षण के दौरान अपने सभी संदेह दूर कर सकते हैं।

सामर्थ्य बढ़ाने वाले कोर्स से गुज़रने का अनुभव स्वयं ही व्यक्ति में परिवर्तन ले आता है और उसकी सोच का दायरा विस्तृत हो जाता है। इससे उसे अपने व्यक्तिगत विकास में भी बहुत सहायता मिलती है।

*स्वयं को सीमित मत रखिए। अधिकतर लोग जो कर सकते हैं बस उसी में स्वयं को सीमित कर लेते हैं। आप उतनी दूर जा सकते हैं जितनी दूर आपका मन आपको जाने देता है। याद रखिए, जो आप मान लेते हैं, उसे आप पा लेते हैं।*

**– मैरी के एश**

*मुझे लगता है कि मेरे जीवन का वह नया मोड़ था जब मुझे यह आभास हुआ कि मैं यह स्वयं कर सकता हूँ। आपको अपने पर भरोसा करना होगा क्योंकि कभी-कभी जो इकलौता व्यक्ति यह भरोसा रखता है कि आप सफल होंगे वह व्यक्ति और कोई नहीं बल्कि आप स्वयं ही होते हैं।*

**– टिम ब्लिक्ज़ेथ**

*इस नई अर्थव्यवस्था में सूचना, शिक्षा और प्रेरणा ही सब कुछ हैं।*

**– बिल क्लिंटन**

*इंतज़ार ही करते मत रहिए; 'सही समय' जैसा कोई समय नहीं होता। आप जहाँ हैं वहीं से शुरू कीजिए, उन्हीं संसाधनों से शरुआत कीजिए जो आपके पास हैं। आप जैसे-जैसे आगे बढ़ते जाएंगे, बेहतर संसाधन आपको मिलते चले जाएंगे।*

**– नेपोलियन हिल**

# 92

# मोबाइल फ़ोन – आपका पी.ए. (दुनिया आपकी जेब में)

भारत के लिए तो मोबाइल 21वीं सदी का चमत्कार बन कर ही आया है। आपके लिए फोन कितने काम कर सकता है यह देखकर आश्चर्य होता है। कॉल करना, कॉल लेना, कॉन्फ्रेन्सिंग करना, एसएमएस, जीपीएस, कैमरा, वीडियोग्राफ़ी, ऑडियो रिकार्डर, मोबाइल बैंकिंग, टिकट, इंटरनेट और भी जाने क्या-क्या। सचमुच इसमें इतनी सारी ख़ूबियाँ हैं कि यह हमारे कार्य की बढ़ती आवश्यकताओं को पूरा कर सकता है।

हर कर्मचारी को अपने दिन की कार्य-योजना बनानी पड़ती है। आप सारे दिन अपनी डायरी हाथ में थामे हुए या प्लानर को अपनी जेब में रखे हुए उसमें बार-बार झाँक कर देखते नहीं रह सकते। अब यह काम आपके लिए मोबाइल को करने दीजिए। सुबह जगाने की 'सुप्रभात' कॉल से शुरू करके यह बैठकों और मुलाक़ातों के बारे में 15 मिनट पहले ही अलार्म दे देता है कि कब शुरू करनी है और कब ख़त्म करनी है और यह भी कि किसे, किस बारे में कब कॉल करनी है।

मैं पिछले दिन की डायल की गईं, प्राप्त की गईं, और मिस्ड कॉलों की सूची को अवश्य देख लेता हूँ। यह ऐसे अनेक कामों के रिमाइंडर का काम करता है जिनका मैंने वादा किया हुआ है। यही बात एसएमएस पर भी लागू होती है। एसएमएस इनबॉक्स, फ़ोल्डर और आउट बॉक्स आपके और दूसरे के छोर पर पड़े लंबित कामों के रेडी रिमाइंडर का काम करते हैं। सुरक्षित संदेश को किसी महत्वपूर्ण मुद्दे पर दोबारा भेजा भी जा सकता है।

मोबाइल फ़ोन को पॉकेट डायरी की तरह भी प्रयुक्त किया जा सकता है। अपनी यात्रा के दौरान विचारों को, किसी कविता को, लंबित कामों को, और

तो और किसी लेख की रूप-रेखा को भी नोट करने के लिए मैं तो इसका खूब प्रयोग करता हूँ। इन्हें बाद में कभी फुरसत के पलों में सुधारा, हटाया या पुनः याद किया जा सकता है। आधुनिक मोबाइल की छोटी सी डिबिया में समाई हुई रेडियो, वीडियो और कंप्यूटर से मेल खाती खूबियों के कारण यह तो जैसे भानुमति का पिटारा ही बन गया है। यह जगह कम घेरने के साथ-साथ आवश्यक जानकारी लेकर तुरंत हाज़िर हो जाता है। लगता है जैसे दुनिया आपकी जेब में आ गई है।

93

# कार्य को सरल बनाएं – जीवन सरल बनाएं

नियम-कायदों में जकड़ा हुआ सरकारी सिस्टम इसके बहुस्तरीय ढाँचे की कार्यशैली में देरी का कारण बनता है और इसकी बहुस्तरीय व्यवस्था भी इसकी समस्याओं का कारण है। आज जब सरकार के काम व्यापक रूप से विस्तारित हो गए हैं। शासन प्रणाली का सरलीकरण करना अब समय की माँग हो गई है।

सरकार में सरलीकरण के कई पहलू हैं, जैसे -

**स्वरूप का सरलीकरण :** जिन-जिन स्तरों पर नागरिक सीधे तौर पर सरकारी कर्मचारियों/अधिकारियों के संपर्क में आते हैं वहाँ माहौल सरल होना चाहिए। इसका अर्थ यह भी है कि कार्यालय के परिसर को आगंतुक-अनुकूल बनाया जाए अथवा वे सभी आवश्यक सुविधाएं वहाँ उपलब्ध कराई जाएं जिनकी आवश्यकता वहाँ आने वाले नागरिक को पड़ सकती है। आरामदेह कुर्सियाँ, स्वच्छ स्थान, पर्याप्त प्रकाश और कम से कम बेकार की चीज़ें। दीवार पर कुछ सूचना पट लगे हों जिन पर लिखा हो कि कौन सा काम कौन कर रहा है और उसमें कितना समय लगता है। अब तो पूरे देश में अनेक सरकारी कार्यालयों ने नागरिकों से मेल-मुलाक़ात वाली जगह का स्वरूप सुधारते हुए उसे आगंतुक-अनुकूल बना दिया है। दिल्ली विकास प्राधिकरण, अनेक हवाई अड्डे, बैंक और बीमा कार्यालय आजकल एक आदर्श आगंतुक-अनुकूल परिवेश उपलब्ध करा रहे हैं।

**प्रक्रिया और प्रणाली का सरलीकरण :** इसका आशय उस काग़ज़ी कार्रवाई से है जो किसी नागरिक को अपना काम कराने के लिए करनी पड़ती है। ज़रा उन तरह-तरह के फ़ार्मों और उनके साथ लगाए जाने वाले प्रपत्रों को एक बार पुनः देखिए कि क्या वे आज भी प्रासंगिक हैं, अनिवार्य हैं, या उनमें से कुछ को अब

हटाया जा सकता है। यह भी आवश्यक है कि ऐसे सभी फ़ार्म स्थानीय भाषा में हों।

सरलीकरण में यह भी शामिल है कि वे स्तर और पड़ाव कम किए जाएं जिनसे होते हुए फ़ाइलें गुज़रती हैं, या विभिन्न मामलों के निपटारे हेतु सभी के अधिकारों को पुनः परिभाषित किया जाए। सरलीकरण दरअसल संस्थान के हर स्तर पर दिखाई देना चाहिए। हर कार्यालय को स्वयं अध्ययन करना चाहिए और देखना चाहिए कि कहाँ क्या सरल किया जा सकता है।

कुछ काम तो हम सभी कर सकते हैं जैसे :-

1. विभाग द्वारा क्रियान्वित की जा रहीं विभिन्न योजनाओं पर नए सिरे से परिक्षण।
2. निर्धारित फ़ार्म पर निगाह डालें। जिस तरह से सूचना प्रौद्योगिकी बढ़ी है उस दृष्टि से उन पर ई-मेल आइडी, मोबाइल नंबर या अन्य ऐसे ही महत्वपूर्ण विवरण हमें जोड़ने चाहिएं। इनका उपयोग बाद में लिए जाने वाले निर्णय की अविलंब सूचना देने के लिए भी किया जा सकता है।
3. कार्यालय में एक मेज़ से दूसरी मेज़ तक जाने वाली जानकारी का अध्ययन करें। आप देखेंगे कि किसी विशाल संस्थान में ऐसे एक या दो स्तरों को कम किया जा सकता है जहाँ फ़ाइलें किसी एक ही भवन के विभिन्न तलों पर या अलग-अलग भवनों के बीच घूमती हों। इस छानबीन से समय की काफ़ी बचत की जा सकती है। सरलीकरण एक अनवरत प्रक्रिया है और हम में से हरेक को इसमें अपना योगदान करना चाहिए।

कार्यालय की पद्धतियों में सरलीकरण करना और योजनाओं को क्रियान्वित करना एक ऐसा क्षेत्र है जिस पर हम सभी को काम करने की आवश्यकता है। इसका अर्थ है अनावश्यक सूचनाओं, प्रमाण पत्रों या सत्यापनों के कॉलमों को हटा देना और भाषा को भी सरल कर देना तथा सूचना की गति को तेज़ करना। हमें यह देखना चाहिए कि वांछित उद्देश्य के लिए माँगी गई सूचना कितनी सुसंगत है।

कार्यालयीन पद्धति तथा जनता से जुड़े पहलुओं के अलावा भी सरलीकरण लागू किया जाना चाहिए, जैसे कार्यालय के भवन की बनावट, जनता से हमारा

संव्यवहार, हमारी पत्र भेजने की प्रणाली, इत्यादि।

सरलीकरण वातावरण के तनाव को कम करता है और इस अर्थ में यह सभी के लिए हितकर है। इससे कार्य-क्षमता और परिणाम-उत्पादकता में निश्चय ही बहुत बढ़ोतरी होती है।

94

# अपने निजी मामलों का प्रबंधन स्वयं करें

सरकार में प्रमुख सचिव पद पर रहते हुए मेरे सामने सैकड़ों कर्मचारियों के कार्मिक व सेवा संबंधी मामले आया करते थे। सरकार को भेजे जाने वाले अधिकतर मामले नीति संबंधी हुआ करते हैं किंतु कर्मचारियों की ओर से किए गए पत्राचार को देख कर तो लगता है कि उनके व्यक्तिगत मामले एक बड़ी संख्या में अनसुलझे ही रहते हैं। इनमें से कुछ इस प्रकार के थे -

1. पेंशन के कागज़ात विभाग द्वारा तैयार नहीं किए गए।
2. भविष्य निधि की बकाया राशि का भुगतान नहीं किया गया है।
3. अर्जित अवकाश नगदीकरण की गणना अभी तक नहीं की गई है।
4. अग्रिम संबंधी हिसाब को अभी तक निपटाया नहीं गया है।
5. ज़्यादा आयकर काट लिया गया किंतु अभी तक उसका रिफंड नहीं मिला।

ये समस्याएं केवल अवकाश-प्राप्त कर्मचारियों की ही नहीं होती बल्कि सेवारत कर्मचारी भी अपने पूरे सेवा काल में ऐसे ही मुद्दों से जूझते रहते हैं।

यह सुनिश्चित करने का कोई सुपरिभाषित तरीक़ा तो नहीं है जिससे कि आपके सभी व्यक्तिगत मामले निपट सकें किंतु एक व्यवस्थित और सुविचारित ढंग स्वयं आपको नवीनतम जानकारी से अवगत रहने में मदद करेगा। व्यक्तिगत मामलों का प्रबंधन करते समय निम्न बातों पर ध्यान देना कार्य सुगम बनाता है :-

क. **विषय के अनुसार फ़ाइलें बनाएं :** जहाँ कई मामले हों तो अपने काग़ज़ों की विषय अनुसार अलग-अलग फ़ाइलें बनाएं, जैसे अवकाश, डुप्लीकेट सर्विस बुक, डुप्लीकेट जीपीएफ़ बुक, एलटीसी, होम लोन, कार लोन, स्थानांतरण आदेश, चार्ज नोट्स, प्रॉपर्टी रिटर्न्स, विदेश

यात्रा संबंधी पत्राचार, आयकर रिटर्न्स, बैंक संबंधी काग़ज़, वाहन बीमा, निजी बीमा, किराए की रसीदें, पानी व बिजली के बिल, निजी शैक्षणिक प्रमाण पत्र और अध्ययन संबंधी मामले, वार्षिक गोपनीय रिपोर्ट, लाइसेंस, इत्यादि। ये ऐसी फ़ाइलों के कुछ उदाहरण हैं जो कि सभी सरकारी कर्मचारियों को अलग-अलग बना लेनी चाहिए।

ख. **समय–समय पर इन्हें देखें :** ये फ़ाइलें विविध स्वरूपों की होती हैं और इन्हें कब देखा जाए इसकी कोई निश्चित अवधि तय नहीं की जा सकती है। अतः सबसे अच्छा तरीक़ा यही है कि फ़ाइलों को हर महीने में एक बार अवश्य देख लिया जाए कि उनमें से अगले महीने किस चीज़ की तारीख़ आ रही है। समय-समय पर फ़ाइलों को इस प्रकार देखते रहने से उनमें से बेकार के काग़ज़ हटाने और संबंधित नए काग़ज़ उनमें लगाने में भी मदद मिलती है।

ग. **नियमित रूप से अद्यतन करना :** समय-समय पर फ़ाइलों की समीक्षा करते रहने से यह संभव हो जाता है। इससे आप जान सकते हैं कि भविष्य निधि/सेवा फ़ाइल को सालाना पूरा किया जाना है, कोई बीमा पॉलिसी पूरी हो रही है, कार पॉलिसी खत्म हो रही है, बंदूक लाइसेंस का नवीकरण कराना है, बैंक की फ़िक्स्ड डिपोज़िट की देय तिथि आ गई है, लेखा विभाग द्वारा वार्षिक वेतन-वृद्धि नहीं दी गई है, ज़्यादा काट लिया गया आयकर वापस नहीं मिला है, लीज़ शुल्क देय हो गया है, वार्षिक संपत्ति विवरण देना है, इत्यादि। ऐसे कामों की एक सूची बना ली जाए और प्रतिदिन देख लिया जाए कि वह काम हो गया या नहीं।

घ. **मॉनिटरिंग प्रतिदिन करें :** हमारे 'आज करने वाले कामों' में बहुत सारे व्यक्तिगत तथा सरकारी कार्य जुड़ जाते हैं। इन्हें दिन के अन्य कामों के दौरान ही करना होता है। उनमें से कुछ उदाहरण हैं - एटीएम से पैसा निकालना, रेल टिकट ख़रीदना, प्रतीक्षासूची वाली टिकट के लिए अनुरोध भेजना, नया पहचान पत्र बनवाना, अपनी बेटी की स्कूल फ़ीस जमा कराना, इत्यादि।

आज किए जाने वाले कामों की सूची में आपके निजी काम भी लिखे जाने चाहिए। यदि आप अधिक आवश्यक सरकारी कामों में व्यस्त हैं तो निजी कामों को अपने व्यक्तिगत स्टाफ़ से करा सकते हैं। स्टाफ़ की सुविधा के लिए अधिकतर कार्यालयों में बैंक, एटीएम और डाकघर होते ही हैं। दिन के अपने लंबित कामों को पूरा करने के लिए इन सुविधाओं का प्रयोग करना चाहिए।

## 95

# स्थिति स्पष्ट रखें समय भी बचेगा और पैसा भी

जिन दिनों मैं जबलपुर में डिविज़नल कमिश्नर था, तब 11वें वित्त आयोग ने पर्यटन को बढ़ावा देने के लिए राज्य को 45 करोड़ रुपए आवंटित किए। भेड़ाघाट जलप्रपात उन स्थलों में से एक था जहाँ पर्यटन संबंधी अनेक काम किए जाने थे। निधि भी और आवश्यक अधिकार भी स्थानीय स्तर पर ही उपलब्ध थे और कमिश्नर स्वयं उनकी मॉनीटरिंग कर रहे थे। हमने एक व्यापक कार्य-योजना तैयार की और मीडिया के माध्यम से लोगों को इसकी समय सीमा और सार्थकता के बारे में भी अवगत कराया। जब सार्वजनिक निर्माण विभाग ने विभिन्न कामों के लिए टेंडर मँगाए तो यह देखकर हम आश्चर्यचकित रह गए कि ठेकेदारों ने उस क्षेत्र में चल रहे काम की दरों की अपेक्षा 20 प्रतिशत कम दरें अपने टेंडरों में दी। हम सभी बहुत ख़ुश हुए। जब हमने इतनी कम दरों के कारण का पता लगाया तो मालूम हुआ कि पूरी प्रक्रिया में कमिश्नर के दिशा निर्देशों के अंतर्गत अपनाई जा रही निर्णयों की त्वरितता, उनका मार्ग-दर्शन, मॉनीटरिंग और पारदर्शिता ने ठेकेदारों में यह विश्वास पैदा कर दिया था कि उनके भुगतान में भी टाल-मटोल और देरी नहीं होगी और वे अच्छी गुणवत्ता वाला काम निर्धारित समय में ही पूरा भी कर पाएंगे।

इस घटना ने यह सिखाया कि एक स्पष्ट और समर्पित टीम न केवल समय में काम पूरा कर लेती है बल्कि लागत में भी बचत कराती है।

# 96

# नागरिकों पर केंद्रित एजेंडा रखें

सरकारी तंत्र का प्रयोजन जनता की सेवा करना है। सरकार का नागरिकों पर केंद्रित रहने वाला फ़ोकस ही टीम और उसके लीडर को प्रतिष्ठा दिलाता है। अतः यह आवश्यक हो जाता है कि सरकारी तंत्र के मुखिया जब प्राथमिकता के बावत् कार्य सोचें तो उनका फ़ोकस नागरिकों पर रहे। नागरिकों की क्या-क्या अपेक्षाएं हैं, क्या समस्याएं हैं - जिन पर ग़ौर किया जाना आवश्यक है।

नागरिकों की आवश्यकताओं को ध्यान में रखकर ऐजेंडा बनाने का कार्य प्रत्येक विभाग अपनी अलग-अलग शाखाओं में कर सकता है। इन समस्याओं के सर्वोत्तम समाधान हेतु भी नागरिकों से परामर्श करना बेहतर होता है :-

1. राजस्व विभाग - सार्वजनिक भूमि पर अतिक्रमण
2. शिक्षा विभाग - स्कूल से शिक्षकों का नदारद रहना
3. जन-स्वास्थ्य विभाग - मौसमी बीमारियों का प्रकोप
4. पुलिस विभाग - शिकायतों के प्रति उदासीनता
5. सिंचाई विभाग - नहरों का पानी आखरी छोर तक पहुँचना
6. सार्वजनिक कार्य विभाग - सड़कों व पुलों का रख-रखाव ठीक न होना

अधिकतम लोगों का अधिकतम हित करने वाला एजेंडा रखने वाले विभाग ही सरकारी तंत्र में असली कहलाएंगे और यह मुखिया की ही ज़िम्मेदारी है कि जनहित वाले कामों के एजेंडों को वह प्राथमिकता दें।

97

# मीडिया – मित्र, दार्शनिक, समीक्षक और मार्गदर्शक

मीडिया, जिसे लोकतंत्र का चौथा स्तंभ कहा जाता है कुछ समय से आलोचनाओं का शिकार हो रहा है। गत दो दशकों में कई बार प्रेस की स्वतंत्रता पर रोक के लिए क़ानून बनाने का प्रस्ताव संसद के सामने रखा गया किंतु बाद में उसे वापस ले लिया गया। गत 20 वर्षों में इलेक्ट्रॉनिक तकनीक के बहुत अधिक विकसित हो जाने के कारण मीडिया की प्रासंगिकता भी बढ़ गई है। कोई घटना घटित होते देर नहीं लगती कि वह टेलीविज़न पर तत्काल दिखा दी जाती है। समाचार देने के लिए एक दूसरे से होड़ लगाते सेंकड़ों चैनल लोकतंत्र की निगरानी करने वाली निगाह बन गए हैं।

मीडिया आज सरकार का एक अनिवार्य घटक बन गया है। सभी सरकारें अनेक स्तरों पर प्रचार-प्रसार की व्यापक व्यवस्था रखती हैं कि सुशासन के उसके प्रयासों को व्यापक कवरेज प्रचार और प्रशंसा प्राप्त हो। दरअसल, मीडिया आज सरकार का एक अभिन्न अंग बन गया है। वह सूचनाओं को बहुत तेज़ी से और बहुत व्यापक रूप में प्राप्त कर लेता है। अतः मीडिया को आज का मित्र, दार्शनिक, समीक्षक और मार्गदर्शक कहना उपयुक्त होगा।

**मित्र :** विश्वसनीय और वास्तविक सूचनाएं मीडिया की ख़ुराक होती है। हर क्षेत्र का प्रमुख महत्वपूर्ण सूचनाओं का विशेष स्रोत रहता है। मीडिया को सही समय पर जानकारी देते हुए कार्यालय प्रमुख महत्वपूर्ण समाचारों की कड़ियों को ठीक समय पर बता देते हैं जो किसी भी समाचार एजेंसी की ख़ुराक के लिए आवश्यक होती हैं। विभिन्न स्रोतों से मीडिया को जो समाचार प्राप्त होते हैं, उनमें से मीडिया समस्या को छाँट लेता है और उसे सरकार के ध्यान में ला सकता है जहाँ उसे शीघ्र सुलझाया जा सकता है और इस प्रकार संभावित बड़ी क्षति से

बचा जा सकता है। किसी समाचार को समय रहते रिपोर्ट कर देना किसी बड़ी विपदा से बचा सकती है।

मीडिया के प्रति मित्रवत रहना हमेशा अच्छा रहता है। यह किसी समाचार को उठा कर उसे वह इतने व्यापक रूप से प्रचारित कर सकता है जितना कि सरकार अकेले अपने बल-बूते पर नहीं कर सकती। मीडिया की पहुँच में रहना हमेशा बेहतर और लाभप्रद रहता है। संचार और संवाद के चैनल को यह हमेशा खुला रखता है। लीडरशिप जब मीडिया की पहुँच में रहती है और संप्रेषण को खुला रखती है तब ग़लत रिपोर्टिंग या जानबूझ कर की गई ग़लती की गुंजाइश बहुत कम रह जाती है, और यदि हो भी जाए तो प्रेस द्वारा अविलंब सुधार दी जाती है। अपवाद को छोड़ दें तो मीडियाकर्मी प्रायः सकारात्मक सोच रखते हैं। सरकार क्या लिखा जाना या क्या दिखाया जाना पसंद करती, इसके बजाय यह लिखना जो अधिक बिकेगा - उनके पेशे की विवशता होती है। ऐसे कठिन मामलों में अच्छा यही रहता है कि आप प्रेस की पहुँच में रहे ताकि रिपोर्टिंग संतुलित रहे।

**दार्शनिक :** भारत के सभी बड़े शहरों में प्रमुख समाचारपत्रों और इलेक्ट्रॉनिक मीडिया के सेंटर मौजूद हैं। हज़ारों संवाददाताओं, फ़ोटोग्राफ़रों और पत्रकारों का यह नेटवर्क पूरे राज्य में फैला रहता है और तथ्यों व सूचनाओं तक उनकी पहुँच तो कमाल की होती है। समाचारपत्र और टीवी चैनल केवल यही नहीं बताते कि जगह-जगह क्या हो रहा है, बल्कि अपने स्तंभों, संपादकियों तथा टिप्पणियों के माध्यम से वे अपनी राय देते रहते हैं। ये बहुत सूचनाप्रद और विचारोत्तेजक होते हैं और सभी प्रशासकों तथा विभागों के लिए बहुत उपयोगी साधन बन सकते हैं।

**समीक्षा :** अपने संपादकीय, समाचार विश्लेषण तथा अन्य तरीक़ों द्वारा मीडिया सर्व साधारण को उनके चारों ओर जो कुछ हो रहा है उसके बारे में अपने विचार और भावनाएं व्यक्त करने का एक मंच प्रदान करता है। निष्पक्ष होने के कारण प्रेस आमतौर पर बात का एक तटस्थ चित्रण प्रस्तुत करता है। इस प्रकार, जो लोग सरकारी तंत्र में हैं वे प्रासंगिक विषय की एक बेहतर तस्वीर देख पाते हैं। इससे सरकार को समय पर सुधारात्मक कदम उठाने में मदद मिलती है।

**विचारों हेतु एक मंच उपलब्ध :** आज प्रेस वैश्विक हो चुका है। आज तकनीक ऐसी उपलब्ध है जिससे सूचना, वीडियो और फ़ोटो ऑनलाइन प्राप्त हो जाते हैं। कहीं किए गए किसी विकास की गाथा संसार के दूसरे छोर तक तुरंत पहुँच जाती है और उसे मुक्त रूप से औरों के द्वारा भी प्रयुक्त किया जा सकता है।

ऐसे विचारों का आदान-प्रदान करने और संसार के एक छोर से दूसरे छोर तक नए विचारों को उपलब्ध कराने में मीडिया बहुत महत्वपूर्ण भूमिका अदा कर रहा है।

रचनात्मक और सकारात्मक संवाद के लिए प्रेस के साथ लगातार संपर्क बनाए रखना आवश्यक है। इसके लिए जब किसी कार्य/प्रोजेक्ट साइट पर जाना हो तो प्रेस को भी साथ ले लिया जाए और उन्हें मौके पर ही लोगों से खुली बात कर मूल्यांकन करने दिया जाए कि विभाग क्या कर रहा है। दोनों ही अपना-अपना काम करें। इससे ऐसा वातावरण बनेगा जिसमें दोनों पक्षों को लाभ हो। नियमित रूप से प्रेस-मिलन करना बहुत कारगर रहता है। ऐसा तब किया जा सकता है जब किसी निर्माणाधीन योजना का कार्य किसी उल्लेखनीय अवस्था में पहुँच गया हो या किसी नए प्रोजेक्ट का श्री गणेश किया जा रहा हो।

कुल मिला कर देखें तो मीडिया सरकार और जनता के लिए है। दर्शक के रूप में यह विभागों की एक भिन्न तस्वीर पेश करता है। जनहित के लिए योजनाओं में संशोधन और परिवर्तन कराने में सचमुच इसका बड़ा योगदान रहता है।

*जो कोई भी मीडिया संचालन करता है वह लोगों की सोच बनाता है।*

**– जिम मॉरिसन**

*मेरे विचार में, एक अच्छा समाचारपत्र स्वयं से बात करता हुआ एक देश होता है।*

**– आर्थर मिलर**

*सौ हज़ार संगीनधारियों से भी ज़्यादा मुझे तीन अख़बारों से डर लगता है।*

**– नैपोलियन**

*यदि कोई कुत्ता आदमी को काट ले तो यह बात ख़बर नहीं बनती, किंतु यदि आदमी कुत्ते को काट ले तो यह ख़बर बन जाती है।*

**– चार्ल्स एंडरसन डैना**

*किसी राजनेता द्वारा प्रेस की शिकायत करना ऐसा ही है जैसे कि जलयान के कप्तान द्वारा समुद्र के बारे में शिकायत किया जाना।*

– एनोक पॉवेल

*केवल दो शक्तियाँ ही ऐसी हैं जो विश्व में प्रकाश पहुँचा सकती हैं... ऊपर आकाश में सूर्य और नीचे धरती पर प्रेस।*

– मार्क ट्वेन

*व्यक्ति के दिमाग़ के अज्ञान व अंधकार को हटाने वाला और उसे तार्किक, नैतिक व सामाजिक रूप से विकसित करने का सर्वोत्तम साधन है प्रेस!*

– थॉमस जैफ़रसन

# 98

# समन्वय से पाएं अधिकतम लाभ

जिन दिनों मैं बिलासपुर (छत्तीसगढ़ राज्य) में कमिश्नर था तब कृषि विभाग के मासिक दौरे पर मुझे यह देख कर आश्चर्य हुआ कि धान की औसत उपज केवल 15 क्विंटल प्रति हेक्टेयर ही पैदा हो रही थी जब कि इस प्रकार की ज़मीन में 105 क्विंटल तक की उपज ली जा सकती थी। 90 क्विंटल का यह बड़ा अंतर उत्पादन के सर्वोत्तम का छठवाँ हिस्सा था। मैंने कारणों का गहराई से अध्ययन किया तो पाया कि 105 क्विंटल पैदा करने वाले किसानों की तरह यदि ये किसान भी खेती करें तो ये भी उतनी ही पैदावार कर सकते हैं। उनमें और इनमें अंतर था केवल अधिकतम पाने के नज़रिए का और प्रयास करने का, जैसे -

» वे उत्साही किसान थे।

» उन्होंने बेहतर बीज चुना था।

» उनके खेत की तैयारी बेहतर थी।

» खेतों में पूर्व उपचारित बीज का प्रयोग किया था।

» सही समय पर सही मात्रा में खाद डाली थी।

» कीटनाशक सही चयन कर डाला था।

» पानी की नियंत्रित सिंचाई की गई थी।

» कम समय वाली अन्य अन्र्तवर्ती फसलें बीच में लगाई थी।

» बुवाई की बेहतर विधि अपनाई थी।

» आधुनिक कृषि उपकरणों का प्रयोग किया।

» उनमें कृषि की नई व आधुनिक विधियाँ सीखने की इच्छा थी।

इसके विपरीत, कम उपज वाले किसान बीज चुनने, बीज को उपचारित

करने, खेत तैयार करने, खाद की मात्रा और सिंचाई विधि को जानने के प्रति उदासीन रहे थे। ऐसे अनेक उदाहरण हैं जहाँ किसी ख़ास रसायनिक तत्व या कीटनाशक को सही रूप में उपयोग न करने से फ़सल को भारी नुक़सान पहुँचा।

छोटे और मंझोले किसानों की आर्थिक दशा और विभाग के पास उपलब्ध बजट को नज़र में रखते हुए, एक नवाचार और बिन लागत का पैकेज तैयार किया गया, जिसका फ़ोकस निम्न बातों पर रखा गया था -

» फसल के हर चरण पर किसानों को प्रशिक्षण।

» उपलब्ध संसाधनों के आधार पर ही उन्हें फसल चुनने और उससे जुड़ी विधियों के बारे में बताना।

» कृषि, उद्यान कृषि तथा सिंचाई विभागों के अधिकारियों द्वारा दिया जा रहा प्रशिक्षण निःशुल्क था।

» बीज, पानी, खाद, कीटनाशक, कृषि उपकरण और सबसे महत्वपूर्ण किसान के स्वयं का अधिकतम लाभ लेने का अभ्यास था।

» खाद की मात्रा को जहाँ वह अतिरिक्त दी जा रही थी कम करता और जहाँ वह अपर्याप्त दी जा रही थी वहाँ बढ़ाता था।

» टीम लीडर द्वारा हर चरण पर मॉनीटरिंग की जाती थी ताकि खेत में हर चीज़ समय पर डाली जाए।

इसके आश्चर्यजनक परिणाम रहे -

» कीट/पतंगों का फसलों पर प्रभाव कम हुआ।

» बीच में उगाई गई दूसरी समुचित फसल से उन्हें अतिरिक्त फसल मिल गई।

» जिन किसानों ने यह विधि अपनाई उनकी पैदावार में वृद्धि हुई।

» कीटनाशकों की खपत कम हुई।

यह सभी के लिए मनोबल बढ़ाने वाला सिद्ध हुआ। बिना लागत के प्रोजेक्ट ने लाखों को फ़ायदा दिया और यह सब संभव हुआ केवल सामंजस्य और उपलब्ध संसाधनों का अधिकतम लाभ लेने से।

जो उपलब्धि बिलासपुर में संभव हो सकी वह सरकारी तंत्र की हर स्थिति में भी हो सकती है। किसी भी प्रोजेक्ट की गहराई से की गई पड़ताल से प्रकट हो सकता है कि उसमें किए जा रहे निवेश में हमें कहाँ-कहाँ सुधार करना है।

और जहाँ अतिरिक्त वित्तीय निवेश हो सकता हो वहाँ तो परिणाम और भी बेहतर होंगे। फिर भी हर मामले में पर्याप्त वृद्धि तो निश्चित ही होगी। इस अभ्यास में सामने आने वाली सीख यह रही -

क. बेहतरी और बढ़ोतरी में हर व्यक्ति रुचि रखता है।

ख. चूँकि ये कार्यकलाप मैदानी हैं, अतः कुछ अधिकारियों को हर स्तर पर लीडरशिप करने के लिए तैयार रहना होगा।

ग. कमज़ोर कड़ियों को पहचानने के लिए आवश्यक है कि यह विश्लेषण किया जाए कि क्या डाला गया, क्या मिला और किस लागत पर।

घ. निवेश के रूप-स्वरूप और तौर-तरीक़ों को बिना किसी अतिरिक्त लागत के बदलने से ही उपज में उल्लेखनीय वृद्धि हो जाती है।

च. हर चरण पर सतत प्रशिक्षण दिया जाना बहुत आवश्यक है।

छ. लाभ साफ़ दिखाई पड़ता है और 100 दिनों की फ़सल के चक्र में छोटी सी अवधि में ही लाभ दिख जाता है।

संसाधनों का अधिकतम लाभ लेना एक ऐसी गतिविधि है जो सभी अधिकारियों द्वारा सभी स्तरों पर अपनाई जानी चाहिए। सरकारी तंत्र में हम अपने संसाधन कई बार निम्न बातों में बर्बाद कर देते हैं -

- बिना योजना बनाए काम प्रारंभ करना।
- कार्यालय को आपके द्वारा चलाए जाने के बजाय कार्यालय के कार्य द्वारा हमें चलाया जाना।
- अड़चनों को पहचान कर उनका समाधान न करना।

उपलब्ध संसाधनों को सही रूप में योजना बना कर उपयोग करने से सभी क्षेत्रों में उल्लेखनीय परिणाम प्राप्त किए जा सकते हैं। आवश्यकता केवल इस बात की है कि हम अपने संसाधनों में सही तालमेल मैदानी स्थिति को देखते हुए बना सकें।

99

# जो आप कर रहे हैं उसे दिखाएँ भी

कोई फ़ोटो केवल एक फ़ोटो नहीं होता वह कुछ और भी होता है। वह किसी पल को स्थाई कर देने वाला साक्ष्य होता है। यह वह तो दिखाता ही है जो आप दिखाना चाहते हैं साथ ही वह भी दिखाता है जो आप दिखाना नहीं चाहते। फ़ोटोग्राफ़ उस पल को दिखाता है जब आपने चित्र खींचा, न कम और न ज़्यादा।

कैमरा मीडिया के लिए बहुत कारगर साधन होता है। वास्तव में यह बंदूक से अधिक प्रभावी होता है। सरकार को अनेक ऐसे मोर्चों पर उसकी विफलताओं को उजागर करने के लिए प्रेस इसे खूब उपयोग करता है, जैसे स्वास्थ्य, शिक्षा, क़ानून व्यवस्था, कल्याण, सुरक्षा, विकास इत्यादि। किसी भी ख़बर का असर तब कई गुना बढ़ जाता है जब साथ में उसका एक फ़ोटो भी दे दिया गया हो। इसी तरह एक अच्छी रिपोर्ट तब अधिक असरदार हो जाती है जब एक अच्छी फ़ोटो भी उसके साथ लगी हो।

**हमारे कार्यालयीन कामकाज में कैमरे को निरीक्षण के साधन की तरह कम ही उपयोग किया जाता है। प्रतिदिन हमारे सामने अनेक मामलों पर अनेक रिपोर्ट आती हैं, जो किसी सड़क, पुल, स्कूल निर्माण की ख़राब क्वालिटी या किसी सरकारी अस्पताल की दुर्दशा का, किसी शहर में बाढ़ की रिपोर्ट। ऐसा कम ही होता है कि जो कुछ उस रिपोर्ट में कहा गया है उसके समर्थन में कुछ फ़ोटो भी लगाई गई हों। फ़ोटोग्राफ़ जो लिखा जा रहा है या कहा जा रहा है उसका दर्शन करा देता है।**

सरकारी अधिकारियों को निम्नलिखित कारणों से फ़ोटोग्राफ़ का हमेशा प्रयोग करना चाहिए :

1. यह उस घटना व स्थान का अधिकांश विवरण पकड़ लेता है।

2. यह उस स्थान का एक सामान्य परिदृश्य दिखा देता है।
3. यह उन असंबद्ध चीज़ों को भी दिखा देता है जो कभी आगे चल कर उस मामले से संबद्ध हो जाती हैं।
4. यह कोई राय नहीं होता बल्कि जो देखा गया है यह वही होता है।
5. एक ही स्थिति के विभिन्न पहलू दिखाने के लिए अनेक फ़ाटोग्राफ़ लिए जा सकते हैं।
6. अलग-अलग समय की तुलनात्मक दशा को दर्शाने के लिए फ़ोटोग्राफ़ बहुत कारगर रहते हैं। इसलिए वस्तु स्थिति की मॉनिटरिंग में यह सहायक रहते हैं।
7. फ़ोटोग्राफ़ तटस्थ व निष्पक्ष होते हैं।

रंगीन फ़ोटो लेने जैसी अनेक खूबियों वाले मोबाइल आ जाने से, फ़ोटोग्राफ़ी अब बच्चों का खेल हो गई है। एक अच्छे मोबाइल में न सिर्फ़ कैमरा होता है बल्कि उसमें फ़ोटोग्राफ़ की अच्छी ख़ासी मेमोरी भी होती है। इसलिए इसमें फ़िल्म वाले कैमरे की तरह 36 या 72 फ़ोटो लेने की सीमा भी नहीं होती। इसके रहते अपने कैमरामैन या उस जैसे और व्यक्ति को साथ लेकर चलने की आवश्यकता भी नहीं रह जाती। आप स्वयं वे सारे फ़ोटो ले सकते हैं जो ज़रूरी लगते हों।

एक डिजिटल कैमरा हर सरकारी अधिकारी के लिए एक आवश्यक सहायक उपकरण होता है और जितना हो सके उन्हें इसका प्रयोग करना चाहिए। कंप्यूटर के साथ इसके जुड़ जाने से सभी चित्रों को किसी भावी संदर्भ के लिए तत्काल डाउनलोड किया जा सकता है।

फ़ोटोग्राफ़ आपको यह भी याद दिलाता है कि किसी अच्छे काम को पत्र द्वारा प्रशंसित भी करना है। लिखित रिपोर्टों की कुछ सीमाएं होती हैं, जैसे -

1. जो आपने देखा है उसका वर्णन लिखने में आपको एक या दो घंटे लिखना पड़ सकता है। अतः रिपोर्ट को छोटा रहने दें और बाक़ी बातें फ़ोटोग्राफ़ को कहने दें।
2. किसी लिखित विवरण को पढ़ने में समय लगता है किंतु एक फ़ोटोग्राफ़ कुछ पलों में ही सारी दास्तान बयां कर देता है।
3. जो हम पढ़ते हैं उसके मुकाबले जो हम देखते हैं वह हमारी स्मृति में अधिक ठहरता है, यही बात फ़ोटो पर भी लागू होती है।

डिजिटल फ़ोटोग्राफ़ का एक फ़ायदा यह भी है कि यह ई-मेल अटैचमैंट के रूप में बहुत दूर तक तत्काल भेजा जा सकता है। फ़ोटोग्राफ़ भेजने की यह सुविधा एक अच्छा साधन है जो हमारी रिपोर्ट के प्रभाव को कई गुना बढ़ा देती है। डिजिटल कैमरे में यह सुविधा तो है ही कि आप जितने चाहें उतने फ़ोटो खींच सकते हैं, उसमें यह भी सुविधा है कि जो फ़ोटो आपके काम के नहीं हैं उन्हें मिटा दें। फ़ोटोग्राफ़ एक बोलता हुआ दस्तावेज़ है जो उस स्थान के माहौल और मिजाज़ के बारे में बहुत कुछ बयां कर देता है।

*कैमरा झूठ नहीं बोल सकता।*

– हैरॉल्ड इवेंस

*कैमरा एक जासूसी करने वाला उपकरण है। हम केवल उसी का फ़ोटोग्राफ़ नहीं उतारते जो हम जानते हैं, बल्कि उसका भी जिसे हम नहीं जानते।*

– लिज़ेट मोडेल

*एक सच्चे फ़ोटोग्राफ़ को बताने-समझाने की आवश्यकता नहीं पड़ती, न ही इसे शब्दों में बताया जा सकता है।*

– एंसल एडम्स

*एक अच्छा फ़ोटोग्राफ़ वह है जो वास्तविकता बताता है, हृदय को स्पर्श करता है और उसे देखे जाने के बाद देखने वाले को बदल देता है। फ़ोटोग्राफ़ का दूसरा नाम है प्रभाव।*

– इर्विंग पेन

**हमारे कार्यालयीन कामकाज में कैमरे को निरीक्षण के साधन की तरह कम ही उपयोग किया जाता है। प्रतिदिन हमारे सामने अनेक मामलों पर अनेक रिपार्ट आती हैं, जो किसी सड़क, पुल, स्कूल निर्माण की ख़राब क्वालिटी, किसी सरकारी अस्पताल की दुर्दशा का, किसी शहर बाढ़ में की रिपोर्ट। ऐसा कम ही होता है कि जो कुछ उस रिपोर्ट में कहा गया है उसके समर्थन में कुछ फोटो भी लगाई गई हों। फ़ोटोग्राफ जो लिखा जा रहा है या कहा जा रहा है उसका दर्शन करा देता है।**

100

# तैयारी – लीडर की असली पहचान

तैयारी हमेशा फ़ायदेमंद रहती है। चाहे कॉलेज की परीक्षा हो या कार्यालय की एक रूटीन बैठक, जो अच्छी तैयारी करके आता है वाह-वाही उसी को मिलती है। सरकारी तंत्र के लीडरों और कार्यालय प्रमुखों के कंधों पर तरह-तरह की ज़िम्मेदारियाँ रहती हैं और इसी लिए यह महत्वपूर्ण हो जाता है कि वे जो कुछ भी करें उसे पूरी तैयारी से करें। वैसे तो जीवन में हम कोई भी काम करें, तैयारी हमेशा अच्छी रहती है किंतु किसी महत्वपूर्ण बैठक, किसी महत्वपूर्ण साक्षात्कार या किसी महत्वपूर्ण मुद्दे पर दिशानिर्देश देने के लिए तो भली-भाँति तैयार होकर ही जाना चाहिए। यानी आपको इतना तो करना ही चाहिए :

1. प्रसंगाधीन मुद्दे पर बैक-अप-डाटा लें।
2. उस विषय से संबंधित विधि-विधानों और नियम-क़ायदों की जानकारी लें।
3. संभावित ख़तरों की जानकारी लें।

अच्छी तैयारी वाला व्यक्ति किसी चुनौती का मुकाबला बिना तैयारी वाले व्यक्ति की तुलना में कहीं अधिक विश्वास और दृढ़ता के साथ कर सकता है। वह बिगड़ी बात को ज़्यादा उत्साह और जोश के साथ पुनः पटरी पर ला सकता है।

*बड़े अवसरों पर हम जो कुछ करेंगे शायद उस पर निर्भर करेगा जो कि हम पहले से हैं; और जो हम पहले से हैं वह इस बात पर निर्भर करता है कि बीते बरसों में हम आत्म-अनुशासन में कितना रहे हैं।*

**– हेनरी पैरी लिडन**

*अच्छे से अच्छे के लिए योजना बनाइए, किंतु बुरे से बुरे के लिए तैयार रहिए।*

**– लॉरिन एल. ली**

*सफल होने का कोई रहस्य नहीं है। यह तो बस तैयारी करना, कड़ी मेहनत करना और विफलताओं से सीखना ही है।*

**– कोलिन पॉवेल**

*यदि आप तैयारी नहीं कर रहे हैं तो कहीं कोई और वह कर रहा होगा और फिर वह आपकी नौकरी लेने के लिए भी तैयार हो जाएगा।*

**– ब्रूक्स रॉबिंसन**

*बड़ी उपलब्धि के पीछे हमेशा बड़ी तैयारी रहती है।*

**– रौजर स्टॉबाख**

*मैं यदि अध्ययन करूँगा और तैयारी करूँगा तो एक न एक दिन मेरा नंबर आएगा ही।*

**– अब्राहम लिंकन**

*यदि आप कोई पेड़ काटने के लिए मुझे छः घंटे का समय देंगे तो मैं पहले चार घंटे अपनी कुल्हाड़ी की धार तेज़ करने में लगाऊँगा।*

**– अब्राहम लिंकन**

*आप कैसा दौड़ते हैं - इसमें आपकी योजना, तैयारी और निष्पादन हर चीज़ का महत्व होता है। हार या जीत तो जो आपने किया है उनके प्रतिफल होते हैं, उनके पश्चात्‌वर्ती प्रभाव होते हैं।*

**– जॉन वूडन**

*तैयारी करना आधी बाजी मार लेना है।*

**– मिगेल दा सरवांटिस**

*आने वाले कल के लिए सबसे अच्छी तैयारी है अपने आज को सबसे अच्छी तरह बिताना।*

**– एच.जैक्सन ब्राउन जूनियर**

*छत की मरम्मत करने का सही समय तब होता है जब धूप खिली हो।*

**– जॉन एफ़. कैनेडी**

## 101

# ये पड़ाव है – मंज़िल नहीं

अपने-अपने कार्यक्षेत्र में हम अपने सार्मथ्य अनुसार कार्य करते हुए आगे बढ़ते रहते हैं। अनेकों बार ऐसा होता है कि एक पड़ाव प्राप्त कर लेने पर हम सुस्त पड़ जाते हैं, मानों कि यह ही हमारी मंज़िल है। सेवा क्षेत्र में काम करने वालों में यह भाव कभी नहीं आना चाहिए। हम सबको एक अभूतपूर्व अवसर प्राप्त हुआ है जिसके माध्यम से हम अपना सर्वोत्तम अपने कार्य को दे सकते हैं और दूसरों के जीवन में ख़ुशियाँ भर सकते हैं।

प्रत्येक चरण पर हमें आत्म अवलोकन करते हुए यह देखना होगा कि–

1. और बेहतर क्या हो सकता है
2. मेरी अगली मंज़िल क्या होगी

प्रत्येक कार्य क्षेत्र में सुधार व विकास की असीम संभावनाएं हैं परन्तु जब तक हम उस बावत् सुनियोजित रूप से सोचेगें नहीं, बात नहीं बनेगी। बेहतर को और बेहतर बनाने के लिए हम क्या कर सकते हैं।

ऐसा अनिवार्य नहीं है कि हर कार्य के लिए आपको किसी दूसरे के सहयोग की आवश्यकता हो। आप अपने कार्य चरणों के पड़ाव स्वयं निर्धारित करें और सेवा को केन्द्र में रखते हुए कैसे सर्वोत्तम हो सकता है, करें।

www.ingramcontent.com/pod-product-compliance
Lightning Source LLC
LaVergne TN
LVHW060428051026
849518LV00002B/363
* 9 7 8 8 1 8 3 2 2 3 4 7 8 *